新 潮 文 庫

刺 青・秘 密

谷崎潤一郎著

新 潮 社 版

1886

目次

刺青・秘密

刺し

青せい

それはまだ人々が「愚《おろか》」と云う貴い徳を持って居て、世の中が今のように激しく軋《きし》み合わない時分であった。殿様や若旦那《わかだんな》の長閑《のどか》な顔が曇らぬように、御殿女中＊や華魁《おいらん》＊の笑いの種が尽きぬようにと、饒舌《じょうぜつ》を売るお茶坊主＊だの幇間《ほうかん》＊だのと云う職業が、立派に存在して行けた程、世間がのんびりして居た時分であった。女定九郎《おんなさだくろう》＊、女自雷也《じらいや》＊、女鳴神《なるかみ》＊、——当時の芝居でも草双紙《くさぞうし》＊でも、すべて美しい者は強者であり、醜い者は弱者であった。誰も彼も挙《こぞ》って美しからんと努めた揚句は、天稟《てんぴん》＊の体へ絵の具を注《つ》ぎ込む迄《まで》になった。芳烈な、或《あるい》は絢爛《けんらん》な、線と色とがその頃《ころ》の人々の肌《はだ》に躍った。

馬道《うまみち》＊を通うお客は、見事な刺青《ほりもの》＊のある駕籠《かご》舁《かき》を選んで乗った。吉原《よしわら》、辰巳《たつみ》＊の女も美しい刺青の男に惚《ほ》れた。博徒、鳶《とび》の者＊はもとより、町人から稀《まれ》には侍なども入墨《いれずみ》をした。時々両国で催される刺青会では参会者おのおの肌を叩《たた》いて、互に奇抜な意匠を誇り合い、評しあった。

清吉と云う若い刺青師《ほりものし》の腕ききがあった。浅草のちゃり文、松島町の奴平《やっへい》、こんこん次郎＊などにも劣らぬ名手であると持て囃《はや》されて、何十人の人の肌は、彼の絵筆の下に絖地《ぬめじ》＊となって拡《ひろ》げられた。刺青会で好評を博す刺青の多くは彼の手になったものであった。達磨金《だるまきん》はぼかし刺《ぼり》が得意と云われ、唐草権太《ごんた》は朱刺《しゅぼり》の名手と讃《たた》えられ、清吉は又奇警な構図と妖艶《ようえん》な線とで名を知られた。

もと豊国国貞*の風を慕って、浮世絵師の渡世《とせい》をして居ただけに、刺青師に堕落してからの清吉にもさすが画工《えかき》らしい良心と、鋭感とが残って居た。彼の心を惹《ひ》きつける程の皮膚と骨組みとを持つ人でなければ、彼の刺青を購《あがな》う訳には行かなかった。たまたま描いて貰《もら》えるとしても、一切の構図と費用とを彼の望むがままにして、その上堪え難《がた》い針先の苦痛を、一と月も二た月もこらえねばならなかった。

この若い刺青師の心には、人知らぬ快楽と宿願とが潜んで居た。彼が人々の肌を針で突き刺す時、真紅に血を含んで脹《ふく》れ上る肉の疼《うず》きに堪えかねて、大抵の男は苦しき呻《うめ》き声を発したが、その呻きごえが激しければ激しい程、彼は不思議に云い難き愉快を感じるのであった。刺青のうちでも殊《こと》に痛いと云われる朱刺、ぼかしぼり、――それを用うる事を彼は殊更喜んだ。一日平均五六百本の針に刺されて、色上げを良くする為め湯へ浴《つか》って出て来る人は、皆半死半生の体《てい》で清吉の足下に打ち倒れたまま、暫《しばら》くは身動きさえも出来なかった。その無残な姿をいつも清吉は冷やかに眺《なが》めて、

「さぞお痛みでがしょうなあ」

と云いながら、快《こころよ》さそうに笑って居る。

意気地のない男などが、まるで知死期《ちしご》*の苦しみのように口を歪《ゆが》め歯を喰《く》いしばり、ひいひいと悲鳴をあげる事があると、彼は、

「お前さんも江戸っ児《こ》だ。辛抱しなさい。――この清吉の針は飛び切りに痛《いて》えのだから」

こう云って、涙にうるむ男の顔を横目で見ながら、かまわず刺《ほ》って行った。また我慢づよい者がグッと胆《きも》を据《す》えて、眉《まゆ》一つしかめず怺《こら》えて居ると、

「ふむ、お前さんは見掛けによらねえ突《つ》っ張《ぱり》者*だ。――だが見なさい、今にそろそろ疼き出して、どうにもこうにもたまらないようになろうから」

と、白い歯を見せて笑った。

彼の年来の宿願は、光輝ある美女の肌を得て、それへ己《おの》れの魂を刺り込む事であった。その女の素質と容貌《ようぼう》とに就いては、いろいろの注文があった。啻《ただ》に美しい顔、美しい肌とのみでは、彼は中々満足する事が出来なかった。江戸中の色町《いろまち》に名を響かせた女と云う女を調べても、彼の気分に適《かな》った味わいと調子とは容易に見つからなかった。まだ見ぬ人の姿かたちを心に描いて、三年四年は空《むな》しく憧《あこが》れながらも、彼はなおその願いを捨てずに居た。

丁度四年目の夏のとあるゆうべ、深川の料理屋平清《ひらせい》の前を通りかかった時、彼はふと門口に待って居る駕籠の簾《すだれ》のかげから、真っ白な女の素足のこぼれて居るのに気がついた。鋭い彼の眼《め》には、人間の足はその顔と同じように複雑な表情を持って映った。

その女の足は、彼に取っては貴き肉の宝玉であった。拇指《おやゆび》から起って小指に終る繊細な五本の指の整い方、絵の島の海辺で獲《と》れるうすべに色の貝にも劣らぬ爪《つめ》の色合い、珠《たま》のような踵《きびす》のまる味《み》、清冽《せいれつ》な岩間の水が絶えず足下を洗うかと疑われる皮膚の潤沢。この足こそは、やがて男の生血に肥え太り、男のむくろを蹈《ふ》みつける足であった。この足を持つ女こそは、彼が永年《ながねん》たずねあぐんだ、女の中の女であろうと思われた。清吉は躍りたつ胸をおさえて、その人の顔が見たさに駕籠の後を追いかけたが、二三町行くと、もうその影は見えなかった。

清吉の憧れごこちが、激しき恋に変ってその年も暮れ、五年目の春も半ば老い込んだ或《あ》る日の朝であった。彼は深川佐賀町の寓居《ぐうきょ》で、房楊枝《ふさようじ》*をくわえながら、錆竹《さびたけ》*の濡《ぬ》れ縁《えん》に万年青《おもと》の鉢《はち》を眺めて居ると、庭の裏木戸を訪《おとな》うけはいがして、袖垣《そでがき》*のかげから、ついぞ見馴《みな》れぬ小娘が這入《はい》って来た。

それは清吉が馴染《なじみ》の辰巳の芸妓から寄こされた使《つかい》の者であった。

「姐《ねえ》さんからこの羽織《はおり》*を親方へお手渡しして、何か裏地へ絵模様を画《か》いて*下さるようにお頼み申せって……」

と、娘は鬱金《うこん》*の風呂敷《ふろしき》をほどいて、中から岩井杜若《いわいとじゃく》*の似顔画のたゝう*に包まれた女羽織と、一通の手紙とを取り出した。

その手紙には羽織のことをくれぐれも頼んだ末に、使の娘は近々に私の妹分として御座敷へ出る筈故《はずゆえ》、私の事も忘れずに、この娘《こ》も引き立ててやって下さいと認《したた》めてあった。

「どうも見覚えのない顔だと思ったが、それじゃお前はこの頃此方《こっち》へ来なすったのか」

こう云って清吉は、しげしげと娘の姿を見守った。年頃は漸《ようよ》う十六か七かと思われたが、その娘の顔は、不思議にも長い月日を色里《いろざと》に暮らして、幾十人の男の魂を弄《もてあそ》んだ年増《としま》のように物凄《ものすご》く整って居た。それは国中の罪《つみ》と財《たから》との流れ込む都の中で、何十年の昔から生き代り死に代ったみめ麗《うるわ》しい多くの男女の、夢の数々から生れ出《い》ずべき器量であった。

「お前は去年の六月ごろ、平清から駕籠で帰ったことがあろうがな」

こう訊《たず》ねながら、清吉は娘を縁へかけさせて、備後表《びんごおもて》の台に乗った巧緻《こうち》な素足*を仔細《しさい》に眺めた。

「ええ、あの時分なら、まだお父さんが生きて居たから、平清へもたびたびまいりましたのさ」

と、娘は奇妙な質問に笑って答えた。

「丁度これで足かけ五年、己《おれ》はお前を待って居た。顔を見るのは始めてだが、お前の足にはおぼえがある。――お前に見せてやりたいものがあるから、上ってゆっくり遊んで行くがいい」

と、清吉は暇《いとま》を告げて帰ろうとする娘の手を取って、大川《おおかわ》*の水に臨む二階座敷へ案内した後、巻物を二本とり出して、先《ま》ずその一つを娘の前に繰り展《ひろ》げた。

それは古《いにしえ》の暴君紂王《ちゅうおう》の寵妃《ちょうひ》、末喜《ばっき》*を描いた絵であった。瑠璃珊瑚《るりさんご》を鏤《ちりば》めた金冠の重さに得堪えぬなよやかな体を、ぐったり勾欄《こうらん》に靠《もた》れて、羅綾《らりょう》の裳《も》裾《すそ》を階《きざはし》の中段にひるがえし、右手に大杯を傾けながら、今しも庭前に刑せられんとする犠牲《いけにえ》の男を眺めて居る妃の風情《ふぜい》と云い、鉄の鎖で四肢《しし》を銅柱へ縛《ゆ》いつけられ、最後の運命を待ち構えつつ、妃の前に頭をうなだれ、眼を閉じた男の顔色と云い、物凄い迄に巧《たくみ》に描かれて居た。

娘は暫《しばら》くこの奇怪な絵の面《おもて》を見入って居たが、知らず識《し》らずその瞳《ひとみ》は輝きその唇《くちびる》は顫《ふる》えた。怪しくもその顔はだんだんと妃の顔に似通って来た。娘は其処《そこ》に隠れたる真の「己《おのれ》」を見出《みいだ》した。

「この絵にはお前の心が映って居るぞ」

こう云って、清吉は快《こころよ》げに笑いながら、娘の顔をのぞき込んだ。

「どうしてこんな恐ろしいものを、私にお見せなさるのです」

と、娘は青褪《あおざ》めた額を擡《もた》げて云った。

「この絵の女はお前なのだ。この女の血がお前の体に交って居る筈だ」

と、彼は更に他の一本の画幅を展げた。

それは「肥料」と云う画題であった。画面の中央に、若い女が桜の幹へ身を倚《よ》せて、足下に累々《るいるい》と斃《たお》れて居る多くの男たちの屍骸《むくろ》を見つめて居る。女の身辺を舞いつつ凱歌《かちどき》をうたう小鳥の群、女の瞳に溢《あふ》れたる抑え難き誇りと歓《よろこ》びの色。それは戦《たたかい》の跡の景色か、花園の春の景色か。それを見せられた娘は、われとわが心の底に潜んで居た何物かを、探りあてたる心地であった。

「これはお前の未来を絵に現わしたのだ。此処《ここ》に斃れて居る人達は、皆これからお前の為めに命を捨てるのだ」

こう云って、清吉は娘の顔と寸分違《すんぶんたが》わぬ画面の女を指さした。

「後生だから、早くその絵をしまって下さい」

と、娘は誘惑を避けるが如《ごと》く、画面に背《そむ》いて畳の上へ突俯《つっぷ》したが、やがて再び唇をわななかした。

「親方、白状します。私はお前さんのお察し通り、その絵の女のような性分を持って居ますのさ。――だからもう堪忍《かんにん》して、それを引っ込めてお呉《く》んなさい」

「そんな卑怯《ひきょう》なことを云わずと、もっとよくこの絵を見るがいい。それを恐ろしがるのも、まあ今のうちだろうよ」

こう云った清吉の顔には、いつもの意地の悪い笑いが漂って居た。

然《しか》し娘の頭《つむり》は容易に上らなかった。襦袢《じゅばん》の袖に顔を蔽《おお》うていつまでも突俯したまま、

「親方、どうか私を帰しておくれ。お前さんの側《そば》に居るのは恐ろしいから」

と、幾度か繰り返した。

「まあ待ちなさい。己がお前を立派な器量の女にしてやるから」

と云いながら、清吉は何気なく娘の側に近寄った。彼の懐《ふところ》には嘗《かつ》て和蘭《オランダ》医から貰った麻睡剤の壜《びん》が忍ばせてあった。

日はうららかに川面を射て、八畳の座敷は燃えるように照った。水面から反射する光線が、無心に眠る娘の顔や、障子《しょうじ》の紙に金色《こんじき》の波紋を描いてふるえて居た。部屋のしきりを閉《た》て切って刺青の道具を手にした清吉は、暫くは唯恍惚《ただうっとり》としてすわって居るば

かりであった。彼は今始めて女の妙相《みょうそう》をしみじみ味わう事が出来た。その動かぬ顔に相対して、十年百年この一室に静坐《せいざ》するとも、なお飽くことを知るまいと思われた。古のメムフィス*の民が、荘厳なる埃及《エジプト》の天地を、ピラミッドとスフィンクスとで飾ったように、清吉は清浄な人間の皮膚を、自分の恋で彩《いろど》ろうとするのであった。

やがて彼は左手の小指と無名指*と拇指の間に挿《はさ》んだ絵筆の穂を、娘の背にねかせ、その上から右手で針を刺して行った。若い刺青師の霊《こころ》は墨汁の中に溶けて、皮膚に滲《にじ》んだ。焼酎《しょうちゅう》に交ぜて刺り込む琉球朱《りゅうきゅうしゅ》の一滴々々は、彼の命のしたたりであった。彼は其処に我が魂の色を見た。

いつしか午《ひる》も過ぎて、のどかな春の日は漸《ようや》く暮れかかったが、清吉の手は少しも休まず、女の眠りも破れなかった。娘の帰りの遅きを案じて迎いに出た箱屋*迄が、

「あの娘《こ》ならもう疾《と》うに帰って行きましたよ」

と云われて追い返された。月が対岸の土州《としゅう》屋敷*の上にかかって、夢のような光が沿岸一帯の家々の座敷に流れ込む頃には、刺青はまだ半分も出来上らず、清吉は一心に蠟《ろう》燭《そく》の心《しん》を掻《か》き立てて居た。

一点の色を注ぎ込むのも、彼に取っては容易な業《わざ》でなかった。さす針、ぬく針の度毎《たびごと》に深い吐息をついて、自分の心が刺されるように感じた。針の痕《あと》は次第々々に巨大な

女郎蜘蛛《じょろうぐも》の形象《かたち》を具《そな》え始めて、再び夜がしらしらと白み初《そ》めた時分には、この不思議な魔性の動物は、八本の肢《あし》を伸ばしつつ、背一面に蟠《わだかま》った。

春の夜は、上り下りの河船《かわふね》の櫓声《ろごえ》に明け放れて、朝風を孕《はら》んで下る白帆の頂から薄らぎ初める霞《かすみ》の中に、中洲《なかす》、箱崎、霊岸島《れいがんじま》の家々の甍《いらか》がきらめく頃、清吉は漸く絵筆を擱《お》いて、娘の背に刺り込まれた蜘蛛のかたちを眺めて居た。その刺青こそは彼が生命のすべてであった。その仕事をなし終えた後の彼の心は空虚《うつろ》であった。

二つの人影はそのまま稍《やや》暫く動かなかった。そうして、低く、かすれた声が部屋の四壁にふるえて聞えた。

「己はお前をほんとうの美しい女にする為めに、刺青の中へ己の魂をうち込んだのだ、もう今からは日本国中に、お前に優《まさ》る女は居ない。お前はもう今迄のような臆病《おくびょう》な心は持って居ないのだ。男と云う男は、皆なお前の肥料《こやし》になるのだ。……」

その言葉が通じたか、かすかに、糸のような呻き声が女の唇にのぼった。娘は次第々に知覚を恢復《かいふく》して来た。重く引き入れては、重く引き出す肩息に、蜘蛛の肢は生けるが如く蠕動《ぜんどう》*した。

「苦しかろう。体を蜘蛛が抱きしめて居るのだから」

こう云われて娘は細く無意味な眼を開いた。その瞳は夕月の光を増すように、だんだんと輝いて男の顔に照った。

「親方、早く私に背《せなか》の刺青を見せておくれ、お前さんの命を貰った代りに、私はさぞ美しくなったろうねえ」

娘の言葉は夢のようであったが、しかしその調子には何処《どこ》か鋭い力がこもって居た。

「まあ、これから湯殿へ行って色上げをするのだ。苦しかろうがちッと我慢をしな」

と、清吉は耳元へ口を寄せて、労《いた》わるように囁《ささや》いた。

「美しくさえなるのなら、どんなにでも辛抱して見せましょうよ」

と、娘は身内《みうち》の痛みを抑えて、強《し》いて微笑《ほほえ》んだ。

「ああ、湯が滲《し》みて苦しいこと。……親方、後生だから私を打《う》っ捨《ちゃ》って、二階へ行って待って居てお呉れ、私はこんな悲惨《みじめ》な態《ざま》を男に見られるのが口惜《くや》しいから」

娘は湯上りの体を拭《ぬぐ》いもあえず、いたわる清吉の手をつきのけて、激しい苦痛に流しの板の間へ身を投げたまま、魘《うな》される如くに呻いた。気狂《きちがい》じみた髪が悩ましげにその頬《ほお》へ乱れた。女の背後には鏡台が立てかけてあった。真っ白な足の裏が二つ、その面へ映って居た。

昨日とは打って変った女の態度に、清吉は一《ひ》と方《かた》ならず驚いたが、云われるままに独り二階に待って居ると、凡《およ》そ半時*ばかり経《た》って、女は洗い髪を両肩へすべらせ、身じまいを整えて上って来た。そうして苦痛《くるしみ》のかげもとまらぬ晴れやかな眉を張って、欄干に靠《もた》れながらおぼろにかすむ大空を仰いだ。

「この絵は刺青と一緒にお前にやるから、それを持ってもう帰るがいい」

こう云って清吉は巻物を女の前にさし置いた。

「親方、私はもう今迄のような臆病な心を、さらりと捨ててしまいました。——お前さんは真先に私の肥料《こやし》になったんだねえ」

と、女は剣《つるぎ》のような瞳を輝かした。その耳には凱歌の声がひびいて居た。

「帰る前にもう一遍、その刺青を見せてくれ」

清吉はこう云った。

女は黙って頷《うなず》いて肌を脱いた。折から朝日が刺青の面《おもて》にさして、女の背《せなか》は燦爛《さんらん》とした。

少年

もうかれこれ二十年ばかりも前になろう。漸《ようや》く私が十ぐらいで、蠣殻《かきがら》町二丁目の家から水天宮《すいてんぐう》裏の有馬学校へ通って居た時分——人形町通りの空が霞《かす》んで、軒並の商家《あきゅうどや》の紺暖《こんの》簾《れん》にぽかぽかと日があたって、取り止めのない夢のような幼心にも何となく春が感じられる陽気な時候の頃《ころ》であった。

或《あ》るうらうらと晴れた日の事、眠くなるような午後の授業が済んで墨だらけの手に算《そろ》盤《ばん》を抱えながら学校の門を出ようとすると、

「萩原《はぎわら》の栄ちゃん」

と、私の名を呼んで後《うしろ》からばたばたと追いかけて来た者がある。その子は同級の塙《はなわ》信一と云って入学した当時から尋常四年*の今日まで附添人の女中を片時も側《そば》から離した事のない評判の意気地なし、誰も彼も弱虫だの泣き虫だのと悪口をきいて遊び相手になる者のない坊ちゃんであった。

「何か用かい」

珍らしくも信一から声をかけられたのを不思議に思って私はその子と附添の女中の顔をしげしげと見守った。

「今日あたしの家《うち》へ来て一緒にお遊びな。家のお庭でお稲荷《いなり》様のお祭*があるんだから」

緋《ひ》の打ち紐《ひも》で括《くく》ったような口から、優しい、おずおずした声で云って、信一は訴えるような眼差《まなざし》をした。いつも一人ぼっちでいじけて居る子が、何でこんな意外な事を云うのやら、私は少しうろたえて、相手の顔を読むようにぼんやり立った儘《まま》であったが、日頃は弱虫だの何だのと悪口を云っていじめ散らしたようなものの、こういって眼《め》の前に置いて見ると、有繋《さすが》良家の子息《むすこ》だけに気高く美しい所があるように思われた。糸織の筒袖《つつそで》に博多《はかた》の献上《けんじょう》の帯を締め、黄八丈《きはちじょう》の羽織を着てきゃらこの白足袋《しろたび》に雪駄《せった》*を穿《は》いた様子が、色の白い瓜実顔《うりざねがお》の面立《おもだち》とよく似合って、今更品位に打たれたように、私はうっとりとして了《しま》った。

「ねえ、萩原の坊ちゃん、家の坊ちゃんと御一緒にお遊びなさいましな。実は今日《こんにち》手前共にお祭がございましてね、あの成る可《べ》く大人しいお可愛《かわい》らしいお友達を誘ってお連れ申すようにお母様のお云い附けがあったものですから、それで坊ちゃんがあなたをお誘いなさるのでございますよ。ね、いらしって下さいましな。それともお嫌《いや》でございますか」

附添の女中にこう云われて、私は心中得意になったが、

「そんなら一旦家《いったんうち》へ帰って、断《ことわ》ってから遊びに行こう」

と、わざと殊勝《しゅしょう》らしい答をした。

「おやそうでございましたね。ではあなたのお家《うち》までお供して参って、お母様に私からお願い致しましょうか、そうして手前共へ御一緒に参りましょう」

「うん、いいよ。お前ン所は知って居るから後から一人でも行けるよ」

「そうでございますか。それではきっとお待ち申しますよ。お帰りには私がお宅までお送り申しますから、お心配なさらないようにお家へ断っていらっしゃいまし」

「ああ、それじゃさようなら」

こう云って、私は子供の方を向いてなつかしそうに挨拶《あいさつ》をしたが、信一は例の品のある顔をにこりともさせず、唯鷹揚《ただおうよう》にうなずいただけであった。

今日からあの立派な子供と仲好《なかよ》しになるのかと思うと、何となく嬉《うれ》しい気持がして、日頃遊び仲間の髪屋《かもじや》の幸吉や船頭の鉄公などに見付からぬように急いで家へ帰り、盲縞《めくらじま》の学校着を対《つい》の黄八丈の不断着に着更《きか》えるや否《いな》や、

「お母さん、遊びに行って来るよ」

と、雪駄をつッかけながら格子《こうし》先《さき》に云い捨てて、その儘塙の家へ駈《か》け出して行った。

有馬学校の前から真《ま》っ直《す》ぐに中之橋《なかのはし》を越え、浜町《はまちょう》の岡田*の塀《へい》へついて中洲《なかす》に近い河岸《かし》

通《どお》りへ出た所は、何となくさびれたような閑静な一廓《いっかく》をなして居る。今はなくなったが新大橋の袂《たもと》から少し手前の右側に名代の団子屋と煎餅屋《せんべいや》があって、そのすじ向うの角の、長い長い塀を繞《めぐ》らした厳《いか》めしい鉄格子の門が塙の家であった。前を通るとこんもりした邸内の植込みの青葉の隙《すき》から破風《はふ》型の日本館の瓦《かわら》が銀鼠《ぎんねず》色に輝き、そのうしろに西洋館の褪紅緋《たいこうひ》色《いろ》の煉瓦《れんが》がちらちら見えて、いかにも物持の住むらしい、奥床しい構えであった。

成る程その日は何か内にお祭でもあるらしく、陽気な馬鹿囃《ばかばや》しの太鼓の音が塀の外に洩《も》れ、開け放された横町の裏木戸からはこの界隈《かいわい》に住む貧乏人の子供達が多勢ぞろぞろ庭内に這入《はい》って行く。私は表門の番人の部屋へ行って信一を呼んで貰《もら》おうかとも思ったが、何となく恐ろしい気がしたので、その子供達と同じように裏木戸の潜《くぐ》りを抜けて構えの中へ這入った。

何と云う大きな屋敷だろう。こう思って私は瓢箪《ひょうたん》形をした池の汀《みぎわ》の芝生に佇《たたず》んでひろいひろい庭の中を見廻《みまわ》した。周延《ちかのぶ》が描いた千代田の大奥と云う三枚続きの絵にあるような遣《や》り水《みず》、築山《つきやま》、雪見《ゆきみ》燈籠《どうろう》、瀬戸物の鶴《つる》、洗い石《せき》などがお誂《あつら》い向きに配置されて、一つの大きな伽藍石《がらんせき》から小さい飛び石が幾個《いくつ》も幾個も長く続き、遥《はる》か向うに御殿のような座敷が見えている。彼処《あそこ》に信一が居るのかと思うと、もうとても今日は会えないような気がした。

多勢の子供達は毛氈《もうせん》のような青草の上を蹈《ふ》んで、のどかな暖かい日の下に遊んで居る。見ると綺麗《きれい》に飾られた庭の片隅《かたすみ》の稲荷の祠《ほこら》から裏の木戸口まで一間置き位に地口《じぐち》の行燈《あんどん》が列《なら》び、接待の甘酒だのおでんだの汁粉だのの屋台が処々《ところどころ》に設けられて、余興のお神楽《かぐら》や子供角力《ずもう》のまわりには真っ黒に人が集まっている。折角楽しみにして遊びに来たかいもなく、何だかがっかりして私はあてどもなく、其処《そこ》らを歩き廻った。

「兄《にい》さん、さあ甘酒を飲んでおいで、お銭《あし》は要らないんだよ」

甘酒屋の前へ来ると赤い襷《たすき》をかけた女中が笑いながら声をかけたが、私はむずかしい顔をして其処を通り過ぎた。やがておでん屋の前へ来ると、また、

「兄さん、さあおでんを喰《た》べておいで、お銭がなくっても上げるんだよ」

と、頭の禿《は》げた爺に声をかけられる。

「いらないよ、いらないよ」

と、私は情ない声を出して、あきらめたように裏木戸へ引き返そうとした時、紺の法被《はっぴ》を着た酒臭い息の男が何処《どこ》からかやって来て、

「兄さん、お前《めえ》はまだお菓子を貰わねえんだろう。けえるんならお菓子を貰ってけえりな。さ、これを持って彼処の御座敷の小母《おば》さんの処へ行くとお菓子をくれるから、

早く貰って来るがいい」

こう云って真紅《まっか》に染めたお菓子の切符を渡してくれた。私は悲しさが胸にこみ上げて来たが、若《も》しや座敷の方へ行ったら信一に会えるか知らんと思い、云われる儘に切符を貰って又庭の中を歩き出した。

幸いとそれから間もなく附添の女中に見附けられて、

「坊ちゃん、よくいらしって下さいました。もう先《さっき》からお待ち兼ねでございますよ。さあ彼方《あちら》へいらっしゃいまし。こう云う卑《いや》しい子供達の中でお遊びになってはいけません」

と、親切に手を握られ、私は思わず涙ぐんで直ぐには返事が出来なかった。

床《ゆか》の高い、子供の丈《たけ》ぐらい有りそうな縁に沿うて、庭に突き出た広い座敷の蔭《かげ》へ廻ると、十坪ばかりの中庭に、萩の袖垣《そでがき》を結い繞らした小座敷の前へ出た。

「坊ちゃん、お友達がいらっしゃいましたよ」

青桐《あおぎり》の木立の下から女中が呼び立てると、障子《しょうじ》の蔭にばたばたと小刻みの足音がして、

「此方《こちら》へお上がんな」

と甲高《かんだか》い声で怒鳴りながら、信一が縁側へ駈けて来た。あの臆病な子が、何処を押せばこんな元気の好い声が出るのだろうと、私は不思議に思いながら、見違える程盛装

した友の様子をまぶしそうに見上げた。黒羽二重《くろはぶたえ》の熨斗目《のしめ》の紋附に羽織袴《はおりはかま》を着けて立った姿は、縁側一杯に照らす麗《うらら》かな日をまともに浴びて黒い七子《ななこ》の羽織地が銀沙《ぎんすなご》のようにきらきら光って居る。

友達に手をひかれて通されたのは八畳ばかりの小綺麗な座敷で、餅菓子《もちがし》の折の底を嗅《か》ぐような甘い香りが部屋の中に漂い、ふくよかな八反《はったん》の座布団《ざぶとん》が二つ人待ち顔に敷かれてあった。直ぐにお茶だのお菓子だのお強飯《こわ》に口取りを添えた溜塗《ためぬり》の高台だのが運ばれて、

「坊ちゃん、お母様がお友達と仲よくこれを召し上がるようにって。……それから今日は好いお召を召していらっしゃるんですから、あんまりお徒《いた》をなさらないように大人しくお遊びなさいましよ」

と、女中は遠慮している私に強飯やきんとんを勧めて次へ退《さが》って了った。

物静かな、日あたりの好い部屋である。燃えるような障子の紙に縁先の紅梅の影が映って、遥かに庭の方から、てん、てん、てん、とお神楽の太鼓の音が子供達のガヤガヤ云う騒ぎに交って響いて来る。私は遠い不思議な国に来たような気がした。

「信ちゃん、お前はいつもこのお座敷にいるのかい」

「ううん。此処《ここ》は本当は姉さんの所《とこ》なの。彼処にいろんな面白い姉さんの玩具《おもちゃ》がある

から見せて上げようか」

こう云って信一は地袋《じぶくろ》*の中から、奈良人形の猩々《しょうじょう》や、極込細工《きめこみざいく》の尉《じょう》と姥《うば》や、西京《さいきょう》の芥子《け し》人形、伏見《ふしみ》人形、伊豆蔵《い ず くら》人形などを二人のまわりへ綺麗に列《なら》べ、さまざまの男女の姿をした首人形を二畳程の畳の目へ数知れず挿《さ》し込んで見せた。二人は布団へ腹這いになって、髯《ひげ》を生やしたり、眼をむきだしたりして居る巧緻《こうち》な人形の表情を覗《のぞ》き込むようにした。そうしてこう云う小さな人間の住む世界を想像した。

「まだここに絵双紙《え ぞうし》*が沢山あるんだよ」

と、信一は又袋戸棚《ふくろとだな》から、半四郎や菊之丞《きくのじょう》*の似顔絵のたとうに一杯詰まって居る草双紙を引《ひ》き擦《ず》り出して、色々の絵本を見せてくれた。何十年立ったか判《わか》らぬ木版刷の極彩色が、光沢《つや》も褪《あ》せないで鮮やかに匂《にお》っている美濃紙《みのがみ》の表紙を開くと、黴臭《かびくさ》いケバケバの立って居る紙の面に、旧幕時代の美しい男女の姿が生き生きとした目鼻立ちから細かい手足の指先まで、動き出すように描かれている。丁度この屋敷のような御殿の奥庭で、多勢の腰元と一緒にお姫様が蛍《ほたる》を追って居るかと思えば、淋《さび》しい橋の袂で深《ふか》編笠《あみがさ》の侍が下郎の首を打ち落し、死骸《し がい》の懐中から奪い取った文箱《ふばこ》の手紙を、月にかざして読んで居る。その次には黒装束に覆面の曲者《くせもの》がお局《つぼね》の中へ忍び込んで、ぐっすり寝て居る椎茸髱《しいたけたぼ》*の女の喉元《のどもと》へ布団の上から刀を突き通して居る。又ある所では行燈《あんどん》の火影《ほかげ》かすかな一と間の中に、濃艶《のうえん》な寝間着姿の女が血のしたたる剃刀《かみそり》を口に咬《くわ》え、虚《こ》空《くう》を摑《つか》んで足許《あしもと》に斃《たお》れて居る男の死に態《ざま》をじろりと眺《なが》めて、「ざまを見やがれ」と云いながら立って居る。信一も私も一番面白がって見たのは奇怪な殺人の光景で、眼球が飛び出して居る死人の顔だの、胴斬《どうぎ》りにされて腰から下だけで立って居る人間だの、真っ黒な血痕《けっこん》が雲のように斑《ふ》をなして居る不思議な図面を、夢中になって覗き込んで居ると、

「あれ、また信ちゃんは人の物を徒《いたず》らして居るんだね」

こう云って、友禅《ゆうぜん》の振袖を着た十三四の女の子が襖《ふすま》を開けて駈け込んで来た。額のつまった、眼元口元の凜々《りり》しい顔に子供らしい怒りを含んで、つッと立った儘弟と私の方をきりきり睨《ね》め付《つ》けている。信一は一と縮みに縮み上って蒼《あお》くなるかと思いの外、

「何云ってるんだい。徒らなんかしやしないよ。お友達に見せてやってるんじゃないか」

と、まるで取り合わないで、姉の方を振り向きもせずに絵本を繰っている。

「徒らしない事があるもんか。あれ、いけないってばさ」

ばたばたと姉は駈け寄って、見て居る本を引ったくろうとしたが、信一もなかなか放さない。表紙と裏とを双方が引張って、綴《と》じ目の所が今にも裂けそうになる、暫《しばら》くそ

うして睨《にら》み合って居たが、

「姉さんのけちんぼ！　もう借りるもんかい」

と、信一はいきなり本をたたき捨てて、有り合う奈良人形を姉の顔へ投げ付けたが、狙《ねら》いが外れて床の間《とこのま》の壁へ当った。

「それ御覧な、そんな徒らをするじゃないか。――またあたしを打《ぶ》つんだね。いいよ、打つなら沢山お打ち。この間もお前のお蔭で、こら、こんなに痣《あざ》になってまだ消えやしない。これをお父様に見せて云っつけてやるから覚えておいで」

恨めしそうに涙ぐみながら、姉は縮緬《ちりめん》の裾《すそ》をまくって、真っ白な右脚の脛《はぎ》に印せられた痣の痕《あと》を見せた。丁度膝頭《ひざがしら》のあたりからふくら脛へかけて、血管が青く透いて見える薄い柔かい肌《はだ》の上を、紫の斑点《はんてん》がぼかしたように傷々《いたいた》しく濁染《にじ》んでいる。

「云っつけるなら勝手におい云っつけ。けちんぼけちんぼ」

信一は人形を足で滅茶々々に蹴倒《けたお》して、

「お庭へ行って遊ぼう」

と、私を連れて其処を飛び出してしまった。

「姉さん、泣いて居るか知ら」

戸外へ出ると、気の毒なような悲しいような気持になって私は尋ねた。

「泣いたっていいんだよ。毎日喧嘩《けんか》して泣かしてやるんだ。姉さんたってあれはお妾《めかけ》の子なんだもの」

こんな生意気な口をきいて、信一は西洋館と日本館の間にある欅《けやき》や榎《えのき》の大木の蔭へ歩いて行った。其処は繁茂した老樹の枝がこんもりと日を遮《さえぎ》って、じめじめした地面には青苔《あおごけ》が一面に生え、暗い肌寒い気流が二人の襟元《えりもと》へしみ入るようであった。大方古井戸の跡でもあろう、沼とも池とも附かない濁った水溜《みずたま》りがあって、水草が緑青《ろくしょう》のようにに浮いて居る。二人はその滸《ほとり》へ腰を下ろして、湿っぽい土の匂いを嗅ぎながらぼんやり足を投げ出して居ると、何処からともなく幽玄な、微妙な奏楽の響きが洩れて来た。

「あれは何だろう」

こう云いながらも、私は油断なく耳を傾けた。

「あれは姉さんがピアノ*を弾いて居るんだよ」

「ピアノって何だい」

「オルガンのようなものだって、姉さんがそう云ったよ。異人の女が毎日あの西洋館へ来て姉さんに教えてやってるの」

こう云って信一は西洋館の二階を指さした。肉色の布*のかかった窓の中から絶えず洩れて来る不思議な響き。……或る時は森の奥の妖魔《ようま》が笑う木霊《こだま》のような、或る時はお伽噺《とぎばなし》に出て来る侏儒《こびと》共が多勢揃《そろ》って踊るような、幾千の細かい想像の綾糸《あやいと》で、幼い頭へ微妙な夢を織り込んで行く不思議な響きは、この古沼の水底で奏《かな》でるのかとも疑われる。

奏楽の音が止《や》んだ頃《ころ》、私はまだ消えやらぬ ecstasy の尾を心に曳《ひ》きながら、今にあの窓から異人や姉娘が顔を出しはすまいかと思い憧《あこが》れてじっと二階を視《み》つめた。

「信ちゃん、お前は彼処へ遊びに行かないのかい」

「ああ徒らをしてはいけないって、お母さんがどうしても上げてくれないの、いつかそッと行って見ようとしたら、錠が下りて居てどうしても開かなかったよ」

信一も私と同じように好奇な眼つきをして二階を見上げた。

「坊ちゃん、三人で何かして遊びませんか」

ふと、こう云う声がしてうしろから駈けて来た者がある。それは同じ有馬学校の一二年上の生徒で、名前こそ知らないが、毎日のように年下の子供をいじめて居る名代の餓鬼大将だから顔はよく覚えて居た。どうして此奴《こいつ》がこんな処へやって来たのだろうと、訝《いぶか》りながら黙って様子を見て居ると、その子は信一に仙吉《せんきち》々と呼び捨てにされながら、坊ちゃん坊ちゃんと御機嫌《ごきげん》を取って居る。後で聞いて見れば塙の家の馬丁*の子であったが、その時私は、猛獣遣《づか》いのチャリネ*の美人を見るような眼で、信一を見ない訳には行かなかった。

「そんなら三人で泥坊《どろぼう》ごっこしよう。あたしと栄ちゃんがお巡査《まわりさん》になるから、お前は泥坊におなんな」

「なってもいいけれど、この間見たいに非道《ひど》い乱暴をしっこなしですよ。坊ちゃんは縄《なわ》で縛ったり、鼻糞《はなくそ》をくッつけたりするんだもの」

この問答をきいて、私は愈々《いよいよ》驚いたが、可愛《かわい》らしい女のような信一が、荒くれた熊《くま》のような仙吉をふん縛って苦しめて居る光景を、どう考えて見ても実際に想像することが出来なかった。

やがて信一と私は巡査になって、沼の周囲や木立の間を縫いながら盗賊の仙吉を追い廻したが、此方は二人でも先方は年上だけに中々捕まらない。漸《ようや》くの事で西洋館の裏手の塀《へい》の隅《すみ》にある物置小屋まで追い詰めた。

二人はひそひそと示し合わせて、息を殺し、跫音《あしおと》を忍ばせ、そうっと小屋の中へ這入《はい》った。併《しか》し仙吉は何処《どこ》に隠れたものか姿が見えない。そうして糠味噌《ぬかみそ》だの醤油樽《しょうゆだる》だのの咽《む》せ返るような古臭い匂いが、薄暗い小屋の中にこもって、わらじ虫がぞろぞろと蜘蛛《くも》の巣だらけの屋根裏や樽の周囲に這って居る有様が、何か不思議な面白い徒らを幼い者にそそのかすようであった。すると何処やらでくすくすと忍び笑いをするのが聞えて、忽《たちま》ち梁《うつばり》に吊《つ》るしてあった用心籠《ようじんかご》*がめりめり鳴るかと思うと、其処から「わあ」と云いながら仙吉の顔が現れた。

「やい、下りて来い。下りて来ないと非道い目に合わせるぞ」

信一は下から怒鳴って、私と一緒に箒《ほうき》で顔をつッ突こうとする。

「さあ来い。誰でも傍《そば》へ寄ると小便をしっかけるぞ」

仙吉が籠の上から、あわや小便をたれそうにしたので、信一は用心籠の真下へ廻り、有り合う竹竿《たけざお》で籠の目から仙吉の臀《しり》だの足の裏だの、所嫌《きら》わずつッ突き始めた。

「さあ、これでも下りないか」

「あいた、あいた。へい、もう下りますから御免なさい」

悲鳴を揚げてあやまりながら、痛む節々を抑えて下りて来た奴《やつ》の胸ぐらを取って、

「何処で何を盗んだか、正直に白状しろ」

と、信一は出鱈目《でたらめ》に訊問《じんもん》を始める。仙吉は又、やれ白木屋《しろきや》*で反物を五反取ったの、にんべん*で鰹節《かつおぶし》を盗んだの、日本銀行でお札をごまかしたのと、出鱈目ながら生意気な事を云った。

「うん、そうか、太い奴だ。まだ何か悪い事をしたろう。人を殺した覚えはないか」

「へいございます。熊谷土手《くまがい》*で按摩《あんま》を殺して五十両の財布を盗みました。そうしてそのお金で吉原へ参りました」

緞帳芝居が覗き機巧で聞いて来るものと見えて、如何にも当意即妙の返答である。

「まだその外にも人を殺したろう。よし、よし、云わないな。云わなければ拷問《ごうもん》にかけてやる」

「もうこれだけでございますから、堪忍《かんにん》しておくんなさい」

信一は、手を合わせて拝むようにするのを耳にもかけず、素早く仙吉の締めて居る薄《うす》穢《ぎたな》い浅黄《あさぎ》の唐縮緬《とうちりめん》の兵児帯《へこおび》を解いて後手に縛り上げた上、そのあまりで両脚の踝《くるぶし》まで器用に括《くく》った。それから仙吉の髪の毛を引っ張ったり、頰《ほっ》ぺたを摘《つ》まみ上げたり、眼瞼《まぶた》の裏の紅《あか》い処をひっくりかえして白眼を出させたり、耳朶《みみたぶ》や唇《くちびる》の端を摑んで振って見たり、芝居の子役か雛妓《おしゃく》*の手のようなきゃしゃな青白い指先が狡猾《こうかつ》に働いて、肌《き》理《め》の粗い黒く醜く肥えた仙吉の顔の筋肉は、ゴムのように面白く伸びたり縮んだりした。それにも飽きると、

「待て、待て。貴様は罪人だから額に入墨をしてやる」

こう云いながら、其処にあった炭俵の中から佐倉炭の塊を取り出し、唾《つば》をかけて仙吉の額へこすり始めた。仙吉は滅茶々々にされて崩れ出しそうな顔の輪廓《りんかく》を奇態《きたい》に歪《ゆが》

めながらひいひいと泣いて居たが、しまいにはその根気さえなくなって、相手の為《な》すがままに委《まか》せた。日頃《ひごろ》学校では馬鹿に強そうな餓鬼大将の荒くれ男が、信一の為めに見る影もない態《ざま》になって化け物のような目鼻をして居るのを見ると、私はこれ迄《まで》出会ったことのない一種不思議な快感に襲われたが、明日学校で意趣返し*されると云う恐れがあるので、信一と一緒に徒らをする気にはなれなかった。

暫くしてから帯を解いてやると、仙吉は恨めしそうに信一の顔を横目で睨んで、力なくぐたりと其処へ突っ俯《つぷ》した儘《まま》何と云っても動かない。腕を摑んで引き起そうとしても亦《また》ぐたりと倒れてしまう。二人とも少し心配になって、様子を窺《うかが》いながら黙って彳《たたず》んで居たが、

「おい、どうかしたのかい」

と、信一が邪慳《じゃけん》に襟頸《えりくび》を捕えて、仰向かせて見れば、いつの間にか仙吉は泣く真似《まね》をして汚れた顔を筒袖《つつそで》で半分程拭《ふ》き取ってしまって居る可笑《おか》しさに、

「わはははは」

と、三人は顔を見合わせて笑った。

「今度は何か外の事をして遊ぼう」

「坊ちゃん、もう乱暴をしちゃいけませんよ。こら御覧なさい、こんなにひどく痕が

附いたじゃありませんか」

見ると仙吉の手頸の所には、縛られた痕が赤く残って居る。

「あたしが狼《おおかみ》になるから、二人旅人にならないか。そうしてしまいに二人共狼に喰《く》い殺されるんだよ」

信一が又こんな事を云い出したので、私は薄気味悪かったが、仙吉が、

「やりましょう」

と云うから承知しない訳にも行かなかった。私と仙吉とが旅人のつもり、この物置小屋がお堂のつもりで、野宿をしていると、真夜中頃に信一の狼が襲って来て、頻《しき》りに戸の外で吠《ほ》え始める。とうとう狼は戸を喰い破ってお堂の中を四つ這いに這いながら、犬のような牛のような稀有《けう》な呻《うな》り声を立て、逃げ廻る二人の旅人を追い廻す。信一があまり真面目《まじめ》でやって居るので、摑まったらどんな事をされるかと、私は心《しん》から少し恐《こわ》くなってにやにや不安な笑いを浮かべながら、その実一生懸命俵の上や莚《むしろ》の蔭《かげ》を逃げ廻った。

「おい仙吉、お前はもう足を喰われたから歩いちゃいけないよ」

狼はこう云って旅人の一人をお堂の隅へ追い詰め、体にとび上がって方々へ喰い付くと、仙吉は役者のするような苦悶《くもん》の表情をして、眼《め》をむき出すやら、口を歪めるやら

いろいろの身振りを巧みに演じて居たが、遂《つい》に喉笛《のどぶえ》を喰い切られて、キャッと知死期《ちしご》の悲鳴を最後に、手足の指をぶるぶるとわななかせ、虚空を摑んでバッタリ倒れてしまった。

さあ今度は私の番だ。こう思うと気が気でなく、急いで樽の上へ跳び上がると、狼に着物の裾を咬《くわ》えられ、恐ろしい力で下からぐいぐい引っ張られた。私は真《ま》っ蒼《さお》になって樽へしっかり摑まって見たが、激しい狼の剣幕に気後れがして、「ああもうとても助からない」と観念の眼を閉ずる間もなく引きずり落され、土間へ仰向きに転げたかと思うと、信一は疾風のように私の首ッたまへのしかかって喉笛を喰い切った。

「さあもう二人共死骸になったんだからどんな事をされても動いちゃいけないよ。これから骨までしゃぶってやるぞ」

信一にこう云われて、二人ともだらしなく大の字なりに土間へ倒れたまま、一寸《いっすん》も動けなかった。急に私は体の処々方々がむず痒《がゆ》くなって、着物の裾のはだけた処《ところ》から冷めたい風がすうすうと股《また》ぐらに吹き込み、一方へ伸ばした右の手の中指の先が微《かす》かに仙吉の髪の毛に触れて居るのを感じた。

「此奴《こいつ》の方が太って居て旨《うま》そうだから、此奴から先へ喰ってやろう」

信一はさも愉快そうな顔をして、仙吉の体へ這い上がった。

「あんまり非道いことをしちゃいけませんよ」

と、仙吉は半眼を開き、小声で訴えるように囁《ささや》いた。

「そんな非道い事はしないから、動くときかないよ」

むしゃむしゃと仰山に舌を鳴らしながら、頭から顔、胴から腹、両腕から股や脛の方までも喰い散らし土のついた草履《ぞうり》のまま目鼻の上でも胸の上でも勝手に蹈《ふ》み躪《にじ》るので、又しても仙吉は体中泥だらけになった。

「さあこれからお臀の肉だ」

やがて仙吉は俯向《うつむ》きに臥《ね》かされ、臀を捲《ま》くられたかと思うと、薤《らっきょう》を二つ並べたように腰から下が裸体になってぬッと曝《さら》し出された。まくり上げた着物の裾を死体の頭へ被《かぶ》せて背中へ跳び乗った信一は、又むしゃむしゃとやって居たが、どんな事をされても仙吉はじっと我慢をして居る。寒いと見えて粟立《あわだ》った臀の肉が蒟蒻《こんにゃく》のように顫《ふる》えていた。

今に私もあんな態《ざま》をさせられるのだ。こう思って密《ひそ》かに胸を轟《とどろ》かせたが、まさか仙吉同様の非道い目にも合わすまい位に考えて居ると、やがて信一は私の胸の上へ跨《また》がって、先《ま》ず鼻の頭から喰い始めた。私の耳には甲斐絹《かいき》の羽織の裏のさやさやとこすれて鳴るのが聞え、私の鼻は着物から放つ樟脳《しょうのう》の香を嗅《か》ぎ、私の頰は羽二重《はぶたえ》の裂地《きれじ》にふうわりと撫《な》でられ、胸と腹とは信一の生暖かい体の重味を感じている。潤おいのある唇や滑かな舌の端が、ぺろぺろと擽《くす》ぐるように舐《な》めて行く奇怪な感覚は恐ろしいと云う念を打ち消して魅するように私の心を征服して行き、果ては愉快を感ずるようになった。忽《たちま》ち私の顔は左の小鬢《こびん》から右の頰へかけて激しく蹈み躪られ、その下になった鼻と唇は草履の裏の泥と摩擦したが、私はそれをも愉快に感じて、いつの間にか心も体も全く信一の傀儡《かいらい》*となるのを喜ぶようになってしまった。

やがて私も俯向きにされて裾を剝《は》がされ、腰から下をぺろぺろと喰われてしまった。信一は、二つの死骸が裸にされた臀を土間へ列《なら》べて倒れている様子を、さも面白そうにからから笑って見て居たが、その時不意に先《さっき》の女中が小屋の戸口に現れたので、私も仙吉も吃驚《びっくり》して起き上った。

「おや、坊ちゃんは此処にいらっしゃるんですか。まあお召物を台なしに遊ばして何をなすっていらっしゃるんですねえ。どうして又こんな穢《きたな》い所でばかりお遊びになるんでしょう。仙ちゃん、お前が悪いんだよ、ほんとに」

女中は恐ろしい眼つきをして叱《しか》りながら、泥の足型が印せられて居る仙吉の目鼻を、様子ありげに眺《なが》めて居る。私はまだ蹈みつけられた顔の痕がぴりぴりするのをじっと堪えて何か余程の悪事でも働いた後のような気になって立ちすくんだ。

「さあ、もうお風呂《ふろ》が沸きましたから、好い加減に遊ばしてお家《うち》へお這入りなさいませんと、お母様に叱られますよ。萩原の坊ちゃんも亦いらしって下さいましな。もう遅うございますから、私がお宅までお送り申しましょうか」

女中も私にだけは優しくしたが、

「独りで帰れるから、送って貰《もら》わないでもいいの」

こう云って私は辞退した。

門の所まで送って来てくれた三人に、

「あばよ」

と云って戸外へ出ると、いつの間にか街は青い夕靄《ゆうもや》に罩《こ》められて、河岸《かし》通《どお》りにはちらちら灯《ひ》がともって居る。私は恐ろしい不思議な国から急に人里へ出て来たような気がして、今日の出来事を夢のように回想しながら家へ帰って行ったが、信一の気高く美しい器量や人を人とも思わぬ我が儘な仕打ちは、一日の中《うち》にすっかり私の心を奪って了《しま》った。

明くる日学校へ行って見ると、昨日あんな非道い目に会わされた仙吉は、相変らず多勢の餓鬼大将になって弱い者いじめをして居る代り、信一は又いつもの通りの意気地なしで、女中と一緒に小さくなって運動場の隅の方にいじけて居る気の毒さ。

「信ちゃん、何かして遊ばないか」

と、たまたま私が声をかけて見ても、

「ううん」

と云ったなり、眉根《まゆね》を寄せて不機嫌らしく首を振るばかりである。

それから四五日立った或《あ》る日のこと、学校の帰りがけに信一の女中は又私を呼び止めて、

「今日はお嬢様のお雛様《ひなさま》が飾ってございますから、お遊びにいらっしゃいまし」

こう云って誘ってくれた。

その日は表の通用門から番人にお時儀《じぎ》をして這入って、正面の玄関の傍にある細格子《ほそごうし》の出入り口を開けると、直《す》ぐに仙吉が跳んで来て廊下伝いに中二階の十畳の間へ連れて行った。信一と姉の光子は雛段の前に臥《ね》そべりながら、豆炒《まめい》りを喰べて居たが、二人が這入って来ると急にくすくす笑い出した様子が、何か又怪《け》しからぬ徒《いたず》らを企《たくら》んで居るらしいので、

「坊ちゃん、何か可笑しいことがあるんですか」

と、仙吉は不安らしく姉弟の顔を眺めて居る。

緋羅紗《ひらしゃ》を掛けた床の雛段には、浅草の観音堂のような紫宸殿《ししんでん》の甍《いらか》が聳《そび》え、内裏様《だいりさま》や五

人雛《にんばや》しの官女が殿中に列んで、左近《さこん》の桜右近《うこん》の橘《たちばな》の下には、三人上戸《じょうご》の仕丁《じちょう》が酒を煖《あたた》めて居る。その次の段には、燭台《しょくだい》だのお膳《ぜん》だの鉄漿《おはぐろ》の道具だの唐草の金蒔絵《きんまきえ》をした可愛い調度が、この間姉の部屋にあったいろいろの人形と一緒に飾ってある。私が雛段の前に立って、つくづくとそれに見惚《みと》れて居ると、うしろからそうっと信一がやって来て、

「今ね、仙吉を白酒で酔っ払わしてやるんだよ」

こう耳うちをしたが、直ぐにばたばたと仙吉の方へ駈《か》けて行って、

「おい仙吉、これから四人《よったり》でお酒盛りをしようじゃないか」

と何喰わぬ顔で云い出した。

四人は円くなって、豆炒りを肴《さかな》に白酒を飲み始めた。

「これはどうも結構な御酒《ごしゅ》でございますな」

などと大人めいた口をきいて皆を笑わせながら、仙吉は猪口《ちょく》を持つような手つきで茶飲み茶碗《ちゃわん》からぐいぐいと白酒を呷《あお》った。今に酔っ払うだろうと思うと可笑しさが胸へこみ上げて、時々姉の光子は堪《たま》りかねたように腹を抱えたが、仙吉が酔っ払う時分には少しばかりお相手をした他の三人も、そろそろ怪しくなって来た。下腹の辺に熱い酒がぶつぶつ沸き上がって、額から双の蟀谷《こめかみ》がほんのり汗ばみ、頭の鉢《はち》の周囲が妙に

痺《しび》れて、畳の面《おもて》は船底のように上下左右へ揺れて居る。

「坊ちゃん私は酔いましたよ。皆《みんな》も真赤な顔をして居るじゃありませんか。一つ立って歩いて見ませんか」

仙吉は立ち上がって大手を振りながら座敷を歩き出したが、直ぐに足許《あしもと》がよろけて倒れる拍子に、床柱へこつんと頭を打ち付けたので、三人がどっと吹き出すと、

「あいつ、あいつ」

と、頭をさすって顔を顰《しか》めて居る当人も可笑しさが堪《こら》えられず、鼻を鳴らしてくすくす笑って居る。

やがて三人も仙吉の真似《まね》をして立ち上り、歩いては倒れ、倒れては笑い、キャッキャッと図に乗って途方もなく騒ぎ出した。

「エーイッ、ああ好い心持だ。己《おれ》は酔って居るんだぞ、べらんめえ」

仙吉が臀を端折《はしょ》って弥造《やぞう》*を拵《こしら》え、職人の真似をして歩くと、信一も私も、しまいには光子までが臀を端折って肩へ拳骨《げんこつ》を突っ込み、丁度お嬢吉三《じょうきちざ》*のような姿をして、

「べらんめえ、己れは酔っ払いだぞ」

と、座敷中をよろよろ練り歩いては笑い転げる。

「あッ、坊ちゃん坊ちゃん、狐《きつね》ごっこをしませんか」

仙吉がふと面白い事を考え付いたようにこう云い出した。私と仙吉と二人の田舎者が狐退治に出かけると、却《かえ》って女に化けた光子の狐の為めに化かされて了い、散々な目に会って居る所へ、侍の信一が通りかかって二人を救った上、狐を退治てくれると云う趣向である。まだ酔っ払って居る三人は直ぐに賛成して、その芝居に取りかかった。先ず仙吉と私とが向う鉢巻に臀端折《しりばしょ》りで、手に手にはたきを振りかざし、

「どうもこの辺に悪い狐が出て徒らをするから、今日こそ一番退治てくれべえ」

と云いながら登場する。向うから光子の狐がやって来て、

「もし、もし、お前様達に御馳走《ごちそう》して上げるから、あたしと一緒にいらっしゃいな」

こう云って、ぽんと、二人の肩を叩《たた》くと、忽《たちま》ち私も仙吉も化かされて了い、

「いよう、何とはあ素晴しい別嬪《べっぴん》でねえか」

などと、眼を細くして光子にでれつき始める。

「二人とも化かされてるんだから、糞《うんこ》を御馳走のつもりで喰べるんだよ」

光子は面白くて堪らぬようにゲラゲラ笑いながら、自分の口で喰いちぎった餡《あん》ころ餅《もち》だの、滅茶滅茶に足で蹈み潰《つぶ》した蕎麦饅頭《そばまんじゅう》だの、鼻汁で練り固めた豆炒りだのを、さも穢ならしそうに皿の上へ堆《うずたか》く盛って私達の前へ列べ、

「これは小便のお酒のつもりよ。——さあお前さん、一つ召し上がれ」

と、白酒の中へ痰《たん》や唾吐《つばき》を吐き込んで二人にすすめる。

「おおおいしい、おおおいしい」

と舌鼓《したつづみ》を打ちながら、私も仙吉も旨そうに片端から残らず喰べてしまったが、白酒と豆炒とは変に塩からい味がした。

「これからあたしが三味線《しゃみせん》を弾いて上げるから、二人お皿を冠《かぶ》って踊るんだよ」

光子がはたきを三味線の代りにして「こりゃこりゃ」と唄《うた》い始めると、二人は菓子皿を頭へ載せて、「よい来た、よいやさ」と足拍子を取って踊り出した。

其処《そこ》へやって来た侍の信一が、忽ち狐の正体を見届ける。

「獣の癖に人間を欺《だま》すなどとは不届きな奴だ。ふん縛って殺して了うからそう思え」

「あれッ、信ちゃん乱暴な事をすると聴かないよ」

勝気な光子は負けるが嫌《いや》さに信一と取っ組み合い、お転婆《てんば》の本性を現わして強情にも中々降参しない。

「仙吉、この狐を縛るんだからお前の帯をお貸し。そうして暴れないように二人で此奴の足を抑えて居ろ」

私はこの間見た草双紙の中の、旗本の若侍が仲間《ちゅうげん》*と力を協《あ》わせて美人を掠奪《りゃくだつ》する挿絵《さしえ》の事を想《おも》い泛《う》かべながら、仙吉と一緒に友禅の裾模《すそも》様《よう》の上から二本の脚をしっかりと抱きかかえた。その間に信一は辛《かろ》うじて光子を後手に縛り上げ、漸《ようや》く縁側の欄干に括《くく》り着ける。

「栄ちゃん、此奴の帯を解いて猿轡《さるぐつわ》を篏《は》めておやり」

「よし来た」

と、私は早速光子の後に廻って鬱《う》金縮緬《こんちりめん》の扱帯《しごき》を解き、結いたての唐人髷《とうじんまげ》がこわれぬように襟足《えりあし》の長い頸《くび》すじへ手を挿し入れ、しっとりと油にしめって居る髱《たぼ》*の下から耳を掠《かす》めて頤《おとがい》のあたりをぐるぐると二た廻り程巻きつけた上、力の限り引き絞ったから縮緬はぐいぐいと下脹《しもぶく》れのした頰《ほお》の肉へ喰い入り、光子は金閣寺の雪姫*のように身を悶《もだ》えて苦しんで居る。

「さあ今度はあべこべに貴様を糞攻《くそぜ》めにしてやるぞ」

信一が餅菓子を手当り次第に口へ啣《ふく》んでは、ぺっぺっと光子の顔へ吐き散らすと、見る見るうちにさしも美しい雪姫の器量も癩病《らいびょう》やみか瘡《かさ》っかきのように、二た目と見られない姿になって行く面白さ。私も仙吉もとうとう釣《つ》り込まれて、

「こん畜生、よくも先己達《さっきおれたち》に穢い物を喰わせやがったな」

こう云って信一と一緒にぺっぺっとやり出したが、それも手緩《てぬる》くなって、しまいには額と云わず、頰と云わず、至る所へ喰いちぎった餅菓子を擦りつけて、餡ころを押し

潰したり、大福の皮をなすりつけたり、またたくうちに光子の顔を万遍なく汚してしまった。目鼻も判《わか》らぬ真っ黒なのっぺらぽうな怪物が唐人髷に結って、濃艶《のうえん》な振り袖姿をしている所は、さしずめ百物語*か化物合戦記に出て来そうで、光子はもう抵抗する張合もなくなったと見え、何をされても大人しく死んだようになって居る。

「今度だけは命を助けてやる。これから人間を化かしたりなんかすると殺して了うぞ」

間もなく信一が猿轡や縛《いま》しめを解いてやると、光子はふいと立ち上って、いきなり襖《ふすま》の外へ、廊下をばたばたと逃げて行った。

「坊ちゃん、お嬢さんは怒って云っつけに行ったんですぜ」

今更飛んでもない事をしたと云う風に、仙吉は心配らしく私と顔を見合わせる。

「なに云っつけたって構うもんか、女の癖に生意気だから、毎日喧嘩《けんか》していじめてやるんだ」

信一が空嘯《そらうそぶ》いて威張って居る所へ、今度はすうッと徐《しず》かに襖が開いて、光子が綺麗《きれい》に顔を洗って戻って来た。餡と一緒にお白粉《しろい》までも洗い落して了ったと見え、却って前よりは冴《さ》え冴《ざ》えとして、つやのある玉肌《たまはだ》の生地《きじ》が一と際《きわ》透き徹《とお》るように輝いて居る。

定めし又一と喧嘩持ち上るだろうと待ち構えて居ると、

「誰かに見つかるときまりが悪いから、そうッとお湯殿へ行って落して来たの。――ほんとに皆《みんな》乱暴だったらありゃしない」

と、光子は物柔かに恨みを列べるだけで、而《しか》もにこにこ笑って居る。

すると信一は図に乗って、

「今度は私《あたし》が人間で三人犬にならないか。私がお菓子や何かを投げてやるから、皆《みんな》四つ這いになってそれを喰べるのさ。ね、いいだろ」

と云い出した。

「よし来た、やりましょう。――さあ犬になりましたよ。わん、わん、わん」

早速仙吉は四つ這いになって、座敷中を威勢よく駈け廻る。その尾について又私が駈け出すと光子も何と思ったか、

「あたしは雌犬よ」

と、私達の中へわり込んで来て、其処ら中を這い廻った。

「ほら、ちんちん。………お預けお預け」

などと三人は勝手な芸をやらせられた揚句、

「よウし！」

と云われれば、先を争ってお菓子のある方へ跳び込んで行く。

「ああ好い事がある。待て、待て」

こう云って信一は座敷を出て行ったが、間もなく緋縮緬のちゃんちゃんを着た本当の狆《ちん》を二匹連れて来て、我々の仲間入りをさせ、喰いかけの餡ころだの、鼻糞や唾吐《つばき》のついた饅頭だのを畳へばらばら振り撒《ま》くと、犬も狆も我れ勝ちに獲物《えもの》の上へ折り重なり、歯をむき出し舌を伸ばして、一つ餅菓子を喰い合ったり、どうかするとお互に鼻の頭を舐《な》め合ったりした。

お菓子を平げて了った狆は、信一の指の先や足の裏をぺろぺろやり出す。三人も負けない気になってその真似を始める。

「ああ擽《くす》ぐったい、擽ぐったい」

と、信一は欄干に腰をかけて、真っ白な柔かい足の裏を迭《かわ》る迭《がわ》る私達の鼻先へつき出した。

「人間の足は塩辛い酸《す》っぱい味がするものだ。綺麗な人は、足の指の爪《つめ》の恰好《かっこう》まで綺麗に出来て居る」

こんな事を考えながら私は一生懸命五本の指の股《また》をしゃぶった。

狆はますますじゃれつき出して仰向きに倒れて四つ足を虚空《こくう》に踊らせ、裾を咬《くわ》えてはぐいぐい引っ張るので、信一も面白がって足で顔を撫《な》でてやったり、腹を揉《も》んでやったり、いろいろな事をする。私もその真似をして裾を引っ張ると、信一の足の裏は、狆と同じように頬を蹈《ふ》んだり額を撫でたりしてくれたが、眼球《めだま》の上を踵《かかと》で押された時と、土蹈まずで唇を塞《ふさ》がれた時は少し苦しかった。

そんな事をして、その日も夕方まで遊んで帰ったが、明くる日からは毎日のように塙の家を訪ね、いつも授業を終えるのが待ち遠しい位になって、明けても暮れても信一や光子の顔は頭の中を去らなかった。漸く馴《な》れるに随《したが》って信一の我《わ》が儘《まま》は益々《ますます》つのり、私も全く仙吉同様に手下にされ、遊べば必ず打《ぶ》たれたり縛られたりする。おかしな事にはあの強情な姉までが、狐退治以来すっかり降参して、信一ばかりか私や仙吉にも逆うような事はなく、時々三人の側《そば》へやって来ては、

「狐ごっこをしないか」

などと、却《かえ》っていじめられるのを喜ぶような素振りさえ見え出した。

信一は日曜の度毎《たびごと》に浅草や人形町の玩具屋《おもちゃや》へ行って鎧刀《よろいかたな》を買って来ては、早速それを振り廻すので、光子も私も仙吉も体に痣《あざ》の絶えた時はない。追い追いと芝居の種も尽きて来て、例の物置小屋だの湯殿だの裏庭の方を舞台に、いろいろの趣向を凝らしては乱暴な遊びに耽《ふけ》った。私と仙吉が光子を縊《し》め殺して金を盗むと、信一が姉さんの仇《かたき》と云って二人を殺して首を斬《き》り落したり、信一と私と二人の悪漢がお嬢様の光子と郎

党の仙吉を毒殺して、屍体《したい》を河へ投げ込んだり、いつも一番いやな役廻りになって非《ひ》道《ど》い目に合わされたのは光子である。しまいには紅や絵の具を体へ塗り、殺された者は血だらけになってのた打ち廻ったが、どうかすると信一は本物の小刀を持って来て、

「これで少うし切らせないか。ね、ちょいと、ぽっちりだからそんなに痛かないよ」

こんな事を云うようになった。すると三人は素直に足の下へ組み敷かれて、

「そんなに非道く切っちゃ嫌だよ」

と、まるで手術でも受けるようにじっと我慢しながら、その癖恐ろしそうに傷口から流れ出る血の色を眺《なが》め、眼に一杯涙ぐんで肩や膝《ひざ》のあたりを少し切らせる。私は家《うち》へ帰って毎晩母と一緒に風呂《ふろ》へ這入《はい》る時、その傷痕《きずあと》を見付けられないようにするのが一と通りの苦労ではなかった。

そう云う風な遊びが凡《およ》そ一と月も続いた或《あ》る日のこと、例の如《ごと》く塙の家へ行って見ると、信一は歯医者へ行って留守だとかで、仙吉が一人手持無沙汰《ぶさた》でぽつ然《ねん》としている。

「光ちゃんは?」

「今ピアノのお稽古《けいこ》をして居るよ。お嬢さんの居る西洋館の方へ行って見ようか」

こう云って仙吉は私をあの大木の木蔭《こかげ》の古沼の方へ連れて行った。忽《たちま》ち私は何もかも忘れて、年経る欅《けやき》の根方《ねかた》に腰を下したまま、二階の窓から洩《も》れて来る楽の響きにうっ

とりと耳を澄ました。

この屋敷を始めて訪れた日に、やはり古沼の滸《ほとり》で信一と一緒に聞いた不思議な響き、……或る時は森の奥の妖魔《ようま》が笑う木霊《こだま》のような、ある時はお伽噺《とぎばなし》に出て来る侏儒《こびと》共が多勢揃《そろ》って踊るような、幾千の細かい想像の綾糸《あやいと》で、幼い頭へ微妙な夢を織り込んで行く不思議な響きは、今日もあの時と同じように二階の窓から聞えて居る。

「仙ちゃん、お前も彼処へ上った事はないのかい」

奏楽の止《や》んだ時、私は又止み難い好奇心に充《み》たされて仙吉に尋ねた。

「ああ、お嬢さんと掃除番の寅《とら》さんの外は、あんまり上らないいんだよ。己ばかりか坊ちゃんだって知りゃしないぜ」

「中はどんなになって居るんだろう」

「何でも坊ちゃんのお父様が洋行*して買って来たいろんな珍らしい物があるんだって。いつか寅さんに内証で見せてくれって云ったら、いけないってどうしても聞かなかった。――――もうお稽古が済んだんだぜ。栄ちゃん、お前お嬢さんを呼んで見ないか」

二人は声を揃えて、

「光ちゃん、お遊びな」

「お嬢さん、遊びませんか」

と、二階の方へ怒鳴って見たが、ひっそりとして返辞はない。今迄《いままで》聞えて居たあの音楽は、人なき部屋にピアノとやらが自然に動いて、微妙な響きを発したのかとも怪しまれる。

「仕方がないから、二人で遊ぼう」

私も仙吉一人が相手では、いつものようにも騒がれず、張合いが抜けて立ち上ると、不意にうしろでげらげらと笑い声が聞え、光子がいつの間にか其処へ来て立って居る。

「今私達が呼んだのに、何故《なぜ》返辞しなかったんだい」

私は振り返って詰《なじ》るような眼《め》つきをした。

「何処《どこ》であたしを呼んだの」

「お前が今西洋館でお稽古をしてる時に、下から声をかけたのが聞えなかったかい」

「あたし西洋館なんかに居やあしないよ。彼処へは誰も上れないんだもの」

「だって、今ピアノを弾いて居たじゃないか」

「知らないわ、誰か他の人だわ」

仙吉は始終の様子を胡散臭《うさんくさ》い顔をして見て居たが、

「お嬢さん、譃《うそ》をついたって知ってますよ。ね、栄ちゃんと私を彼処へ内証で連れて行って下さいな。又強情を張って譃をつくんですか、白状しないとこうしますよ」

と、にやにや底気味悪く笑いながら、早速光子の手頸をじりじりと捻《ね》じ上げにかかる。

「あれ仙吉、後生だから堪忍《かんにん》しておくれよう。譃じゃないんだってばさあ」

光子は拝むような素振りをしたが、別段大声を揚げるでも逃げようとするでもなく為《な》すが儘に手を捻じられて身悶えして居る。きゃしゃな腕《かいな》の青白い肌が、頑丈《がんじょう》な鉄のような指先にむずと摑《つか》まれて、二人の少年の血色の快い対照は、私の心を誘うようにするので、

「光ちゃん、白状しないと拷問《ごうもん》にかけるよ」

こう云って、私も片方を捻じ上げ、扱帯を解いて沼の側の樫《かし》の幹へ縛りつけ、

「さあこれでもか、これでもか」

と、二人は相変らず抓《つね》ったり擽ぐったり、夢中になって折檻《せっかん》した。

「お嬢さん。今に坊ちゃんが帰って来ると、もっと非道い目に会いますぜ。今の内に早く白状しておしまいなさい」

仙吉は光子の胸ぐらを取って、両手でぐっと喉《のど》を緜めつけ、

「ほら、だんだん苦しくなって来ますよ」

こう云いながら、光子が眼を白黒させて居るのを笑って見て居たが、やがて今度は木から解いて地面に仰向きに突倒し、

「へえ、これは人間の縁台でございます！」

と、私は膝の上、仙吉は顔の上へドシリと腰をかけ、彼方此方《あちらこちら》へ身を揺す振りながら光子の体を臀《しり》で踏《ふ》んだり圧《お》したりした。

「仙吉、もう白状するから堪忍しておくれよう」

光子は仙吉の臀に口を塞がれ、虫の息のような細い声で憐《あわ》れみを乞《こ》うた。

「そんなら屹度《きっと》白状しますね。やっぱり先《さっ》きは西洋館に居たんでしょう」

臀を擡《もた》げて少し手を緩めながら、仙吉が訊問《じんもん》する。

「ああ、お前が又連れて行けって云うだろうと思って譃をついたの。だってお前達をつれて行くと、お母さんに叱《しか》られるんだもの」

聞くと仙吉は眼を瞋《いか》らして威嚇《いかく》するように、

「よござんす、連れて行かないんなら。そら、又苦しくなりますよ」

「あいた、あいた。そんなら連れて行くよ。連れてって上げるからもう堪忍しておくれよ。その代り昼間だと見付かるから晩にしてお呉《く》んな。ね、そうすればそうッと寅造の部屋から鍵《かぎ》を持って来て開けて上げるから、ね、栄ちゃんも行きたければ晩に遊びに来ないか」

とうとう降参し出したので、二人は尚《なお》も地面へ抑えつけた儘、色々と晩の手筈《てはず》を相談した。丁度四月五日のことで、私は水天宮の縁日*へ行くと詐《いつわ》って家を跳び出し、暗くなった時分に表門から西洋館の玄関へ忍び込み、光子が鍵を盗んで仙吉と一緒にやって来るのを待ち合わせる。但《ただ》し私が時刻に遅れるようであったら、二人は一と足先に這入って、二階の階段を昇り切った所から二つ目の右側の部屋に待って居る、と、こう云う約束になった。

「よし、そうきまったら赦《ゆる》して上げます。さあお起きなさい」

と、仙吉は漸《ようや》くの事で手を放した。

「ああ苦しかった。仙吉に腰をかけられたら、まるで息が出来ないんだもの。頭の下に大きな石があって痛かったわ」

着物の埃《ほこり》を払って起き上った光子は、体の節々を揉んで、上気《のぼ》せたように頬や眼球を真紅《まっか》にして居る。

「だが一体二階にはどんな物があるんだい」

一旦《いったん》家へ帰るとなって、別れる時私はこう尋ねた。

「栄ちゃん、吃驚《びっくり》しちゃいけないよ。そりゃ面白いものが沢山あるんだから」

こう云って、光子は笑いながら奥へ駈《か》け込んで了《しま》った。

戸外へ出ると、もうそろそろ人形町通りの露店にかんてらがともされて、撃剣の見せ物の法螺《ほら》の貝がぶうぶうと夕暮れの空に鳴り渡り、有馬様のお屋敷前は黒山のように人だかりがして、売薬屋が女の胎内を見せた人形を指しながら、何か頻《しき》りと声高に説明して居る。いつも楽しみにして居る七十五座のお神楽《かぐら》*も、永井兵助の居合い抜き*も今日は一向見る気にならず、急いで家へ帰ってお湯へ這入り、晩飯もそこそこに、

「縁日に行って来るよ」

と、再び飛び出したのは大方七時近くであったろう。水のように湿《うる》んだ青い夜の空気に縁日のあかりが溶け込んで、金清楼《きんせいろう》の二階の座敷には乱舞の人影が手に取るように映って見え、米屋町の若い衆や二丁目の矢場《やば》*の女や、いろいろの男女が両側をぞろぞろ往来して、今が一番人の出さかる刻限である。中之橋を越えて、暗い淋《さび》しい浜町の通りからうしろを振り返って見ると、薄曇りのした黒い空が、ぼんやりと赤く濁染《にじ》んでいる。

いつか私は塙の家の前に立って、山のように黒く聳《そび》えた高い甍《いらか》を見上げていた。大橋の方から肌寒い風がしめやかに闇《やみ》を運んで吹いて来て、例の欅の大木の葉が何処やら知れぬ空の中途でばさらばさらと鳴って居る。そうッと塀《へい》の中を覗《のぞ》いて見ると門番の部屋のあかりが戸の隙間《すきま》から縦に細長い線を成して洩れて居るばかり。母屋《おもや》の方はすっかり雨戸がしまって、曇天の背景に魔者の如く森閑と眠って居る。表門の横にある

通用口の、冷めたい鉄格子《てつごうし》へ両手をかけて暗闇の中へ押し込むようにすると、重い扉《とびら》がキーと軋《きし》んで素直に動く。私は雪駄《せった》がちゃらつかぬように足音を忍ばせ、自分で自分の忙《せわ》しい呼吸や高まった鼓動の響きを聞きながら、闇中に光って居る西洋館の硝子《ガラス》戸《ど》を見つめて歩いて行った。

次第々々に眼が見えるようになった。八つ手の葉や、欅の枝や、春日燈籠《かすがどうろう》や、いろいろと少年の心を怯《おび》えさすような姿勢を取った黒い物が、小さい瞳《ひとみ》の中へ暴れ込んで来るので、私は御影《みかげ》の石段に腰を下し、しんしんと夜気のしみ入る中に首をうなだれた儘、息を殺して待って居たが、いっかな二人はやって来ない。頭上へ蓋《かぶ》さって来るような恐怖が体中をぶるぶる顫《ふる》わせて、歯の根ががくがくわなないて居る。ああ、こんな恐ろしい所へ来なければ好《よ》かった、と思いながら、

「神様、私は悪い事を致しました。もう決してお母様に譃をついたり、内証で人の家へ這入ったり致しません」

と、夢中で口走って手を合わせた。

すっかり後悔して、帰る事にきめて立ち上ったが、ふと玄関の硝子障子《しょうじ》の扉の向うに、ぽつりと一点小さな蠟燭《ろうそく》の灯らしいものが見えた。

「おや、二人共先へ這入ったのかな」

こう思うと、忽《たちま》ち又好奇心の奴隷《どれい》となって、殆《ほとん》ど前後の分別もなく把手《とって》へ手をかけ、グルッと廻《まわ》すと造作もなく開いて了った。

中へ這入ると、推測に違《たが》わず正面の螺旋階《らせんかい》の上り端《ばな》に、――大方光子が私の為めに置いて行ったものであろう。半ば燃え尽きて蠟がとろとろ流れ出して居る手燭《てしょく》が、三尺四方へ覚束《おぼつか》ない光を投げて居たが、私と一緒に外から空気が流れ込むと、炎がゆらゆらと瞬《また》いて、ワニス塗りの欄干の影がぶるぶる動揺して居る。

固唾《かたず》を呑《の》んで抜き足さし足、盗賊のように螺旋階を上り切ったが、二階の廊下はますます真っ暗で、人の居そうなけはいもなく、カタリとも音がしない。例の約束をした二つ目の右側の扉、――それへ手《て》探《さぐ》りで擦り寄ってじっと耳を欹《そばだ》てて見ても、矢張ひッそりと静まり返って居る。半ばは恐怖、半ばは好奇の情に充たされて、ままよと思いながら私は上半身を靠《もた》せかけ、扉をグッと押して見た。

ぱっと明るい光線が一時に瞳を刺したので、クラクラしながら眼をしばたたき、妖怪の正体を見定めるように注意深く四壁を見廻したが誰も居ない。中央に吊《つ》るされた大ランプの、五色のプリズムで飾られた蝦色《えびいろ》*の傘《かさ》の影が、部屋の上半部を薄暗くして、金銀を鏤《ちりば》めた椅子《いす》だの卓子《テーブル》だの鏡だのいろいろの装飾物が燦然《さんぜん》と輝き、床に敷き詰めた暗紅色の敷物の柔かさは、春草の野を蹈むように足袋《たび》を隔てて私の足の裏を喜ばせる。

「光ちゃん」

と呼んで見ようとしても死滅したような四辺《あたり》の寂寞《せきばく》が唇《くちびる》を圧し、舌を強張《こわば》らせて声を発する勇気もない。始めは気が付かなかったが、部屋の左手の隅《すみ》に次の間へ通ずる出口があって、重い緞子《どんす》の帷《まく》が深い皺《しわ》を畳み、ナイヤガラの瀑布《ばくふ》を想《おも》わせるようにどさりと垂れ下って居る。それを排して、隣室の模様を覗いて見ようとしたが、帷の向うが真っ暗なので手が竦《すく》むようになる。その時不意に煖炉棚《マントルピース》の上の置時計がジーと蟬《せみ》のように呟《つぶや》いたかと思うと、忽ち鏗然《こうぜん》*と鳴ってキンコンケンと奇妙な音楽を奏《かな》で始めた。これを合図に光子が出て来るのではあるまいかと帷の方を一心に視詰《みつ》めて居たが、二三分の間に音楽も止《や》んで了い、部屋は再び元の静粛に復《かえ》って、緞子の皺は一と筋も揺がず、寂然《じゃくねん》と垂れ下がって居る。

ぼんやりと立って居る私の瞳は、左側の壁間に掛けられた油絵の肖像画の上に落ちて、うかうかとその額《がく》の前まで歩み寄り、丁度ランプの影で薄暗くなって居る西洋の乙女の半身像を見上げた。厚い金の額縁で、長方形に劃《しき》られた画面の中に、重い暗い茶褐《ちゃかっ》色《しょく》の空気が漂うて、纔《わず》かに胸をお納戸《なんど》色《いろ》*の衣に蔽《おお》い、裸体の儘《まま》の肩と腕とに金や珠玉の鐶《わ》を飾った下げ髪*の女が、夢みるように黒眼がちの瞳をぱッちりと開いて前方を視つめて居る。暗い中にもくッきりと鮮やかに浮き出て居る純白の肌の色、気高い鼻筋から唇、頤《おとがい》、両頰《りょうほお》へかけて見事に神々《こうごう》しく整った、端厳な輪廓《りんかく》、――これがお伽噺に出て来る天使と云うのであろうかと思いながら、私は暫《しばら》くうっとりと見上げて居たが、ふと額から三尺ばかり下の壁に沿うた円卓の上に、蛇《へび》の置物のあるのに気が付いてその方へ眼を転じた。これは又何で拵《こしら》えたものか、二た廻り程とぐろを巻いて蕨《わらび》のように頭を擡げた姿勢と云い、ぬらぬらした青大将の鱗《うろこ》の色と云い、如何《いか》にも真に迫った出来栄《できば》えである。見れば見る程つくづく感心して今にも動き出しそうな気がして来たが、突然私は「おや」と思って二三歩うしろへ退いた儘眼を見張った。気のせいか、どうやら蛇は本当に動いて居るようである。爬虫《はちゅう》動物の常として極めて緩慢に、注意しなければ殆ど判らないくらい悠長《ゆうちょう》な態度で、確かに首を前後左右へ蠢《うごめ》かしている。私は総身《そうしん》へ水をかけられたように寒くなり、真《ま》っ蒼《さお》な顔をして死んだように立ち竦んでしまった。すると緞子の帷の皺の間から、油絵に画《か》いてある通りの乙女の顔が、又一つヌッと現れた。

顔は暫くにやにやと笑って居たが、緞子の帷が二つに割れてするすると肩をすべって背後で一つになって了うと、女の子は全身を現わして其処《そこ》に立って居る。

纔かに膝頭《ひざがしら》に届いて居る短いお納戸の裳裾《もすそ》*の下は、靴足袋も纏《まと》わぬ石膏《せっこう》のような素足に肉色の床靴《スリッパ》を穿《は》き、溢《あふ》れるようにこぼれかかる黒髪を両肩へすべらせて、油絵の通りの腕環《うでわ》に頸飾《くびかざ》りを着け、胸から腰のまわりへかけて肌を犇《ひし》と緊《し》めつけた衣の下にはしなやかな筋肉の微動するのが見えて居る。

「栄ちゃん」

と、牡丹《ぼたん》の花弁を啣《ふく》んだような紅《あか》い唇をふるわせた一刹那《せつな》、私は始めて、あの油絵が光子の肖像画である事に気が付いた。

「……先刻《さっき》からお前の来るのを待って居たんだよ」

こう云って、光子は脅やかすようにじりじり側へ歩み寄った。何とも云えぬ甘い香が私の心を擽《くす》ぐって眼の前に紅い霞《かすみ》がちらちらする。

「光ちゃん一人なの？」

私は救いを求めるような声で、おずおず尋ねた。何故《なぜ》今夜に限って洋服を着て居るのか、真っ暗な隣りの部屋には何があるのか、まだいろいろ聞いて見たい事はあっても喉仏《のどぼとけ》につかえて居て容易に口へは出て来ない。

「仙吉に会わせて上げるから、あたしと一緒に此方へおいでな」

光子に手頸を把《と》られて、俄《にわ》かにガタガタ顫え出しながら、

「あの蛇は本当に動いて居るんじゃないか知ら」

と、気懸りで堪《たま》らなくなって私は尋ねた。

「動いて居やしないか。あれ御覧な」

こう云って光子はにやにや笑って居る。成る程そう云われて見れば、先《さっき》は確かに動いて居たあの蛇が、今はじっととぐろを巻いて少しも姿勢を崩さない。

「そんなものを見て居ないで、あたしと一緒に此方へおいでよ」

暖かく柔かな光子の掌《たなごころ》は、とても振り放す事の出来ない魔力を持って居るように軽く私の腕《かいな》を捕えて、薄気味の悪い部屋の方へずるずると引っ張って行き、忽ち二人の体は重い緞子の帷の中へめり込んだかと思う間もなく、真っ暗な部屋の中に這入って了った。

「栄ちゃん、仙吉に会わせて上げようか」

「ああ、何処に居るのだい」

「今蠟燭をつけると判るから待っておいで。——それよりお前に面白いものを見せて上げよう」

光子は私の手頸を放して、何処かへ消え失《う》せて了ったが、やがて部屋の正面の暗い闇にピシピシと凄《すさま》じい音を立てて、細い青白い光の糸が無数に飛びちがい、流星のように走ったり、波のようにのたくったり、円を画いたり、十文字を画いたりし始めた。

「ね、面白いだろ。何でも書けるんだよ」

こう云う声がして、光子は又私の傍へ歩いて来た様子である。今迄《いままで》見えて居た光の糸はだんだんに薄らいで暗《やみ》に消えかかって居る。

「あれは何？」

「舶来《はくらい》＊の燐寸《マッチ》で壁を擦《こす》ったのさ。暗闇なら何を擦っても火が出るんだよ。栄ちゃんの着物を擦って見ようか」

「お止《よ》しよ、あぶないから」

私は吃驚して逃げようとする。

「大丈夫だよ、ね、ほら御覧」

と、光子は無造作に私の着物の上《うわ》ん前を引っ張って燐寸を擦ると、絹の上を蛍《ほたる》が這うように青い光がぎらぎらして、ハギワラと片仮名の文字が鮮明に描き出された儘、暫くは消えずに居る。

「さあ、あかりを付けて仙吉に会わせて上げようね」

ピシッと鑽火《きりび》を打つように火花が散って、光子の手から蠟燐寸が燃え上ると、やがて部屋の中程にある燭台に火が移された。

西洋蠟燭の光は、朦朧《もうろう》と室内を照して、さまざまの器物や置物の黒い影が、魑魅魍魎《ちみもうりょう》の跋扈《ばっこ》するような姿を、四方の壁へ長く大きく映して居る。

「ほら仙吉は此処に居るよ」

こう云って、光子は蠟燭の下を指さした。見ると燭台だと思ったのは、仙吉が手足を縛られて両肌《もろはだ》を脱ぎ、額へ蠟燭を載せて仰向いて坐《すわ》って居るのである。顔と云わず頭と云わず、鳥の糞《ふん》のように溶け出した蠟の流れは、両眼を縫い、唇を塞《ふさ》いで頤の先からぼたぼたと膝の上に落ち、七分通り燃え尽した蠟燭の火に今や睫毛《まつげ》が焦《こ》げそうになって居ても、婆羅門《ばらもん》の行者《ぎょうじゃ》*の如《ごと》く胡坐《あぐら》をかいて拳《こぶし》を後手《うしろで》に括《くく》られたまま、大人《おとな》しく端然と控えて居る。

光子と私がその前に立ち止まると、仙吉は何と思ったか蠟で強張《こわば》った顔の筋肉をもぐもぐと動かし、漸《ようや》く半眼《うすめ》を開いて怨《うら》めしそうにじッと私の方を睨《にら》んだ。そうして重苦しい切ない声で厳《おごそ》かに喋《しゃべ》り出した。

「おい、お前も己《おれ》も不断あんまりお嬢様をいじめたものだから、今夜は仇《かたき》を取られるんだよ。己はもうすっかりお嬢様に降参して了ったんだよ。お前も早く詫《あやま》って了わないと、非道い目に会わされる。………」

こう云う間も蠟の流れは遠慮なくだらだらと蚯蚓《みみず》の這うように額から睫毛へ伝わって来るので、再び仙吉は眼をつぶって固くなった。

「栄ちゃん、もうこれから信ちゃんの云う事なんぞ聴かないで、あたしの家来にならないか。いやだと云えば彼処にある人形のように、お前の体へ蛇を何匹でも巻き付かせるよ」

光子は始終底気味悪く笑いながら、金文字入りの洋書が一杯詰まって居る書棚《しょだな》の上の石膏の像を指さした。恐る恐る額を上げて上眼づかいに薄暗い隅の方を見ると、筋骨逞《たくま》しい裸体の巨漢が蟒《うわばみ》に巻き付かれて凄《すさま》じい形相をして居る彫刻の傍に、例の青大将が二三匹大人しくとぐろを巻いて、香炉のように控えて居るが、恐ろしさが先に立って本物とも贋物《にせもの》とも見極めが付かない。

「何でもあたしの云う通りになるだろうね」

「………」私は真っ蒼な顔をして、黙って頷《うなず》いた。

「お前は先《さっき》仙吉と一緒にあたしを縁台の代りにしたから、今度はお前が燭台の代りにおなり」

忽ち光子は私を後手に縛り上げて仙吉の傍へ胡坐を搔《か》かせ、両足の踝《くるぶし》を厳重に括って、

「蠟燭を落さないように仰向いておいでよ」

と、額の真中へあかりをともした。私は声も立てられず、一生懸命燈火を支えて切ない涙をぽろぽろこぼして居るうちに、涙よりも熱い蠟の流れが眉間《みけん》を伝ってだらだら

垂れて来て眼も口も塞がれて了ったが、薄い眼瞼《まぶた》の皮膚を透して、ぼんやりと燈火《ともしび》のまたたくのが見え、眼球の周囲がぼうッと紅く霞んで、光子の盛んな香水の匂《にお》いが雨のように顔へ降った。

「二人共じっとそうやって、もう少し我慢をしておいで。今面白いものを聞かせて上げるから」

こう云って、光子は何処かへ行って了ったが、暫くすると、不意にあたりの寂寞を破って、ひっそりとした隣の部屋から幽玄なピアノの響きが洩《も》れて来た。銀盤の上を玉あられの走るような、渓間《たにま》の清水が潺湲《せんかん》と苔《こけ》の上をしたたるような不思議な響きは別世界の物の音のように私の耳に聞えて来る。額の蠟燭は大分短くなったと見えて、熱い汗が蠟に交ってぽたぽたと流れ出す。隣りにすわって居る仙吉の方を横目で微《かす》かに見ると、顔中へ饂飩粉《うどんこ》に似た白い塊が二三分の厚さにこびり着いて盛り上り、牛蒡《ごぼう》の天ぷらのような姿をしている。丁度二人は「浮かれ胡弓《こきゅう》*」の噺《はなし》の中の人間のように、微妙な楽の音に恍惚《こうこつ》と耳を傾けた儘、いつまでもいつまでも眼瞼《まぶた》の裏の明るい世界を視詰めてすわって居た。

その明くる日から、私も仙吉も光子の前へ出ると猫《ねこ》のように大人しくなって跪《ひざまず》き、たまた信一が姉の言葉に逆おうとすると、忽ち取って抑えて、何の会釈《えしゃく》もなくふん縛ったり撲《ぶ》ったりするので、さしも傲慢《ごうまん》な信一も、だんだん日を経るに従ってすっかり姉の家来となり、家に居ても学校に居る時と同じように全く卑屈な意気地なしと変って了った。三人は何か新しく珍らしい遊戯の方法でも発見したように嬉々《きき》として光子の命令に服従し、「腰掛けにおなり」と云えば直《す》ぐ四つ這いになって背を向けるし、「吐月峰《はいふき》*におなり」と云えば直ちに畏《かしこ》まって口を開く。次第に光子は増長して三人を奴隷の如く追い使い、湯上りの爪を切らせたり、鼻の穴の掃除を命じたり、Urine*を飲ませたり、始終私達を側へ侍《はべ》らせて、長くこの国の女王となった。

西洋館へはそれ切り一度も行かなかった。あの青大将は果して本物だか贋物だか、今考えて見てもよく判らない。

幇ほう

間かん

明治三十七年の春から、三十八年の秋へかけて、世界中を騒がせた日露戦争が漸《ようや》くポウツマス条約に終りを告げ、国力発展の名の下《もと》に、いろいろの企業が続々と勃興《ぼっこう》して、新華族*も出来れば成り金も出来るし、世間一帯が何となくお祭りのように景気附いて居た四十年の四月の半ば頃《ごろ》の事でした。

丁度向島《むこうじま》の土手は、桜が満開で、青々と晴れ渡った麗《うら》らかな日曜日の午前中から、浅草行きの電車も蒸汽船も一杯の人を乗せ、群衆が蟻《あり》のようにぞろぞろ渡って行く吾妻《あずま》橋《ばし》の向うは、八百松《やおまつ》から言問《こととい》の艇庫《ていこ》*の辺へ暖かそうな霞《かすみ》がかかり、対岸の小松宮御別邸を始め、橋場《はしば》、今戸《いまど》、花川戸《はなかわど》の街々まで、もやもやとした藍色《あいいろ》の光りの中に眠って、その後には公園の十二階*が、水蒸気の多い、咽《む》せ返るような紺青の空に、朦朧《もうろう》と立って居ます。

千住《せんじゅ》の方から深い霞の底をくぐって来る隅田川《すみだがわ》は、小松島の角で一とうねりうねってまんまんたる大河の形を備え、両岸の春に酔ったような慵《もの》うげなぬるま水を、きらきら日に光らせながら、吾妻橋の下へ出て行きます。川の面《おもて》は、如何《いか》にもふっくらとした鷹揚《おうよう》な波が、のたりのたりとだるそうに打ち、蒲団《ふとん》のような手触りがするかと思われる柔かい水の上に、幾艘《いくそう》のボートや花見船が浮かんで、時々山谷堀《さんやぼり》の口を離れる渡し船は、上り下りの船列を横ぎりつつ、舷《ふなばた》に溢《あふ》れる程の人数を、土手の上へ運んで居ます。

その日の朝の十時頃の事です。神田川の口元を出て、亀清楼《かめせいろう》*の石垣《いしがき》の蔭《かげ》から、大川《おおかわ》の真ん中へ漕《こ》ぎ出した一艘の花見船がありました。紅白だんだらの幔幕《まんまく》に美々しく飾った大伝馬《おおてんま》*へ、代地《だいち》*の幇間《ほうかん》芸者を乗せて、船の中央にはその当時兜町《かぶとちょう》*で成り金の名を響かせた榊原《さかきばら》と云う旦那《だんな》が、五六人の末社《まっしゃ》*を従え、船中の男女を見廻《みまわ》しながら、ぐびりぐびりと大杯を傾けて、その太った赭《あか》ら顔には、すでに三分の酔いが循《まわ》って居ます。中流に浮かんだ船が、藤堂伯の邸《やしき》の塀《へい》と並んで進む頃、幔幕の中から絃歌《げんか》*の声が湧《ゆう》然《ぜん》*と起こり、陽気な響きは大川の水を揺がせて、百本杭《ひゃっぽんくい》と代地の河岸《かし》を襲って来ます。両国橋の上や、本所《ほんじょ》浅草の河岸通りの人々は、孰《いず》れも首を伸ばして、この大陽気に見《み》惚《と》れぬ者はありません。船中の様子は手に取るように陸《おか》から窺《うかが》われ、時々なまめかしい女の言葉さえ、川面《かわも》を吹き渡るそよ風に伝わって洩《も》れて来ます。

船が横網河岸へかかったと思う時分に、忽《たちま》ち舳《とも》へ異形《いぎょう》なろくろ首の変装人物が現れ、三味線《しゃみせん》に連れて滑稽《こっけい》極まる道化《どうけ》踊《おど》りを始めました。女の目鼻を描いた大きい風船玉へ、恐ろしく細長い紙袋の頸《くび》をつけて、それを頭からすっぽり被《かぶ》ったものと思われます。

本人の顔は皆目《かいもく》袋の中へ隠れて、身にはけばけばしい友禅《ゆうぜん》の振袖《ふりそで》を着、足に白足袋《しろたび》を穿《は》いては居るものの、折り折りかざす踊りの手振りに、緋《ひ》の袖口から男らしい頑丈《がんじょう》な手頸が露《あら》われて、節くれ立った褐色《かっしょく》の五本の指が殊《こと》に目立ちます。風船玉の女の首は、風のまにまにふわふわと飛んで、岸近い家の軒を窺ったり、擦れ違いさまに向うの船の船頭の頭を掠《かす》めたり、その度毎《たびごと》に陸上では目を欹《そばだ》て、見物人は手を打って笑いどよめきます。

あれあれと云ううちに、船は厩橋《うまやばし》の方へ進んで来ました。橋の上には真っ黒に人がたかり、黄色い顔がずらりと列《なら》んで、眼下に迫って来る船中の模様を眺《なが》めて居《お》ります。だんだん近づくに随《したが》い、ろくろ首の目鼻はありありと空中に描き出され、泣いて居るような、笑って居るような、眠って居るような、何とも云えぬ飄逸《ひょういつ》な表情に、見物人は又可笑《おか》しさに誘われます。兎角《とかく》するうち、舳が橋の蔭へ這入《はい》ると、首は水嵩《みずかさ》の増した水面から、見物人の顔近くするすると欄干に軽く擦《こす》れて、そのまま船に曳《ひ》かれて折れかがまり、橋桁《はしげた》の底をなよなよと這って、今度は向う側の青空へ、ふわり、と浮かび上がりました。

駒形堂《こまがたどう》の前まで来ると、もう吾妻橋の通行人が遥《はる》かにこれを認めて、さながら凱旋《がいせん》の軍隊を歓迎するように待ち構えて居る様子が、船の中からもよく見えます。

其処《そこ》でも厩橋と同じような滑稽を演じて人を笑わせ、いよいよ向島にかかりました。一丁ふえた三味線の音は益々《ますます》景気づき、丁度牛が馬鹿囃《ばかばや》しの響きに促されて、花車《だし》を挽《ひ》くように、船も陽気な音曲の力に押されて、徐々《しずしず》と水上を進むように思われます。大川狭しと漕ぎ出した幾艘の花見船や、赤や青の小旗を振ってボートの声援をして居る学生達*を始め、両岸の群衆は唯《ただ》あっけに取られて、この奇態《きたい》な道化船の進路を見送ります。ろくろ首の踊りはますます宛転滑脱《えんてんかつだつ》となり、風船玉は川風に煽《あお》られつつ、忽ち蒸汽船の白煙りを潜《くぐ》り抜け、忽ち高く舞い上って待乳山《まつちやま》を眼下に見、見物人に媚《こ》ぶるが如《ごと》き痴態を作って、河上《かじょう》の人気*を一身に集めて居ます。言問の近所で土手に遠ざかって、更に川上へ上って行くのですが、それでも中の植半*から大倉氏の別荘のあたりを徘徊《はいかい》する土手の人々は、遥かに川筋の空に方《あた》り、人魂のようなろくろ首の頭を望んで、「何だろう」「何だろう」と云いながら、一様にその行くえを見守るのです。傍若無人《ぼうじゃくぶじん》の振舞いに散々土手を騒がせた船は、やがて花月華壇*の桟橋《さんばし》に纜《ともづな》を結んで、どやどやと一隊が庭の芝生へ押し上がりました。

「よう御苦労、御苦労。」

と、一行の旦那や芸者連に取り巻かれ、拍手喝采《かっさい》のうちに、ろくろ首の男は、すっぽり紙袋を脱いで、燃え立つような紅《あか》い半襟《はんえり》の隙《すき》から、浅黒い坊主頭《ぼうずあたま》の愛嬌《あいきょう》たっぷりの顔を始めて現わしました。

河岸を換えて又一と遊びと、其処でも再び酒宴が始まり、旦那を始め大勢の男女は芝生の上を入り乱れて、踊り廻り跳《は》ね廻り、眼隠《めかく》しやら、鬼ごッこやら、きゃッきゃッと云う騒ぎです。

例の男は振袖姿のまま、白足袋に紅緒《あかはなお》の麻裏《あさうら》をつッかけ、しどろもどろの千鳥足で、芸者のあとを追いかけたり、追いかけられたりして居ます。殊にその男が鬼になった時の騒々しさ賑《にぎ》やかさは一入《ひとしお》で、もう眼隠しの手拭《てぬぐ》いを顔へあてられる時分から、旦那も芸者も腹を抱えて手を叩《たた》き、肩をゆす振って躍り上ります。紅い蹴出《けだ》し＊の蔭から毛脛《けずね》を露わに、

「菊《きい》ちゃん菊ちゃん。さあつかまえた。」

などと、何処《どこ》かに錆《さび》を含んだ、芸人らしい甲声《かんごえ》を絞って、女の袂《たもと》を掠めたり、立ち木に頭を打ちつけたり、無茶苦茶に彼方此方《あちらこちら》へ駈《か》け廻るのですが、挙動の激しく迅速なのにも似ず、何処かにおどけた頓間《とんま》な処《ところ》があって、容易に人を摑《つか》まえることが出来ません。

皆《みんな》は可笑しがって、くすくすと息を殺しながら、忍び足に男の背後へ近づき、

「ほら、此処《ここ》に居てよ。」

と、急に耳元でなまめかしい声を立て、背中をぽんと打って逃げ出します。

「そら、どうだどうだ。」

と、旦那が耳朶《みみたぶ》を引っ張って、こづき廻すと、

「あいた、あいた。」

と、悲鳴を挙げながら、眉《まゆ》を顰《ひそ》め、わざと仰山な哀れっぽい表情をして、身を悶《もだ》えます。その顔つきがまた何とも云えぬ可愛気《かあいげ》があって、誰でもその男の頭を撲《ぶ》つとか、鼻の頭をつまむとか、一寸《ちょっと》からかって見たい気にならない者はありません。

今度は十五六のお転婆《てんば》な雛妓《おしゃく》が、後へ廻って両手で足を掬《すく》い上げたので、見事ころころと芝生の上を転がりましたが、どッと云う笑い声のうちに、再びのッそり起き上り、

「誰だい、この年寄をいじめるのは。」

と、眼を塞《ふさ》がれた儘《まま》大口を開いて怒鳴り立て、「由良《ゆら》さん*」のように両手を拡《ひろ》げて歩み出します。

この男は幇間の三平と云って、もとは兜町の相場師ですが、その時分から今の商売がやって見たくて耐《たま》らず、とうとう四五年前に柳橋の太鼓持ち*の弟子入りをして、一と風変ったコツのある気象から、めきめき贔屓《ひいき》を拵《こしら》え、今では仲間のうちでも相応な好

い株になって居ます。

「桜井（と云うのはこの男の姓です。）の奴《やつ》も呑気《のんき》な者だ。なあに相場なんぞをやって居るより、あの方が性に合って、いくら好いか知れやしない。今じゃ大分身入りもあるようだし、結句《けっく》奴《やっこ》さんは仕合わせさ。」

などと、昔の彼を知って居るものは、時々こんな取り沙汰《ざた》をします。日清戦争の時分には、海運橋の近所に可なりの仲買店を構え、事務員の四五人も使って、榊原の旦那などとは朋輩《ほうばい》でしたが、その頃から、

「あの男と遊ぶと、座敷が賑やかで面白い。」

と、遊び仲間の連中に喜ばれ、酒の席にはなくてならない人物でした。唄《うた》が上手で、話が上手で、よしや自分がどんなに羽振りの好い時でも、勿体《もったい》ぶるなどと云う事は毛頭なく、立派な旦那株であると云う身分を忘れ、どうかすると立派な男子であると云う品位をさえ忘れて、ひたすら友達や芸者達にやんやと褒《ほ》められたり、可笑しがられたりするのが、愉快でたまらないのです。華やかな電燈の下に、酔いの循《まわ》った夷顔《えびすがお》をてかてかさせて、「えへへへへ」と相好《そうごう》を崩しながら、べらべらと奇警な冗談を止め度なく喋《しゃべ》り出す時が彼の生命で、滅法嬉《めっぽううれ》しくてたまらぬと云うように愛嬌のある瞳《ひとみ》を光らせ、ぐにゃりぐにゃりとだらしなく肩を揺す振る態度の罪のなさ。まさに道楽の

真髄に徹したもので、さながら歓楽の権化《ごんげ》かと思われます。芸者などにも、どっちがお客だか判《わか》らないほど、御機嫌《ごきげん》を伺って、お取り持ちをするので、始めのうちは「でれ助野郎め」と腹の中で薄気味悪がったり、嫌《いや》がったりしますが、だんだん気心が知れて見れば、別にどうしようと云う腹があるのではなく、唯《ただ》人に可笑しがられるのを楽しみにするお人好《ひとよし》なのですから、「桜井さん」「桜井さん」と親しんで来ます。然《しか》し一方では重宝《ちょうほう》がられると同時に、いくらお金があっても、羽振りがよくっても、誰一人彼に媚を呈したり、惚《ほ》れたりする者はありません。「旦那」とも、「あなた」とも云わず、「桜井さん」「桜井さん」と呼び掛けて、自然と伴《つ》れのお客より一段低い人間のように取り扱いながら、それを失礼だとも思わないのです。実際彼は尊敬の念とか、恋慕の情とかを、決して人に起させるような人間ではありませんでした。先天的に人から一種温かい軽蔑《けいべつ》の心を以《もっ》て、若《も》しくは憐愍《れんびん》の情を以て、親しまれ可愛がられる性分なのです。恐らくは乞食《こじき》と雖《いえども》、彼にお時儀《じぎ》をする気にはならないでしょう。彼も亦《また》どんなに馬鹿にされようと、腹を立てるではなく、却《かえ》ってそれを嬉しく感じるのです。金さえあれば、必ず友達を誘って散財に出かけてはお座敷を勧める。宴会とか仲間の者に呼ばれるとかすれば、どんな商用を控えて居ても、我慢がし切れず、すっかりだらしなくなって、いそいそと出かけて行きます。

「や、どうも御苦労様。」

などと、お開きの時に、よく友達に揶揄《からか》われると、彼は開き直って*両手をつき、

「ええ、どうか手前へも御祝儀をおつかわし下さいまし。」

屹度《きっと》こう云います。芸者が冗談にお客の声色《こわいろ》を遣って、

「あア、よしよし、これを持って行け。」

と紙を丸めて投げてやる*と、

「へい、これはどうも有難うございます。」

とピョコピョコ二三度お時儀をして、紙包を扇の上に載せ、

「へい、これは有難うございます。どうか皆さんもうすこし投げてやっておくんなさい。もうたった二銭がところで宜《よろ》しゅうございます。親子の者が助かります。兎角東京のお客様方は、弱きを扶《たす》け、強きを挫《くじ》き……」

と、縁日の手品師の口調でべらべら弁じ立てます。

こんな呑気な男でも、恋をする事はあると見え、時々黒人《くろうと》上りの者を女房とも附かず引き擦り込む事がありますが、惚れたとなったら、彼のだらし無さは又一入で、女の歓心を買うためには一生懸命お太鼓を叩き、亭主らしい権威などは少しもありません。何でも欲しいと云うものは買い放題、「お前さん、こうして下さい。ああして下さ

い。」と、頤《あご》でこき使われて、ハイハイ云う事を聞いて居る意気地のなさ。どうかすると酒癖の悪い女に、馬鹿野郎呼ばわりをされて、頭を擲《なぐ》られて居ることもあります。女の居る当座は、茶屋の附合い*も大概断って了《しま》い、毎晩のように友達や店員を二階座敷に集めて、女房の三味線で飲めや唄えの大騒ぎをやります。一度彼は自分の女を友達に寝取られたことがありましたが、それでも別れるのが惜しくって、いろいろと女の機嫌気褄《きづま》を取り、色男に反物《たんもの》を買ってやったり、二人を伴れて芝居に出かけたり、或《あ》る時はその女とその男を上座へ据《す》えて、例の如く自分がお太鼓を叩き、すっかり二人の道具に使われて喜んで居ます。しまいには、時々金を与えて役者買い*をさせると云う条件の下に、内へ引き込んだ芸者なぞもありました。男同士の意地張りとか、嫉《しっ》妬《と》の為めの立腹とか云うような気持はこの男には毛程もないのです。

その代り、また非常に飽きっぽい質《たち》で、惚れて惚れて惚れ抜いて、執拗《しつこ》い程ちやほやするかと思えば、直《じ》きに余熱《ほとぼり》がさめて了い、何人となく女房を取り換えます。元より彼に惚れている女はありませんから、脈のある間に精々搾《しぼ》って置いて、好い時分に向うから出て行きます。こう云う塩梅《あんばい》で、店員などにも一向威信がなく、時々は大穴も明けられるし、商売の方も疎《おろそ》かになって、間もなく店は潰《つぶ》れて了いました。

その後、彼は直屋《じきや》*になったり、客引きになったりして、人の顔さえ見れば、

「今に御覧なさい。一番盛り返して見せますから。」

などと放言して居ました。一寸おあいそもよし、相応に目先の利《き》く所もあって、たまには儲《もう》け口もありましたが、いつも女にしてやられ、年中ぴいぴいして居ます。そのうちにとうとう借金で首が廻らなくなり、

「当分私を使って見てくれ。」

と、昔の友達の榊原の店へ転げ込みました。

一介の店員とまで零落しても、身に沁《し》み込んだ芸者遊びの味は、しみじみ忘れる事が出来ません。時々彼は帳場の机に向いながら、なまめかしい女の声や陽気な三味線の音色を想《おも》い出して口の中で端唄《はうた》*を歌い、昼間から浮かれて居ることがあります。しまいには辛抱が仕切れなくなり、何とかかとか体の好い口を利いてはそれからそれへとちびちびした金を借り倒し、主人の眼を掠《かす》めて遊びに行きます。

「彼奴《あいつ》もあれで可愛い奴さ。」

と、始めの二三度は清く金を出してやった連中も、あまり度重なるので遂《つい》には腹を立てて、

「桜井にも呆《あき》れたものだ。ああずぼらじゃあ手が附けられない。あんな質《たち》の悪い奴じゃなかったんだが、今度無心に来やがったら、うんと怒り附けてやろう。」

こう思っては見るものの、さて本人に顔を合わせると、何処《とこ》となく哀れっぽい処《ところ》があって、とても強いことは云えなくなり、

「またこの次に埋め合わせをするから、今日は見逃して貰《もら》いたいね。」

ぐらいな所で追い払おうとするのですが、

「まあ頼むからそう云わないで、借《か》してくれ給《たま》え。ナニ直き返すから好いじゃないか。後生お願い！　全く後生御願いなんだ。」

と、うるさく附き纏《まと》って頼むので、大概の者は根負けをして了います。

主人の榊原も見るに見かね、

「時々己《おれ》が伴れて行ってやるから、あんまり人に迷惑を掛けないようにしたらどうだ。」

こう云って、三度に一度は馴染《なじみ》の待合＊へ供をさせると、その時ばかりは別人の様にイソイソ立働いて、忠勤を抽《ぬき》んでます。商売上の心配事で気がくさくさする時は、この男と酒でも飲みながら、罪のない顔を見て居るのが、何より薬なので、主人もしげしげ供に伴れて行きます。しまいには店員としてよりもその方の勤めが主になって、昼間は一日店にごろごろしながら、

「僕は榊原商店の内芸者＊さね。」

などと、冗談を云って、彼は得々たるものです。

榊原は堅気《かたぎ》の家から貰った細君もあれば、十五六の娘を頭に二三人の子供もありましたが、上《かみ》さん始め、女中達まで皆桜井を可愛がって、「桜井さん、御馳走《ごちそう》がありますから、台所で一杯おやんなさいな。」と奥*へ呼び寄せては、面白い洒落《しゃれ》でも聞こうとします。

「お前さんのように呑気だったら、貧乏しても苦にはなるまいね。一生笑って暮らせれば、それが一番仕合わせだとも。」

上さんにこう云われると、彼は得意になって、

「全くです。だから私《わっし》なんざあ、昔からついぞ腹と云うものを立てたことがありません。それと云うのが矢張道楽をしたお蔭でございますね。……」

などと、それから一時間ぐらいは、のべつに喋ります。

時には又小声で、錆のある喉《のど》を聞かせます。端唄、常磐津《ときわず》、清元《きよもと》*、なんでも一通りは心得て居て自分で自分の美音に酔いながら、口三味線でさも嬉しそうに歌い出す時は、誰もしみじみと聞かされます。いつも流行唄《はやりうた》を真っ先に覚えて来ては、

「お嬢さん、面白い唄を教えましょうか。」

と、早速奥へ披露《ひろう》します。歌舞伎座《かぶきざ》の狂言*なども、出し物の変る度びに二三度立ち見*

に出かけ、直きに芝翫《しかん》や八百蔵《やおぞう》*の声色《こわいろ》を覚えて来ます。どうかすると、便所の中や、往来のまんなかで、眼をむき出したり、首を振ったり、一生懸命声色の稽古《けいこ》に浮き身を窶《やつ》して居ることもありますが、手持無沙汰《ぶさた》の時は、始終口の先で小唄*を歌うとか、物真似《ものまね》をやるとか、何かしら一人で浮かれて居なければ、気が済まないのです。子供の折から、彼は音曲や落語に非常な趣味を持って居ました。何でも生れは芝の愛宕下《あたごした》辺で、小学時代には神童と云われた程学問も出来れば、物覚えも良かったのですが、幇間的の気質は既にその頃《ころ》備わって居たものと見え、級中の首席を占めて居るにも拘《かか》わらず、まるで家来のように友達から扱われて喜んで居ました。そうして親父《おやじ》にせびっては毎晩のように寄席《よせ》へ伴れて行って貰います。彼は落語家に対して、一種の同情、寧《むし》ろ憧憬《どうけい》の念をさえ抱いて居ました。先《ま》ずぞろりとした風采《ふうさい》で高座へ上り、ぴたりとお客様へお時儀をして、さて、

「ええ毎度伺いますが、兎角《とかく》この殿方のお失策《しくじり》は酒と女でげして、取り分け御婦人の勢力と申したら大したものでげす。我が国は天《あま》の窟戸《いわと》の始まりから『女ならでは夜の明けぬ国』*などと申しまする。……」

と喋り出す舌先の旨味《うまみ》、何となく情愛のある話し振りは、喋って居る当人も、さぞ好い気持だろうと思われます。そうして、一言一句に女子供を可笑しがらせ、時々愛《あい》

嬌《きょう》たっぷりの眼つきで、お客の方を一循見廻《みまわ》して居る。其処《そこ》に何とも云われない人懐《ひとなつ》ッこい所があって、「人間社会の温か味」と云うようなものを、彼はこう云う時に最も強く感じます。

「あ、こりゃ、こりゃ。」

と、陽気な三味線に乗って、都々逸《どどいつ》、三下り《さんさが》、大津絵《おおつえ》*などを、粋《いき》な節廻しで歌われると、子供ながらも体内に漠然《ばくぜん》と潜んで居る放蕩《ほうとう》の血が湧《わ》き上って、人生の楽しさ、歓《よろこ》ばしさを暗示されたような気になります。学校の往き復《かえ》りには、よく清元の師匠の家の窓下に彳《たたず》んで、うっとりと聞き惚れて居ました。夜机に向って居る時でも、新内《しんない》の流し*が聞えると勉強が手に附かず、忽《たちま》ち本を伏せて酔ったようになって了います。

二十《はたち》の時、始めて人に誘われて芸者を揚げましたが、女達がずらりと眼の前に並んで、平生《ひごろ》憧れていたお座附*の三味線を引き出すと、彼は杯を手にしながら、感極まって涙を眼に一杯溜《た》めていました。そう云う風ですから、芸事の上手なのも無理はありません。

彼を本職の幇間にさせたのは、全く榊原の旦那の思い附きでした。

「お前もいつまで家にごろごろして居ても仕方があるめえ。一つ己が世話をしてやるから、幇間になったらどうだ。只《ただ》で茶屋酒を飲んでその上祝儀が貰《もら》えりゃあ、これ程結構な商売はなかろうぜ。お前のような怠け者の掃《は》け場には持って来いだ。」

こう云われて、彼も早速その気になり、旦那の胆煎《きもい》りで到頭柳橋の太鼓持ちに弟子入りをしました。三平《さんぺい》と云う名は、その時師匠から貰ったのです。

「桜井が太鼓持ちになったって？　成程人間に廃《すた》りはないもんだ。」

と、兜町《かぶとちょう》の連中も、噂《うわさ》を聞き伝えて肩を入れてやります。新参とは云いながら、芸は出来るしお座敷は巧《うま》し、何しろ幇間にならぬ前から頓狂者《とんきょうもの》の噂の高い男の事故《ゆえ》、またたく間に売り出して了いました。

或る時の事でした。榊原の旦那が、待合の二階で五六人の芸者をつかまえ、催眠術の稽古《けいこ》だと云って、片っ端からかけて見ましたが、一人の雛妓《おしゃく》が少しばかりかかっただけで、他の者はどうしてもうまく眠りません。するとその席に居た三平が急に恐気《おぞけ》を慄《ふる》い出し、

「旦那、私《わっし》ゃあ催眠術が大嫌いなんだから、もうお止《よ》しなさい。何だか人のかけられるのを見てさえ、頭が変になるんです。」

こう云った様子が、恐ろしがって居るようなものの、如何《いか》にもかけて貰いたそうなのです。

「いい事を聞いた。そんならお前を一つかけてやろう。そら、もうかかったぞ。そう

ら、だんだん眠くなって来たぞ。」

こう云って、旦那が睨《にら》み附けると、

「ああ、真っ平、真っ平。そいつばかりはいけません。」

と、顔色を変えて、逃げ出そうとするのを、旦那が後ろから追いかけて、三平の顔を掌《てのひら》で二三度撫《な》で廻し、

「そら、もう今度こそかかった。もう駄目《だめ》だ。逃げたってどうしたって助からない。」

そう云って居るうちに、三平の頸《うなじ》はぐたりとなり、其処《そこ》へたおれてしまいました。

面白半分にいろいろの暗示を与えると、どんな事でもやります。「悲しいだろう。」と云えば、顔をしかめてさめざめと泣く。「口惜しかろう。」と云えば、真《ま》っ赤《か》になって怒り出す。お酒だと云って、水を飲ませたり、三味線だと云って、箒《ほうき》を抱かせたり、その度毎《たびごと》に女達はきゃッきゃッと笑い転げます。やがて旦那は三平の鼻先でぬッと自分の臀《しり》をまくり、

「三平、この麝香《じゃこう》はいい匂《にお》いがするだろう。」

こう云って、素晴らしい音を放ちました。

「成る程、これは結構な香《こう》でげすな。おお好い匂いだ、胸がすっとします。」

と、三平はさも気持が好さそうに、小鼻をひくひくさせます。

「さあ、もう好い加減で堪忍《かんにん》してやろう。」

旦那が耳元でぴたッと手を叩《たた》くと、彼は眼を丸くして、きょろきょろとあたりを見廻し、

「到頭かけられちゃった。どうもあんな恐ろしいものはごわせんよ。何か私《わッし》ゃあ可笑《おか》しな事でもやりましたかね。」

こう云って、漸《ようや》く我れに復《かえ》った様子です。

すると、いたずら好きの梅吉と云う芸者がにじり出して、

「三平さんなら、妾《あたし》にだってかけられるわ。そら、もうかかった！　ほうら、だんだん眠くなって来てよ。」

と、座敷中を逃げて歩く三平を追い廻して、襟首《えりくび》へ飛び附くや否《いな》や、

「ほら、もう駄目々々。さあ、もうすっかりかかっちまった。」

こう云いながら、顔を撫でると、再びぐたりとなって、あんぐり口を開いたまま、女の肩へだらしなく靠《もた》れて了います。

今度は梅吉が、観音様だと云って自分を拝ませたり、大地震だと云って恐がらせたり、その度毎に表情の盛んな三平の顔が、千変万化する可笑しさと云ったらありません。

それからと云うものは、榊原の旦那と梅吉に一と睨《にら》みされれば、直《す》ぐにかけられて、

ぐたりと倒れます。ある晩、梅吉がお座敷の帰りに柳橋の上で擦れちがいざま、

「三平さん、そら！」

と云って睨みつけると、

「ウム」

と云ったなり、往来のまん中へ仰《の》け反《ぞ》って了いました。

彼はこれ程までにしても、人に可笑しがられたいのが病なんです。然《しか》しなかなか加減がうまいのと、あまり図々《ずうずう》しいのとで、人は狂言にやって居るのだとは思いませんでした。

誰云うとなく、三平さんは梅ちゃんに惚れて居るのだと云う噂が立ちました。それでなければああ易々《やすやす》と催眠術にかけられる筈《はず》はないと云うのです。全くのところ三平は梅吉のようなお転婆《てんば》な、男を男とも思わぬような勝気な女が好きなのでした。始めて催眠術にかけられて、散々な目に会わされた晩から、彼はすっかり梅吉の気象に惚れ込んで了い、機《おり》があったらどうかしてと、ちょいちょいほのめかして見るのですが、先方ではまるで馬鹿にし切って、てんで相手にしてくれません。機嫌の好い時を窺《うかが》って、二た言三言からかいかけると、直ぐに梅吉は腕白盛りの子供のような眼つきをして、

「そんな事を云うと、又かけて上げるよ。」

と、睨みつけます。睨まれれば、大事な口説《くど》きは其方除《そっちの》けにして早速ぐにゃりと打ち倒れます。

遂《つい》に彼はたまらなくなって、榊原の旦那に思いのたけを打ち明け、

「まことに商売柄《がら》にも似合わない、いやはや意気地のない次第ですが、たった一と晩でようがすから、どうか一つ旦那の威光でうんと云わせておくんなさい。」

と、頼みました。

「よし来た、万事己《おれ》が呑《の》み込んだから、親船に乗った気で居るがいい。」

と、旦那は又三平を玩具《おもちゃ》にしてやろうと云う魂胆があるものですから、直ぐに引き受け、その日の夕方早速行きつけの待合へ梅吉を呼んで三平の話をした末に、

「ちっと罪なようだが、今夜お前から彼奴《あいつ》を此処《ここ》へ呼んで、精々口先の嬉《うれ》しがらせを聞かせた上、肝腎《かんじん》の所は催眠術で欺《だま》してやるがいい。己は蔭で様子を見て居るから、奴を素裸にさせて勝手な芸当をやらせて御覧。」

こんな相談を始めました。

「なんぼ何でも、それじゃあんまり可哀相だわ。」

と、流石《さすが》の梅吉も一応躊躇《ちゅうちょ》したものの、後で露見《ろけん》したところで、腹を立てるような男

ではなし、面白いからやって見ろ、と云う気になりました。

さて、夜になると、梅吉の手紙を持って、車夫*が三平の処へ迎えに行きました。「今夜はあたし一人だから、是非遊びに来てくれろ。」と云う文面に、三平はぞくぞく喜び、てっきり旦那が口を利いていくらか摑《つか》ましたに相違ないと、平生《ひごろ》よりは大いに身じまいを整え、ぞろりとした*色男気取りで待合へ出かけました。

「さあさあ、もっとずッと此方《こっち》へ。ほんとに三平さん、今夜は妾だけなんだから、ゆっくりくつろいでおくんなさいな。」

と、梅吉は、座蒲団《ざぶとん》をすすめるやら、お酌《しゃく》をするやら下にも置かないようにします。三平は少し煙《けむ》に巻かれて、柄《がら》にもなくおどおどして居ましたが、だんだん酔いが循《まわ》って来ると、胆《たん》が落ち着き、

「だが梅ちゃんのような男勝りの女は、私《わッし》ゃ大好きサ。」

などと、そろそろ水を向け始めます。旦那を始め二三人の芸者が、中二階の掃き出し*から欄間を通して、見て居ようとは、夢にも知りません。梅吉は吹き出したくなるのをじっと堪《こら》えて、散々出放題《でほうだい》のお上手を列《なら》べ立てます。

「ねえ、三平さん。そんなに妾に惚れて居るのなら、何か証拠を見せて貰いたいわ。」

「証拠と云って、どうも困りますね。全く胸の中を断ち割って御覧に入れたいくらい

さ。」

「それじゃ、催眠術にかけて、正直な所を白状させてよ。まあ、妾を安心させる為めだと思ってかかって見て下さいよ。」

こんなことを、梅吉は云い出しました。

「いや、もうあればかりは真っ平です。」

と、三平も今夜こそは、そんな事で胡麻化《ごまか》されてはならないと云う決心で、場合によったら、

「実はあの催眠術も、お前さんに惚れた弱味の狂言ですよ。」

と打ち明けるつもりでしたが、

「そら！　もうかかっちまった。そうら。」

と、忽ち《たちま》梅吉の凛《りん》とした、涼しい目元で睨《ね》められると、又女に馬鹿にされたいと云う欲望の方が先へ立って、この大事の瀬戸際《せとぎわ》に又々ぐたりとうなだれて了いました。

「梅ちゃんの為めならば、命でも投げ出します。」とか、「梅ちゃんが死ねと云えば、今でも死にます。」とか、尋ねられる儘《まま》に、彼はいろいろと口走ります。

もう眠って居るから大丈夫と、隙見《すきみ》をして居た旦那も芸者も座敷へ這入《はい》って来て、ずらりと三平の周囲を取り巻き、梅吉のいたずらを横腹を叩いて、袂《たもと》を噛《か》んで、見て居

ます。

三平はこの様子を見て、吃驚《びっくり》しましたが、今更止《や》める訳にも行きません。寧ろ彼に取っては、惚れた女にこんな真似をさせられるのが愉快なのですから、どんな恥ずかしい事でも、云い附け通りにやります。

「此処はお前さんと私と二人限《き》りだから、遠慮しないでもいいわ。さあ、羽織をお脱ぎなさい。」

こう云われると、裏地に夜桜の模様のある、黒縮緬《くろちりめん》の無双羽織をするすると脱ぎます。それから藍色《あいいろ》の牡丹《ぼたん》くずしの繻珍《しゅちん》の帯を解かれ、赤大名のお召を脱がされ、背中へ雷神を描いて裾《すそ》へ赤く稲妻を染め出した白縮緬の長襦袢《ながじゅばん》一つになり、折角めかし込んで来た衣裳《いしょう》を一枚々々剝《は》がされて、到頭裸にされて了いました。それでも三平には、梅吉の酷《ひど》い言葉が嬉しくって嬉しくって堪まりません。果ては女の与える暗示のままに、云うに忍びないような事をします。

散々弄《もてあそ》んだ末に、梅吉は十分三平を睡《ねむ》らせて、皆《みんな》と一緒に其処を引き上げて了いました。

明くる日の朝、梅吉に呼び醒《さ》まされると、三平はふと眼を開いて、枕許《まくらもと》に坐《すわ》っている寝間着姿の女の顔を惚れ惚れと見上げました。三平を欺すように、わざと女の枕や衣類がその辺に散らばって居ました。

「妾《あたし》は今起きて顔を洗って来た所なの。ほんとにお前さんはよく寝て居るのね。だからきっと後生がいいんだわ。」

と、梅吉は何喰《く》わぬ顔をして居ます。

「梅ちゃんにこんなに可愛《かわい》がって貰えりゃあ、後生よしに違いありやせん。日頃の念が届いて、私《わッし》ゃあ全く嬉しゅうがす。」

こう云って、三平はピョコピョコお時儀をしましたが、俄《にわ》かにそわそわと起き上って着物を着換え、

「世間の口がうるそうがすから、今日の所はちっとも早く失礼しやす。何卒《どうぞ》末長くね。へッ、この色男め！」

と、自分の頭を軽く叩いて、出て行きました。

「三平、この間の首尾はどうだったい。」

と、それから二三日過ぎて、榊原の旦那が尋ねました。

「や、どうもお蔭様で有難うがす。なあにぶつかって見りゃあまるでたわいはありませんや。気丈《きじょう》だの、勝気だのと云ったって、女はやっぱり女でげす。からッきし、だらしも何もあった話じゃありません。」

と、恐悦至極の体《てい》たらくに、

「お前もなかなか色男だな。」

こう云って冷やかすと、

「えへへへへ」

と、三平は卑《いや》しいProfessionalな笑い方をして、扇子でぽんと額を打ちました。

秘密

その頃《ころ》私は或《あ》る気紛《きまぐ》れな考《かんがえ》から、今迄《いままで》自分の身のまわりを裹《つつ》んで居た賑《にぎ》やかな雰囲気《ふんいき》を遠ざかって、いろいろの関係で交際を続けて居た男や女の圏内から、ひそかに逃れ出ようと思い、方々と適当な隠れ家を捜し求めた揚句、浅草の松葉町辺に真言宗《しんごんしゅう》*の寺のあるのを見附けて、ようよう其処《そこ》の庫裡《くり》*の一と間を借り受けることになった。

新堀の溝《みぞ》へついて、菊屋橋から門跡《もんぜき》*の裏手を真っ直《す》ぐに行ったところ、十二階の下の方の、うるさく入り組んだObscure*な町の中にその寺はあった。ごみ溜《た》めの箱を覆《くつがえ》した如《ごと》く、あの辺一帯にひろがって居る貧民窟《ひんみんくつ》の片側に、黄橙色《だいだいいろ》の土塀《どべい》の壁が長く続いて、如何《いか》にも落ち着いた、重々しい寂しい感じを与える構えであった。

私は最初から、渋谷だの大久保だのと云う郊外へ隠遁《いんとん》するよりも、却《かえ》って市内の何処《どこ》かに人の心附かない、不思議なさびれた所があるであろうと思っていた。丁度瀬の早い渓川《たにがわ》のところどころに、澱《よど》んだ淵《ふち》が出来るように、下町の雑沓《ざっとう》する巷《ちまた》と巷の間に挟《はさ》まりながら、極めて特殊の場合か、特殊の人でもなければめったに通行しないような閑静な一郭《いっかく》が、なければなるまいと思っていた。

同時に又こんな事も考えて見た。——

己《おれ》は随分旅行好きで、京都、仙台、北海道から九州までも歩いて来た。けれども未《いま》だこの東京の町の中に、人形町で生れて二十年来永住している東京の町の中に、一度も足を蹈《ふ》み入れた事のないと云う通りが、屹度《きっと》あるに違いない。いや、思ったより沢山あるに違いない。

そうして大都会の下町に、蜂《はち》の巣の如く交錯している大小無数の街路のうち、私が通った事のある所と、ない所では、孰方《どっち》が多いかちょいと判《わか》らなくなって来た。

何でも十一二歳の頃であったろう。父と一緒に深川の八幡様《はちまんさま》へ行った時、

「これから渡しを渡って、冬木《ふゆぎ》の米市《こめいち》で名代のそばを御馳走《ごちそう》してやるかな。」

こう云って、父は私を境内《けいだい》の社殿の後《うしろ》の方へ連れて行った事がある。其処には小網町や小舟町辺の掘割と全く趣の違った、幅の狭い、岸の低い、水の一杯にふくれ上っている川が、細かく建て込んでいる両岸の家々の、軒と軒とを押し分けるように、どんよりと物憂《ものう》く流れて居た。小さな渡し船は、川幅よりも長そうな荷足りや伝馬《てんま》＊が、幾《いく》艘《そう》も縦に列《なら》んでいる間を縫いながら、二た竿《さお》三竿ばかりちょろちょろと水底《みなそこ》を衝《つ》いて往復して居た。

私はその時まで、たびたび八幡様へお参りをしたが、未だ嘗《かつ》て境内の裏手がどんなになっているか考えて見たことはなかった。いつも正面の鳥居の方から社殿を拝むだけ

で、恐らくパノラマ*の絵のように、表ばかりで裏のない、行き止まりの景色のように自然と考えていたのであろう。現在眼《め》の前にこんな川や渡し場が見えて、その先に広い地面が果てしもなく続いている謎《なぞ》のような光景を見ると、何となく京都や大阪よりももっと東京をかけ離れた、夢の中で屢々《しばしば》出逢《あ》うことのある世界の如く思われた。

それから私は、浅草の観音堂の真うしろにはどんな町があったか想像して見たが、仲店《なかみせ》*の通りから宏大《こうだい》な朱塗りのお堂の甍《いらか》を望んだ時の有様ばかりが明瞭《めいりょう》に描かれ、その外の点はとんと頭に浮かばなかった。だんだん大人になって、世間が広くなるに随《したが》い、知人の家を訪ねたり、花見遊山《ゆさん》に出かけたり、東京市中は隈《くま》なく歩いたようであるが、いまだに子供の時分経験したような不思議な別世界へ、ハタリと行き逢うことがたびたびあった。

そう云う別世界こそ、身を匿《かく》すには究竟《くっきょう》*であろうと思って、此処彼処《ここかしこ》といろいろに捜し求めて見れば見る程、今迄通った事のない区域が到《いた》る処《ところ》に発見された。浅草橋と和泉橋《いずみ》は幾度も渡って置きながら、その間にある左衛門橋を渡ったことがない。二長町《にちょうまち》の市村座へ行くのには、いつも電車通りからそばやの角を右へ曲ったが、あの芝居の前を真っ直ぐに柳盛座の方へ出る二三町ばかりの地面は、一度も蹈んだ覚えはなかった。昔の永代橋《えいたい》の右岸の袂《たもと》から、左の方の河岸《かし》はどんな工合になって居たか、どうも好《よ》く判らなかった。その外八丁堀、越前堀、三味《しゃみ》線堀《せんぼり》、山谷《さんや》堀の界隈《かいわい》には、まだまだ知らない所が沢山あるらしかった。

松葉町のお寺の近傍は、そのうちでも一番奇妙な町であった。六区*と吉原を鼻先に控えてちょいと横丁を一つ曲った所に、淋《さび》しい、廃《すた》れたような区域を作っているのが非常に私の気に入って了《しま》った。今迄自分の無二の親友であった「派手な贅沢《ぜいたく》なそうして平凡な東京」と云う奴《やつ》を置いてき堀にして、静かにその騒擾《そうじょう》を傍観しながら、こっそり身を隠して居られるのが、愉快でならなかった。

隠遁をした目的は、別段勉強をする為めではない。その頃私の神経は、刃の擦《す》り切れたやすりのように、鋭敏な角々がすっかり鈍って、余程色彩の濃い、あくどい物に出逢わなければ、何の感興も湧《わ》かなかった。微細な感受性の働きを要求する一流の芸術だとか、一流の料理だとかを翫味《がんみ》するのが、不可能になっていた。下町の粋《いき》と云われる茶屋の板前に感心して見たり、仁左衛門《にざえもん》*や鴈治郎《がんじろう》*の技巧を賞美したり、凡《す》べて在り来たりの都会の歓楽を受け入れるには、あまり心が荒《すさ》んでいた。惰力の為めに面白くもない懶惰《らんだ》な生活を、毎日々々繰り返して居るのが、堪えられなくなって、全然旧套《きゅうとう》を擺脱《はいだつ》した*、物好きな、アーティフィシャルな、Mode of life*を見出《みいだ》して見たかったのである。

普通の刺戟《しげき》に馴《な》れて了った神経を顫《ふる》い戦《おのの》かすような、何か不思議な、奇怪な事はないであろうか。現実をかけ離れた野蛮な荒唐な夢幻的な空気の中に、棲息《せいそく》することは出来ないであろうか。こう思って私の魂は遠くバビロンやアッシリヤの古代の伝説の世界にさ迷ったり、コナンドイル*や涙香《るいこう》*の探偵《たんてい》小説を想像したり、光線の熾烈《しれつ》な熱帯地方の焦土と緑野を恋い慕ったり、腕白な少年時代のエクセントリックな悪戯《あくぎ》に憧《あこが》れたりした。

賑かな世間から不意に韜晦《とうかい》*して、行動を唯徒《ただいたず》らに秘密にして見るだけでも、すでに一種のミステリアスな、ロマンチックな色彩を自分の生活に賦与《ふよ》することが出来ると思った。私は秘密と云う物の面白さを、子供の時分からしみじみと味わって居た。かくれんぼ、宝さがし、お茶坊主《ちゃぼうず》*のような遊戯――殊《こと》に、それが闇《やみ》の晩、うす暗い物置小屋や、観音開き*の前などで行われる時の面白味は、主としてその間に「秘密」と云う不思議な気分が潜んで居るせいであったに違いない。

私はもう一度幼年時代の隠れん坊のような気持を経験して見たさに、わざと人の気の附かない下町の曖昧《あいまい》なところに身を隠したのであった。そのお寺の宗旨が「秘密」とか、「禁厭《まじない》」とか、「呪咀《じゅそ》」とか云うものに縁の深い真言宗であることも、私の好奇心を誘うて、妄想《もうそう》を育《はぐく》ませるには恰好《かっこう》であった。部屋は新らしく建て増した庫裡の一部で、南を向いた八畳敷きの、日に焼けて少し茶色がかっている畳が、却って見た眼には安らかな暖かい感じを与えた。昼過ぎになると和やかな秋の日が、幻燈《げんとう》の如くあかあかと縁側の障子《しょうじ》に燃えて、室内は大きな雪洞《ぼんぼり》のように明るかった。

それから私は、今迄親しんで居た哲学や芸術に関する書類を一切戸棚《とだな》へ片附けて了って、魔術だの、催眠術だの、探偵小説だの、化学だの、解剖学だのの奇怪な説話と挿《さし》絵《え》に富んでいる書物を、さながら土用干《どようぼし》*の如く部屋中へ置き散らして、寝ころびながら、手あたり次第に繰りひろげては耽読《たんどく》した。その中には、コナンドイルの The Sign of Four*や、ドキンシイの*Murder, Considered as one of the fine arts*や、アラビアンナイト*のようなお伽噺《とぎばなし》から、仏蘭西《フランス》の不思議な Sexuology* の本なども交っていた。

此処の住職が秘していた地獄極楽の図を始め、須弥《しゅみ》山《せん》図*だの涅槃像《ねはんぞう》*だの、いろいろの、古い仏画を強《し》いて懇望して、丁度学校の教員室に掛っている地図のように、所嫌《きら》わず部屋の四壁へぶら下げて見た。床の間の香炉からは、始終紫色の香の煙が真っ直ぐに静かに立ち昇って、明るい暖かい室内を焚《た》きしめて居た。私は時々菊屋橋際《ぎわ》の舗《みせ》へ行って白檀《びゃくだん》や沈香《じんこう》を買って来てはそれを燻《く》べた。

天気の好い日、きらきらとした真昼の光線が一杯に障子へあたる時の室内は、眼の醒《さ》めるような壮観を呈した。絢爛《けんらん》な色彩の古画の諸仏、羅漢《らかん》、比丘《びく》、比丘尼《びくに》、優婆塞《うばそく》、優婆夷《うばい》*、象、獅子《しし》、麒麟《きりん》*などが四壁の紙幅の内から、ゆたかな光の中に泳ぎ出す。畳の上に投げ出された無数の書物からは、惨殺《ざんさつ》、麻酔、魔薬、妖女《ようじょ》、宗教——種々雑多の傀儡《かいらい》が、香の煙に溶け込んで、朦朧《もうろう》と立ち罩《こ》める中に、二畳ばかりの緋毛氈《ひもうせん》を敷き、どんよりとした蛮人のような瞳《ひとみ》を据《す》えて、寝ころんだ儘《まま》、私は毎日々々幻覚を胸に描いた。

夜の九時頃、寺の者が大概寝静まって了うとウヰスキーの角罎《かくびん》を呷《あお》って酔いを買った後、勝手に縁側の雨戸を引き外し、墓地の生《い》け垣《がき》を乗り越えて散歩に出かけた。成る可《べ》く人目にかからぬように毎晩服装を取り換えて公園の雑沓《ざっとう》の中を潜《くぐ》って歩いたり、古道具屋や古本屋の店先を漁《あさ》り廻《まわ》ったりした。頰冠《ほおかむ》りに唐桟《とうざん》の半纏《はんてん》を引っ掛け、綺麗《きれい》に研《みが》いた素足へ爪紅《つまべに》*をさして雪駄《せった》を穿《は》くこともあった。金縁の色眼鏡に二重廻《にじゅうまわ》し*の襟《えり》を立てて出ることもあった。着《つ》け髭《ひげ》、ほくろ、痣《あざ》と、いろいろに面体《めんてい》を換えるのを面白がったが、或る晩、三味線堀の古着屋で、藍地《あいじ》に大小あられの小紋を散らした女物の袷《あわせ》が眼に附いてから、急にそれが着て見たくてたまらなくなった。

一体私は衣服反物に対して、単に色合いが好いとか柄《がら》が粋《いき》だとかいう以外に、もっと深く鋭い愛着心を持って居た。女物に限らず、凡べて美しい絹物を見たり、触れたりする時は、何となく顫い附きたくなって、丁度恋人の肌《はだ》の色を眺《なが》めるような快感の高潮に達することが屢々であった。殊に私の大好きなお召や縮緬《ちりめん》を、世間憚《はばか》らず、恣《ほしいまま》に着飾ることの出来る女の境遇を、嫉《ねた》ましく思うことさえあった。

あの古着屋の店にだらりと生々しく下って居る小紋縮緬の袷――あのしっとりした、重い冷たい布《きれ》が粘《ねば》つくように肉体を包む時の心好さを思うと、私は思わず戦慄《せんりつ》した。あの着物を着て、女の姿で往来を歩いて見たい。……こう思って、私は一も二もなくそれを買う気になり、ついでに友禅《ゆうぜん》の長襦袢《ながじゅばん》や、黒縮緬の羽織迄も取りそろえた。

大柄の女が着たものと見えて、小男の私には寸法も打ってつけであった。夜が更《ふ》けてがらんとした寺中がひっそりした時分、私はひそかに鏡台に向って化粧を始めた。黄色い生地《きじ》の鼻柱へ先《ま》ずベットリと練りお白粉《しろい》をなすり着けた瞬間の容貌《ようぼう》は、少しグロテスクに見えたが、濃い白い粘液を平手で顔中へ万遍なく押し拡《ひろ》げると、思ったよりも、のりが好く、甘い匂《にお》いのひやひやとした露が、毛孔《けあな》へ沁《し》み入る皮膚のよろこびは、格別であった。紅やとのこ*を塗るに随って、石膏《せっこう》の如く唯徒らに真っ白であった私の顔が、溌剌《はつらつ》とした生色ある女の相に変って行く面白さ。文士や画家の芸術よりも、俳優や芸者や一般の女が、日常自分の体の肉を材料として試みている化粧の技巧の方が、遥《はる》かに興味の多いことを知った。

長襦袢、半襟、腰巻、それからチュッチュッと鳴る紅絹裏《もみうら》の袂、――私の肉体は、凡べて普通の女の皮膚が味わうと同等の触感を与えられ、襟足から手頸《てくび》まで白く塗って、銀杏返《いちょうがえ》しの鬘《かつら》の上にお高祖頭巾《こそずきん》を冠《かぶ》り、思い切って往来の夜道へ紛れ込んで見た。雨曇りのしたうす暗い晩であった。千束町《せんぞく》、清住町《きよすみちょう》、龍泉寺町《りゅうせんじ》――あの辺一帯の溝の多い、淋しい街を暫《しばら》くさまよって見たが、交番の巡査も、通行人も、一向気が附かないようであった。甘皮《あまかわ》を一枚張ったようにぱさぱさ乾いている顔の上を、夜風が冷やかに撫《な》でて行く。口辺を蔽《おお》うて居る頭巾の布《きれ》が、息の為めに熱く湿《うるお》って、歩くたびに長い縮緬の腰巻の裾《すそ》は、じゃれるように脚へ纏《もつ》れる。みぞおちから肋骨《あばら》の辺を堅く緊《し》め附けている丸帯と、骨盤の上を括《くく》っている扱帯《しごき》の加減で、私の体の血管には、自然と女のような血が流れ始め、男らしい気分や姿勢はだんだんとなくなって行くようであった。

友禅の袖《そで》の蔭《かげ》から、お白粉を塗った手をつき出して見ると、強い頑丈《がんじょう》な線が闇の中に消えて、白くふっくらと柔かに浮き出ている。私は自分で自分の手の美しさに惚《ほ》れ惚《ぼ》れとした。このような美しい手を、実際に持っている女と云う者が、羨《うらや》ましく感じられた。芝居の弁天小僧*のように、こう云う姿をして、さまざまの罪を犯したならば、どんなに面白いであろう。……探偵小説や、犯罪小説の読者を始終喜ばせる「秘密」「疑惑」の気分に髣髴《ほうふつ》とした心持で、私は次第に人通りの多い、公園の六区の方へ歩みを運んだ。そうして、殺人とか、強盗とか、何か非常な残忍な悪事を働いた人間のように、自分を思い込むことが出来た。

十二階の前から、池の汀《みぎわ》について、オペラ館の四つ角へ出ると、イルミネーションとアーク燈*の光が厚化粧をした私の顔にきらきらと照って、着物の色合いや縞目《しまめ》がはッきりと読める。常盤座《ときわざ》の前へ来た時、突き当りの写真屋の玄関の大鏡へ、ぞろぞろ雑沓する群集の中に交って、立派に女と化け終《おお》せた私の姿が映って居た。

こッてり塗り附けたお白粉の下に、「男」と云う秘密が悉《ことごと》く隠されて、眼つきも口つきも女のように動き、女のように笑おうとする。甘いへんのうの匂いと、囁《ささや》くような衣摺《きぬず》れの音を立てて、私の前後を擦れ違う幾人の女の群も、皆私を同類と認めて訝《あや》しまない。そうしてその女達の中には、私の優雅な顔の作りと、古風な衣裳《いしょう》の好みとを、羨ましそうに見ている者もある。

いつも見馴れて居る公園の夜の騒擾《そうじょう》も、「秘密」を持って居る私の眼には、凡べてが新しかった。何処へ行っても、何を見ても、始めて接する物のように、珍しく奇妙であった。人間の瞳を欺《あざむ》き、電燈の光を欺いて、濃艶《のうえん》な脂粉とちりめんの衣裳の下に自分を潜ませながら、「秘密」の帷《とばり》を一枚隔てて眺める為めに、恐らく平凡な現実が、夢のような不思議な色彩を施されるのであろう。

それから私は毎晩のようにこの仮装をつづけて、時とすると、宮戸座の立ち見や活動写真*の見物の間へ、平気で割って入るようになった。寺へ帰るのは十二時近くであったが、座敷に上ると早速空気ランプ*をつけて、疲れた体の衣裳も解かず、毛氈の上へぐったり嫌《いや》らしく寝崩れた儘、残り惜しそうに絢爛な着物の色を眺めたり、袖口をちゃらちゃらと振って見たりした。剝《は》げかかったお白粉が肌理《きめ》の粗《あら》いたるんだ頰の皮へ滲《し》み着いて居るのを、鏡に映して凝視して居ると、廃頽《はいたい》した快感が古い葡萄酒《ぶどうしゅ》の酔いのように魂をそそった。地獄極楽の図を背景にして、けばけばしい長襦袢のまま、遊女*の如くなよなよと蒲団《ふとん》の上へ腹這《はらば》って、例の奇怪な書物のページを夜更くる迄《ひるがえ》すこともあった。次第に扮装《ふんそう》も巧《うま》くなり、大胆にもなって、物好きな聯想《れんそう》を醸《かも》させる為めに、匕首《あいくち》だの麻酔薬だのを、帯の間へ挿《はさ》んでは外出した。犯罪を行わずに、犯罪に附随して居る美しいロマンチックの匂いだけを、十分に嗅《か》いで見たかったのである。

そうして、一週間ばかり過ぎた或る晩の事、私は図らずも不思議な因縁から、もッと奇怪なもッと物好きな、そうしてもッと神秘な事件の端緒に出会《でくわ》した。

その晩私は、いつもよりも多量にウヰスキーを呷って、三友館の二階の貴賓席に上り込んで居た。何でももう十時近くであったろう、恐ろしく混《こ》んでいる場内は、霧のような濁った空気に充《み》たされて、黒く、もくもくとかたまって蠢動《しゅんどう》している群衆の生温かい人いきれが、顔のお白粉を腐らせるように漂って居た。暗中にシャキシャキ軋《きし》みながら目まぐるしく展開して行く映画の光線の、グリグリと瞳を刺す度毎《たびごと》に、私の酔った頭は破《わ》れるように痛んだ。時々映画が消えてぱッと電燈がつくと、渓底《たにそこ》から沸き上る雲のように、階下の群衆の頭の上を浮動して居る煙草《たばこ》の烟《けむり》の間を透かして、私は真深いお高祖頭巾の蔭から、場内に溢《あふ》れて居る人々の顔を見廻した。そうして私の旧式な頭巾の姿を珍しそうに窺《うかが》って居る男や、粋な着附けの色合いを物欲しそうに盗み視《み》ている女の多いのを、心ひそかに得意として居た。見物の女のうちで、いでたちの異様な点から、様子の婀娜《あだ》っぽい点から、乃至《ないし》器量の点からも、私ほど人の眼に着いた者はないらしかった。

始めは誰も居なかった筈《はず》の貴賓席の私の側《そば》の椅子《いす》が、いつの間に塞《ふさ》がったのか能《よ》くは知らないが、二三度目に再び電燈がともされた時、私の左隣りに二人の男女が腰をかけて居るのに気が附いた。

女は二十二三と見えるが、その実六七にもなるであろう。髪を三つ輪に結って、総身をお召の空色のマントに包み、くッきりと水のしたたるような鮮やかな美貌《びぼう》ばかりを、これ見よがしに露《あら》わにして居る。芸者とも令嬢とも判断のつき兼ねる所はあるが、連れの紳士の態度から推して、堅儀《かたぎ》の細君ではないらしい。

「……Arrested at last.……*」

と、女は小声で、フィルムの上に現れた説明書を読み上げて、土耳古《トルコ》巻のM.C.C.の薫《かお》りの高い烟を私の顔に吹き附けながら、指に嵌《は》めて居る宝石よりも鋭く輝く大きい瞳を、闇の中できらりと私の方へ注いだ。

あでやかな姿に似合わぬ太棹《ふとざお》*の師匠のような皺嗄《しわが》れた声、——その声は紛れもない、私が二三年前に上海《シャンハイ》へ旅行する航海の途中、ふとした事から汽船の中で暫く関係を結んで居たT女であった。

女はその頃《ころ》から、商売人とも素人《しろうと》とも区別のつかない素振りや服装を持って居たように覚えて居る。船中に同伴して居た男と、今夜の男とはまるで風采《ふうさい》も容貌も変っているが、多分はこの二人の男の間を連結する無数の男が女の過去の生涯《しょうがい》を鎖のように貫いて居るのであろう。兎《と》も角《かく》その婦人が、始終一人の男から他の男へと、胡蝶《こちょう》のように飛んで歩く種類の女であることは確かであった。二年前に船で馴染《なじ》みになった時、二人はいろいろの事情から本当の氏名も名乗り合わず、境遇も住所も知らせずにいるうちに上海へ着いた。そうして私は自分に恋い憧れている女を好い加減に欺き、こッそり跡をくらまして了《しま》った。以来太平洋上の夢の中なる女とばかり思って居たその人の姿を、こんな処《ところ》で見ようとは全く意外である。あの時分やや小太りに肥えて居た女は、神々《こうごう》しい迄《まで》に痩《や》せて、すッきりとして、睫毛《まつげ》の長い潤味《うるみ》を持った円い眼《まなこ》が、拭《ぬぐ》うが如《ごと》くに冴《さ》え返り、男を男とも思わぬような凜々《りり》しい権威さえ具《そな》えている。触るるものに紅《くれない》の血が濁染《にじ》むかと疑われた生々しい唇《くちびる》と、耳朶《みみたぶ》の隠れそうな長い生《は》え際《ぎわ》ばかりは昔に変らないが、鼻は以前よりも少し嶮《けわ》しい位に高く見えた。

女は果して私に気が附いて居るのであろうか。どうも判然と確かめることが出来なかった。明《あか》りがつくと連れの男にひそひそ戯《たわむ》れて居る様子は、傍に居る私を普通の女と蔑《さげす》んで、別段心にかけて居ないようでもあった。実際その女の隣りに居ると、私は今迄得意であった自分の扮装を卑《いや》しまない訳には行かなかった。表情の自由な、如何《いか》にも生き生きとした妖女《ようじょ》の魅力に気圧《けお》されて、技巧を尽した化粧も着附けも、醜く浅ましい化物のような気がした。女らしいと云う点からも、美しい器量からも、私は到底彼女の競争者ではなく、月の前の星のように果敢《はか》なく萎《しお》れて了うのであった。

朦々《もうもう》と立ち罩《こ》めた場内の汚れた空気の中に、曇りのない鮮明な輪郭をくッきりと浮かばせて、マントの蔭からしなやかな手をちらちらと、魚のように泳がせているあでやかさ。男と対談する間にも時々夢のような瞳を上げて、天井を仰いだり、眉根《まゆね》を寄せて群衆を見下ろしたり、真っ白な歯並みを見せて微笑《ほほえ》んだり、その度毎に全く別趣の表情が、溢れんばかりに湛《たた》えられる。如何なる意味をも鮮かに表わし得る黒い大きい瞳は、場内の二つの宝石のように、遠い階下の隅《すみ》からも認められる。顔面の凡《す》べての道具が単に物を見たり、嗅《か》いだり、聞いたり、語ったりする機関としては、あまりに余情に富み過ぎて、人間の顔と云うよりも、男の心を誘惑する甘味ある餌食《えじき》であった。もう場内の視線は、一つも私の方に注がれて居なかった。愚かにも、私は自分の人気を奪い去ったその女の美貌に対して、嫉妬《しっと》と憤怒《ふんぬ》を感じ始めた。嘗《かつ》ては自分が弄《もてあそ》んで恣《ほしいまま》に棄《す》ててしまった女の容貌の魅力に、忽《たちま》ち光を消されて蹈《ふ》み附けられて行く口惜しさ。事に依《よ》ると女は私を認めて居ながら、わざと皮肉な復讐《ふくしゅう》をして居るのではないであろうか。

私は美貌を羨む嫉妬の情が、胸の中で次第々々に恋慕の情に変って行くのを覚えた。女としての競争に敗れた私は、今一度男として彼女を征服して勝ち誇ってやりたい。こう思うと、抑え難い欲望に駆られてしなやかな女の体を、いきなりむずと鷲摑《わしづか》みにして、揺す振って見たくもなった。

君は予の誰なるかを知り給《たま》うや。今夜久し振りに君を見て、予は再び君を恋し始めたり。今一度、予と握手し給うお心はなきか。明晩もこの席に来て、予を待ち給うお心はなきか。予は予の住所を何人にも告げ知らす事を好まねば、唯《ただ》願わくは明日の今頃、この席に来て予を待ち給え。

闇《やみ》に紛れて私は帯の間から半紙と鉛筆を取出し、こんな走り書きをしたものをひそかに女の袂《たもと》へ投げ込んだ、そうして、又じッと先方の様子を窺っていた。

十一時頃、活動写真の終るまでは女は静かに見物していた。観客が総立ちになってどやどやと場外へ崩れ出す混雑の際、女はもう一度、私の耳元で、

「……Arrested at last……」

と囁《ささや》きながら、前よりも自信のある大胆な凝視《ぎょうし》を、私の顔に暫《しばら》く注いで、やがて男と一緒に人ごみの中へ隠れてしまった。

「……Arrested at last……」

女はいつの間にか自分を見附け出して居たのだ。こう思って私は竦然《しょうぜん》*とした。

それにしても明日の晩、素直に来てくれるであろうか。大分昔よりは年功を経ているらしい相手の力量を測らずに、あのような真似《まね》をして、却《かえ》って弱点を握られはしまいか。いろいろの不安と疑惧《ぎぐ》に挟《さしはさ》まれながら私は寺へ帰った。

いつものように上着を脱いで、長襦袢一枚になろうとする時、ぱらりと頭巾の裏から四角にたたんだ小さい洋紙の切れが落ちた。

「Mr. S. K.」

と書き続けたインキの痕《あと》をすかして見ると、玉甲斐絹《たまかいき》*のように光っている。正しく彼女の手*であった。見物中、一二度小用に立ったようであったが、早くもその間に、返事をしたためて、人知れず私の襟元《えりもと》へさし込んだものと見える。

思いがけなき所にて思いがけなき君の姿を見申 候《そうろう》。たとい装いを変え給うとも、三年このかた夢寐《むび》にも忘れぬ御面影《おんおもかげ》を、いかで見逃し候べき。妾《わらわ》は始めより頭巾の女の君なる事を承知 仕《つかまつり》 候。それにつけても相変らず物好きなる君にておわせしことの可笑《おか》しさよ。妾に会わんと仰《おお》せらるるも多分はこの物好きのおん興じにやと心許《こころもと》なく存じ候えども、あまりの嬉《うれ》しさに兎角の分別も出《い》でず、唯仰せに従い明夜は必ず御待ち申す可《べ》く候。ただし、妾に少々都合もあり、考えも有之候《これありそうら》えば、九時より九時半までの間に雷門《かみなりもん》までお出で下されまじくや。其処《そこ》にて当方より差し向けたるお迎いの車夫が、必ず君を見つけ出して拙宅へ御案内致す可く候。君の御住所を秘し給うと同様に、妾も今の在り家を御知らせ致さぬ所存にて、車上の君に眼隠しをしてお連れ申すよう取りはからわせ候間、右御許し下され度《たく》、若《も》しこの一事を御承引下され候わずば、妾は永遠に君を見ることかなわず、これに過ぎたる悲しみは無之《これなく》候。

私はこの手紙を読んで行くうちに、自分がいつの間にか探偵小説中の人物となり終せて居るのを感じた。不思議な好奇心と恐怖とが、頭の中で渦《うず》を巻いた。女が自分の性癖を呑《の》み込んで居て、わざとこんな真似をするのかとも思われた。

明くる日の晩は素晴らしい大雨であった。私はすっかり服装を改めて、対《つい》の大島の上にゴム引きの外套《がいとう》を纏《まと》い、ざぶん、ざぶんと、甲斐絹張りの洋傘に、滝《たき》の如《ごと》くたたきつける雨の中を戸外《おもて》へ出た。新堀の溝《みぞ》が往来一円に溢れているので、私は足袋《たび》を懐《ふところ》へ入れたが、びしょびしょに濡《ぬ》れた素足が家並みのランプに照らされて、ぴかぴか光って居た。夥《おびただ》しい雨量が、天からざあざあと直瀉《ちょくしゃ》する喧囂《けんごう》の中に、何もかも打ち消されて、ふだん賑《にぎ》やかな広小路の通りも大概雨戸を締め切り、二三人の臀端折《しりはしょ》りの男が、敗走した兵士のように駈《か》け出して行く。電車が時々レールの上に溜《た》まった水をほとばしらせて通る外は、ところどころの電柱や広告のあかりが、朦朧たる雨の空中をぼんやり照らしているばかりであった。

外套から、手首から、肘《ひじ》の辺まで水だらけになって、漸く雷門へ来た私は、雨中にしょんぼり立ち止りながらアーク燈の光を透かして、四辺《あたり》を見廻《みまわ》したが、一つも人影は見えない。何処《どこ》かの暗い隅に隠れて、何物かが私の様子を窺っているのかも知れない。こう思って暫く彳《たたず》んで居ると、やがて吾妻橋の方の暗闇《くらやみ》から、赤い提灯《ちょうちん》の火が一つ動き出して、がらがらがらと街鉄《がいてつ》*の鋪《し》き石の上を駛走《しそう》して来た旧式な相乗りの俥《くるま》*がぴたりと私の前で止まった。

「旦那《だんな》、お乗んなすって下さい。」

深い饅頭笠《まんじゅうがさ》に雨合羽《あまがっぱ》を着た車夫の声が、車軸《しゃじく》を流す雨の響きの中に消えたかと思うと、男はいきなり私の後へ廻って、羽二重《はぶたえ》の布を素早く私の両眼の上へ二た廻り程巻きつけて、蟀谷《こめかみ》の皮がよじれる程強く緊《し》め上げた。

「さあ、お召しなさい。」

こう云って男のざらざらした手が、私を摑んで、惶《あわただ》しく俥の上へ乗せた。

しめっぽい匂《にお》いのする幌《ほろ》の上へ、ぱらぱらと雨の注ぐ音がする。疑いもなく私の隣りには女が一人乗って居る。お白粉《しろい》の薫りと暖かい体温が、幌の中へ蒸すように罩《こも》っていた。

轅《かじ》を上げた俥は、方向を晦《くら》ます為めに一つ所をくるくると二三度廻って走り出したが、右へ曲り、左へ折れ、どうかするとLabyrinth*の中をうろついて居るようであった。時々電車通りへ出たり、小さな橋を渡ったりした。

長い間、そうして俥に揺られて居た。隣りに並んでいる女は勿論《もちろん》T女であろうが、黙って身じろぎもせずに腰かけている。多分私の眼隠《めかく》しが厳格に守られるか否《いな》かを監督する為めに同乗して居るものらしい。しかし、私は他人の監督がなくても、決してこの眼かくしを取り外《はず》す気はなかった。海の上で知り合いになった夢のような女、大雨の晩の幌の中、夜の都会の秘密、盲目、沈黙――凡べての物が一つになって、渾然《こんぜん》たるミステリーの靄《もや》の裡《うち》に私を投げ込んで了って居る。

やがて女は固く結んだ私の唇を分けて、口の中へ巻煙草を挿《さ》し込んだ。そうしてマッチを擦って火をつけてくれた。

一時間程経《た》って、漸《よう》やく俥は停《とま》った。再びざらざらした男の手が私を導きながら狭そうな路次を二三間行くと、裏木戸のようなものをギーと開けて家の中へ連れて行った。

眼を塞がれながら一人座敷に取り残されて、暫く坐《すわ》っていると、間もなく襖《ふすま》の開く音がした。女は無言の儘《まま》、人魚のように体《たい》を崩して擦り寄りつつ、私の膝《ひざ》の上へ仰向きに上半身を靠《もた》せかけて、そうして両腕を私の項《うなじ》に廻して羽二重の結び目をはらりと解いた。

部屋は八畳位もあろう。普請《ふしん》と云い、装飾と云い、なかなか立派で、木柄《きがら》なども選んではあるが、丁度この女の身分が分らぬと同様に、待合とも、妾宅《しょうたく》＊とも、上流の堅気な住まいとも見極めがつかない。一方の縁側の外にはこんもりとした植え込みがあって、その向うは板塀《いたべい》に囲われている。唯これだけの眼界では、この家が東京のどの辺にあたるのか、大凡《おおよ》その見当すら判《わか》らなかった。

「よく来て下さいましたね。」

こう云いながら、女は座敷の中央の四角な紫檀《したん》の机へ身を靠せかけて、白い両腕を二匹の生き物のように、だらりと卓上に匍《は》わせた。襟のかかった渋い縞《しま》お召《めし》に腹合わせ帯をしめて、銀杏返《いちょうがえ》しに結《ゆ》って居る風情《ふぜい》の、昨夜と恐ろしく趣が変っているのに、私は先《ま》ず驚かされた。

「あなたは、今夜あたしがこんな風をして居るのは可笑《おか》しいと思っていらッしゃるんでしょう。それでも人に身分を知らせないようにするには、こうやって毎日身なりを換えるより外に仕方がありませんからね。」

卓上に伏せてある洋盃《コップ》を起して、葡萄酒《ぶどうしゅ》を注《つ》ぎながら、こんな事を云う女の素振りは、思ったよりもしとやかに打ち萎《しお》れて居た。

「でも好《よ》く覚えて居て下さいましたね。上海でお別れしてから、いろいろの男と苦労もして見ましたが、妙にあなたの事を忘れることが出来ませんでした。もう今度こそは私を棄てないで下さいまし。身分も境遇も判らない、夢のような女だと思って、いつまでもお附き合いなすって下さい。」

女の語る一言一句が、遠い国の歌のしらべのように、哀韻《あいいん》を含んで私の胸に響いた。

殊勝な姿を見せる憂鬱《ゆううつ》な、どうしてこう云う悧発《りはつ》な女が、昨夜のような派手な勝気な女が、私の前に魂を投げ出しているのであろう。さながら万事を打ち捨てて、私の前に魂を投げ出しているようであった。

「夢の中の女」「秘密の女」朦朧《もうろう》とした、現実とも幻覚とも区別の附かない Love adventure の面白さに、私はそれから毎晩のように女の許《もと》に通い、夜半《よなか》の二時頃迄遊んでは、また眼かくしをして、雷門まで送り返された。一と月も二た月も、お互に所を知らず、名を知らずに会見していた。女の境遇や住宅を捜《さぐ》り出そうと云う気は少しもなかったが、だんだん時日が立つに従い、私は妙な好奇心から、自分を乗せた俥が果して東京の何方《どっち》の方面に二人を運んで行くのか、自分の今眼を塞がれて通って居る処は、浅草から何《ど》の辺に方《あた》って居るのか、唯それだけを是非とも知って見たくなった。三十分も一時間も、時とすると一時間半もがらがらと市街を走ってから、轅を下ろす女の家は、案外雷門の近くにあるのかも知れない。私は毎夜俥に揺す振られながら、此処《ここ》か彼処《あそこ》かと心の中に臆測《おくそく》を廻《めぐ》らす事を禁じ得なかった。

或《あ》る晩、私はとうとうたまらなくなって、

「一寸《ちょっと》でも好いから、この眼かくしを取ってくれ。」

と俥の上で女にせがんだ。

「いけません、いけません。」

と、女は慌《あわ》てて、私の両手をしッかり抑えて、その上へ顔を押しあてた。

「何卒《どうぞ》そんな我が儘を云わないで下さい。此処の往来はあたしの秘密です。この秘密を知られればあたしはあなたに捨てられるかも知れません。」

「どうして私に捨てられるのだ。」

「そうなれば、あたしはもう『夢の中の女』ではありません。あなたは私を恋して居るよりも、夢の中の女を恋して居るのですもの。」

いろいろに言葉を尽して頼んだが、私は何と云っても聴き入れなかった。

「仕方がない、そんなら見せて上げましょう。……………その代り一寸ですよ。」

女は嘆息するように云って、力なく眼かくしの布を取りながら、

「此処が何処《どこ》だか判りますか。」

と、心許《こころもと》ない顔つきをした。

美しく晴れ渡った空の地色は、妙に黒ずんで星が一面にきらきらと輝き、白い霞《かすみ》のような天の川が果てから果てへ流れている。狭い道路の両側には商店が軒を並べて、燈火の光が賑やかに町を照らしていた。

不思議な事には、可なり繁華な通りであるらしいのに、私はそれが何処の街であるか、

さっぱり見当が附かなかった。俥はどんどんその通りを走って、やがて一二町先の突き当りの正面に、精美堂と大きく書いた印形屋《いんぎょうや》の看板が見え出した。

私が看板の横に書いてある細い文字の町名番地を、俥の上で遠くから覗《のぞ》き込むようにすると、女は忽《たちま》ち気が附いたか、

「あれッ」

と云って、再び私の眼を塞《ふさ》いで了《しま》った。

賑やかな商店の多い小路で突きあたりに印形屋の看板の見える街、――どう考えて見ても、私は今迄通ったことのない往来の一つに違いないと思った。子供時代に経験したような謎《なぞ》の世界の感じに、再び私は誘《いざな》われた。

「あなた、あの看板の字が読めましたか。」

「いや読めなかった。一体此処は何処なのだか私にはまるで判らない。私はお前の生活に就いては三年前の太平洋の波の上の事ばかりしか知らないのだ。私はお前に誘惑されて、何だか遠い海の向うの、幻の国へ伴《つ》れて来られたように思われる。」

私がこう答えると、女はしみじみとした悲しい声で、こんな事を云った。

「後生だからいつまでもそう云う気持で居て下さい。幻の国に住む、夢の中の女だと思って居て下さい。もう二度と再び、今夜のような我が儘を云わないで下さい。」

女の眼からは、涙が流れて居るらしかった。

その後暫《しばら》く、私は、あの晩女に見せられた不思議な街の光景を忘れることが出来なかった。燈火のかんかんともっている賑やかな狭い小路の突き当りに見えた印形屋の看板が、頭にはッきりと印象されて居た。何とかして、あの町の在りかを捜し出そうと苦心した揚句、私は漸《ようや》く一策を案じ出した。

長い月日の間、毎夜のように相乗りをして引き擦り廻されて居るうちに、雷門で俥がくるくると一つ所を廻る度数や、右に折れ左に曲る回数まで、一定して来て、私はいつともなくその塩梅《あんばい》を覚え込んでしまった。或る朝、私は雷門の角へ立って眼をつぶりながら二三度ぐるぐると体を廻した後、この位だと思う時分に、俥と同じ位の速度で一方へ駈け出して見た。唯好い加減に時間を見はからって彼方此方《かなたこなた》の横町を折れ曲るより外の方法はなかったが、丁度この辺と思う所に、予想の如く、橋もあれば、電車通りもあって、確かにこの道に相違ないと思われた。

道は最初雷門から公園の外郭を廻って千束町に出て、龍泉寺町の細い通りを上野の方へ進んで行ったが、車坂下で更に左へ折れ、お徒町《かちまち》の往来を七八町も行くとやがて又左へ曲り始める。私は其処でハタとこの間の小路にぶつかった。

成る程正面に印形屋の看板が見える。

それを望みながら、秘密の潜んでいる巌窟《がんくつ》の奥を究《きわ》めでもするように、つかつかと進んで行ったが、つきあたりの通りへ出ると、思いがけなくも、其処は毎晩夜店の出る下谷竹町の往来の続きであった。いつぞや小紋の縮緬《ちりめん》を買った古着屋の店も、つい二三間先に見えて居る。不思議な小路は、三味線堀と仲お徒町の通りを横に繋《つな》いで居る街路であったが、どうも私は今迄其処を通った覚えがなかった。散々私を悩ました精美堂の看板の前に立って、私は暫く彳《たたず》んで居た。燦爛《さんらん》とした星の空を戴《いただ》いて夢のような神秘な空気に蔽《おお》われながら、赤い燈火を湛《たた》えて居る夜の趣とは全く異り、秋の日にかんかん照り附けられて乾《ひ》涸《から》びて居る貧相な家並を見ると、何だか一時にがっかりして興が覚めて了った。

抑え難い好奇心に駆られ、犬が路上の匂《にお》いを嗅《か》ぎつつ自分の棲《す》み家へ帰るように、私は又其処から見当をつけて走り出した。

道は再び浅草区へ這《は》入《い》って、小島町から右へ右へと進み、菅橋《すがばし》の近所で電車通りを越え、代地河岸を柳橋の方へ曲って、遂《つい》に両国の広小路へ出た。女が如何《いか》に方角を悟らせまいとして、大迂《だいう》廻《かい》をやって居たかが察せられる。薬研堀《やげんぼり》、久松町、浜町と来て蠣《かき》浜橋《はまばし》を渡った処で、急にその先が判らなくなった。

何んでも女の家《うち》は、この辺の路次にあるらしかった。一時間ばかりかかって、私はその近所の狭い横町を出つ入りつした。丁度道了権現《どうりょうごんげん》の向い側の、ぎっしり並んだ家と家との庇間《ひあわい》を分けて、殆《ほとん》ど眼につかないような、細い、ささやかな小路のあるのを見つけ出した時、私は直覚的に女の家がその奥に潜んで居ることを知った。中へ這入って行くと右側の二三軒目の、見事な洗い出しの板塀*に囲まれた二階の欄干から、松の葉越しに女は死人のような顔をして、じっと此方《こちら》を見おろして居た。

思わず嘲《あざ》けるような瞳《ひとみ》を挙げて、二階を仰ぎ視《み》ると、寧《むし》ろ空惚《そらとぼ》けて別人を装うものの如く、女はにこりともせずに私の姿を眺《なが》めて居たが、別人を装うても訝《あや》しまれぬくらい、その容貌《ようぼう》は夜の感じと異って居た。たッた一度、男の乞《こ》いを許して、眼かくしの布を弛《ゆる》めたばかりに、秘密を発《あば》かれた悔恨、失意の情が見る見る色に表われて、やがて静かに障子の蔭《かげ》へ隠れて了った。

女は芳野と云うその界隈《かいわい》での物持の後家であった。あの印形屋の看板と同じように、凡《す》べての謎は解かれて了った。私はそれきりその女を捨てた。

二三日過ぎてから、急に私は寺を引き払って田端《たばた》の方へ移転した。私の心はだんだん

「秘密」などと云う手ぬるい淡い快感に満足しなくなって、もッと色彩の濃い、血だらけな歓楽を求めるように傾いて行った。

異端者の悲しみ

一

午睡をして居る章三郎は、自分が今、夢を見て居る事を明かに知って居た。白い鳥が繻子《しゅす》のように光る翼《つばさ》をひろげて、彼の顔の上でぱたぱたと羽ばたきをして居る。どうかすると、その羽ばたきが息苦しい程鼻先へ近寄って、溶けかかった春の淡雪のように、浄《きよ》く軟かい羽毛《うもう》が折々彼の睫毛《まつげ》のあたりを爽《さわ》やかに掠《かす》めて居る。――「己《おれ》は夢を見て居るのだな。」と、彼は幾度か夢の中で考えて居た。彼の意識は見る見るうちに痺《しび》れかかって、甘い芳《かんば》しい熟睡の底へうつらうつらと誘われて行きそうになるが、少し心を引き緊《し》めると直《す》ぐに又蘇生《よみがえ》って、脳髄の中を朦朧《もうろう》と照らすようであった。云わば彼は、睡《ねむ》りと目覚めとの中間の世界にさまよいながら、暫《しばら》くの間覚め切ろうとも眠り込もうとも欲しないで、成る可《べ》く現在の半意識の状態に揺られて居たかった。「自分は今、夢から覚めようとすれば覚めることも出来るのだ。」そう思いながら、美しい白鳥の幻をぼんやり眺《なが》めて居ることが、不思議な喜びと快《こころよ》さとを彼の魂に味わせた。

窓からさし込む初夏の真昼の明《あか》りが、仰向きに臥《ね》て居る自分の眼瞼《まぶた》の上に輝いて、それがこのような白鳥の夢となって居る。あのぱたぱたと鳴る羽ばたきの音は大方風が吹くのであろう。——そうまではっきりと感じて居ながら、猶且《なおかつ》夢を見て居られるのが、彼には非常に珍しい、特殊な経験のように考えられて、自分のような病的な神経を持つ人間でなければ、容易に到達する事の出来ない貴い境地であるかの如《ごと》く楽しまれた。ひょっとしたら、彼は自分の自由意志で、思うがままに好きな錯覚を作り出す能力がありはしないかと疑われて、現在眼《め》の前に浮かんで居る鳥の姿を更に妖艶《ようえん》な女の幻と擦り換えるように、次第次第に想念を凝らし始めた。すると暗黒な背景の奥へ鳥の形がだんだん薄く吸い込まれて、ちょうど子供がおもちゃに弄《もてあそ》ぶシャボン玉のような、五彩の虹《にじ》を湛《たた》えた麗《うるわ》しい泡《あわ》が無数にちらちらと湧《わ》き上って来たが、その中で一番大きな泡の面《おもて》に、奇怪極まる裸形《らぎょう》の美姫《びき》がいつしかまざまざと映《うつ》り出して、風に揉《も》まれる煙の如く飄々《ひょうひょう》と舞いながらさまざまな痴態を演じて居るのを、彼はたしかに見ることが出来た。

「有り難い、有り難い、己の脳髄は明かに神秘な作用を備えて居るのだ。自分で勝手な夢を織り出す能力を持って居るのだ。己は夢の中で自分の恋人に会う事が出来るかも知れない。成ろうことなら、己はいつまでもこうやって眠ったままで生きて居たい。……………」

しかし章三郎は、そう思った瞬間にぱっちり眼をあいてしまった。恰《あたか》も子供が息《いき》を吹き過ぎてシャボン玉を壊《こわ》してしまったような、取り留めのない悲しみを覚えながら、一旦虚空《こくう》へ飛び散った幻の姿を取り返すべく、彼はあわててもう一遍眼を潰《つぶ》って見たが、美女も白鳥も遂《つい》に再び彼を訪れて来そうもなかった。

彼はものうげに身を起して、窓際《まどぎわ》に頬杖《ほおづえ》をつきつつ、夢の中に現れた幻の正体《しょうたい》かと想《おも》われる五月の空の雲のきれぎれを仰ぎ視《み》た。夏らしく晴れ渡った蒼穹《そうきゅう》*には勇ましい南風が充《み》ち充ちて、ところどころに浮游《ふゆう》する雲の塊を忙《いそが》しそうに北へ北へと押し流して居る。

「夢だの空だのはあれ程美観に富んで居るのに、どうして己の住んで居る世の中は、こんなに穢《きたな》いのであろう。」

そう考えると章三郎は、いよいよ今見た幻の世界が恋いしくなって、遣《や》る瀬《せ》なさが胸に溢《あふ》れた。

彼の住んで居る家——日本橋の八丁堀《はっちょうぼり》の、せせこましい路次の裏長屋にあるこの二階の一室には、西の窓から望まれるあの壮快な空を除いて、外に何一つ美感を起させる物はないのである。四畳半の畳と云い、押し入れの襖《ふすま》と云い、牢獄《ろうごく》の檻房《かんぼう》に似た壁と云い、四方を仕切《しき》って居る凡《す》べての平面が、駄菓子《だがし》を貪《むさぼ》るいたずらッ子の頬《ほ》っぺたのように垢《あか》でよごれて、天井の低い、息苦しい室内に一年中鬱積《うっせき》して居る湿っぽい悪臭は、其処《そこ》に起居する人間の骨の髄まで腐らせそうに蒸し暑く匂《にお》って居る。若《も》しこの部屋にたった一つしかないあの窓から、僅《わず》かにもせよ蒼穹の一部分が見えなかったら、章三郎はとうに気が狂《くる》って死にはしなかったかと危ぶまれる。どう考えても、これが万物の霊長を以《もっ》て誇って居る高尚《こうしょう》な生物《いきもの》の棲息《せいそく》する所とは信ぜられなかった。

けれども章三郎は、いかに人間の世が穢くっても、自分が兎《と》に角《かく》足を著《つ》けて生きて居る大地から全く飛び離れて、お伽噺《とぎばなし》の子供のように架空的な天国へ昇ってしまったり、夢幻的な楽園へ救われて行ったりしようとは望まなかった。土から生えた植物が、何《ど》処《こ》までも土に根をひろげて生を享楽《きょうらく》して行くように、彼も亦《また》現実の世に執着しつつどうにかして楽みを求め出したかった。そうしてそれが、彼には必ずしも不可能の事とは思われなかった。自分が今住んで居る陋巷《ろうこう》*のあばら屋の周囲にこそ、あらゆる醜悪や陰鬱や悲運が附き纏《まと》わって居るものの、人間の世の凡べてがこれ程に暗く冷たい物であろうとは信ぜられない。寧《むし》ろ反対に、思う存分の富と健康とを獲得して、王侯に等しい豪奢《ごうしゃ》な生活を営み得る身分になれたなら、この世は遥《はる》かに天国や夢幻の境より楽しく美しく感ぜられるに違いない。今逆境に沈んで居る彼が、そんな身分に転じようとするのは、まるで妄想《もうそう》に等しい僥倖《ぎょうこう》*を願う者かも知れないが、それでも天国や華胥《かしょ》の国*に生れ変ろうとするよりはずっと可能なことである。——こう思うばかりに彼は世の中や生命に失望する気にはなれなかった。たとえ王侯の地位までには登れないでも、少しずつなりと現在の窮境から上層の社会へ浮び出るようになって欲しい。一尺登れば一尺登っただけの楽しみがある。ただその一尺の進歩さえが、彼にはちょいと到達し得る道がないのが腹立たしかった。

同じ人間でありながら、自分はなぜこんな貧民に生れてこの世間のどん底を出発点としなければならなかったのか、自分はどうして運命の神からハンディキャップを附けられて居るのか、思えば思うほど章三郎は業《ごう》が煮えてたまらなかった。それも自分が陋巷に生れて陋巷に死するにふさわしい、頭脳の低い、趣味の乏しい無価値な人間ならば知らぬこと、かりにも最高の学府に教育を受けて、将《まさ》に文学士*の称号を得んとしつつある有為《ゆうい》の青年である。自分は蠢々《しゅんしゅん》として虫けらの如く生きて行く貧民の間に伍《ご》して、何等の自覚もなくその日その日を過して居られる人間とは訳が違う。自分には偉大なる天才があり、非凡なる素質がある。たまたまその天才と素質とが、物質的の成功致富の道に拙《つたな》くて、芸術的の方面にのみ秀《ひ》いでて居る為めに、いつまでもこうやって逆境を抜け出る事が出来ないのである。

「ふん、馬鹿にして居やがる。………」

と、章三郎は我知らず大声で口走ったが、後からハッと心付いてびっくりして気を引き締めた。この頃《ごろ》彼は、屢々頓興《しばしばとんきょう》な声で独《ひと》り語《ごと》を云う癖が附いたのである。それが頭の中に長い間続いて居た思想と聯絡《れんらく》のある言葉ならまだしも、どうかすると全く何の関係もない、云わば突然に浮かび上って右から左へ脳髄を通り過ぎて行く〝passing whim〟*が、あなやと思う隙《ひま》もなくひょいと口から出てしまって、立派な独り語になる事がある。幸いにして彼がそんな真似《まね》をする時は、周囲に誰も居ない場合が多かったけれど、万一、人に聞かれたならば随分耻《はず》かしい事だの物凄《ものすご》い事だのをうっかり口走る折があった。そうしてそれ等の耻かしい言葉や物凄い言葉は、いつも大概種類が極《き》まって居て、殆《ほと》んど狂人の譫語《うわごと》としか思われない突飛《とっぴ》な文句ばかりであった。彼が最近に一番繁《しげ》く口走るのは、先《ま》ず下《しも》に記す三通りの文句である。——

「楠木正成《くすのきまさしげ》を討ち、源義経を平げ……」

と云うのが一つ。

「お浜ちゃん、お浜ちゃん、お浜ちゃん。」

と、女の名前を三度呼ぶのが一つ。

「村井を殺し、原田を殺し……」

と云うのが一つ。凡《およ》そこの三つが、どう云う訳か最も頻々《ひんぴん》と彼の独り語に上るのであって、この中のどれか一つを、一日の内に云わないことはないくらいである。いずれも短い文句であるが、これ等の言葉を此処《ここ》に記した文字通りにしゃべってしまってから、章三郎は始めてはっと我に復《かえ》る。たとえば第一の文句で、「………源義経を平げ………」と云うところまで来なければ、彼は自分の独り語に気が付かない。其処までは夢中で口走って、「………平げ………」へ来ると必ず驚いて口を噤《つぐ》む。第二の文句でも、「お浜ちゃん」の名をきっと三度だけ繰り返す。第三の文句なら「………原田を殺し………」を云い終るや否《いな》や、竦然《しょうぜん》として身ぶるいをする。調子は常に中音で早口で、普通の人の寝言《ねごと》の通りである。

これ等の独り語に繰り返される名前のうちで、多少なりとも彼の思想に交渉があるかと察せられるのは「お浜ちゃん」と云う名前である。それは章三郎の初恋の女の名であった。薄情な彼は、二三年前にその女と別れてしまったきり、今頃彼女が何処に何をして生きて居るやら、とんと気にかけても居ないのであるから、かく迄《まで》頻繁に彼女の名前を口走るのは我ながら意外ではあるが、しかし外の名前にくらべればまだいくらかの因縁《いんねん》があるように感ぜられる。自分では忘れた積りでも、「初恋の女」の印象がさすがに深く意識の底に潜んで居て、何かのはずみに時々唇《くちびる》へ出て来るのかも分らない。奇怪なのは村井と原田と云う名前である。この二つは彼が中学時代の同窓生の名であって、彼はこれ等の友人と別段特殊な交際を結んだ覚えはない。二人共単に年級を同じゅうしたと云うだけの話で、ろくろく一緒に遊んだ機会もないくらいである。ただこの二人は、あの時分級中切っての美少年であって、章三郎は一と頃彼等の容色に心を惹《ひ》かれた事があった。何でも夜な夜な二人の姿が幻に立って、青春時代の彼を悩ましたものであった。久しい間、半年か一年ばかり彼の頭は毎日二人の妄想に依《よ》って苦しめられたが、その癖実地の交際は遂に最後まで淡い疎《うと》い関係で終ってしまった。美少年の方でも彼に親しまず、彼の方でも彼等にちか寄る勇気などはなかったのである。やがて中学を卒業すると、村井は郷里の田舎へ帰って農業に従事し、原田は九州の高等学校の三部*へ這入《はい》ったと云う噂《うわさ》を聞いた。無論章三郎はそれきり彼等に会いもしなければ、手紙のやり取りをしたのでもない。彼の頭に刻み附けられた美少年の記憶はだんだん年を追うて薄らぎ、もはや彼等の存在をさえ想い出さなくなった時分だのに、近頃突如として二人の追憶が流星の如く頭の中を掠め飛び、おやと思う間に直ぐ又何処かへ消え失《う》せてしまう。その消え失せる瞬間に彼は極まって例の独り語を云う。

「村井を殺し、原田を殺し……」

名前を呼ぶのはいいとして、「殺す」と云うのが抑《そもそ》も何の為めであるか、彼自身にもさっぱり原因が分らない。云う迄もなく、彼はこの二人に何等の恩怨《おんえん》を抱いて居る筈《はず》はないのであるから、彼等を殺す意志などは微塵《みじん》も有り得ない。たとえ怨《うら》みがあったにせよ、彼はなかなか人殺しの出来そうな人間ではないのである。或《あるい》は将来、何かの機縁で自分がこの二人を殺すような事件の起る前兆ではあるまいか、あの二人と自分との間にそのような恐ろしい宿業*があるという知らせではなかろうか、――そうも考えて見たけれど、あまりに馬鹿々々しい想像であるとしか思われなかった。馬鹿々々しいだけに、彼はこの独り語を常に最も腹立たしく感じて居た。若しも誰かの居る前で、この言葉がうっかり口からすべったら、どんなにその人はびっくりするだろう。彼自身もどれ程きまり悪く、気味悪く感ずるであろう。往来のまん中などで口走った際に、通りかかりの刑事巡査の耳へでも這入ったら、それこそ彼は警察へ引っ張られて、罪人か狂人扱いを受けるに違いない。

「いいえ、僕は断じて気違いではありません！」

その時になって彼がいか程絶叫したって、誰が真《ま》に受ける者があろう。恐らく精神病院へ連れて行かれて専門の医者の診察を受けても、やっぱり狂人の宣告を受けるにきまって居るだろう。

それから楠木正成と源義経とに至っては、実に実に不思議千万である。ここになると彼は全く何処からこの名が浮かんで来るのやら、更に見当が分らない。彼は幼少の頃歴史譚《れきしたん》が大好きで、太平記や平家物語を度び度び熟読した事があった。どの子供にもあるように、彼も一時は正成や義経を崇拝した時代があった。しかしその後漸《ようや》く西洋の思潮や文学を愛するようになってから、日本歴史に対する趣味は次第に忘れられてしまって居た。義経や正成などと云う遠い昔の英雄の事蹟《じせき》なんか、目下《もっか》の彼の生活に毫末《ごうまつ》*の感化をも及ぼしては居ない。第一「楠木正成を討ち、源義経を平げ……」と云う文句からして、殆《ほと》んど意味を成して居ない。彼はこの言葉を口走ると、いつでも顔を真赤にして穴へでも這入りたいような恥かしさを、独り私《ひそ》かに忍ぶのである。「己にはなぜこんな滑稽《こっけい》な癖があるのだろう。激しい神経衰弱*に犯されて居る証拠なのか知らん。」

彼は自分でも、自分の行為を正気の沙汰《さた》だと認める訳には行かなかった。どうしても自分にいくらか狂人の素質がある事を、悟らずには居られなかった。ただ仕合わせにも彼の狂気は発作《ほっさ》の時間が短くて、直ちに本心を取り戻す事が出来る為めに、これ迄他人の注意を惹かずに済んで居ただけの話である。

今しがた章三郎は、独り語を云ってしまってから「しまった」と云うような顔つきをして、暫く陰鬱に考え込んで居たが、やがて重苦しい溜息《ためいき》をついて、のそりのそりと急な梯子段《はしごだん》を降りて行った。玄関の二畳の次ぎに日あたりの悪い六畳の居間があって、そこに肺病の妹のお富が、夜着の＊襟《えり》から青白い額を見せつつ静かに仰向きに枕《まくら》に就いて居る。

章三郎が這入って来ると、病人は凹《くぼ》んだ眼窩《がんか》の奥に光って居る凄惨《せいさん》な瞳《ひとみ》を、ごろりと一方へ廻転させてじろじろと兄の様子を視据《みす》えた。「とても助からない病人である。もう一と月か二た月の内には息が絶えるに極まって居る。」そう知って居るせいか、章三郎はこの妹の、奇妙に冴《さ》えた神秘な眼の色で睨《にら》まれるのが恐ろしくて、便所へ行くのに是非とも其処を通らねばならないのを、この間から何となく気詰まりに感じて居た。彼は成る可く視線を合わせないように、横を向いて急ぎ足に縁側へ通り抜けると、厠《かわや》の戸を明けて中へ隠れたきり容易に出て来そうもなかった。

「脳が悪かったら便秘を気を付けないといけない。」

先日医科の友達にこんな忠告を受けてから、彼は毎日湯水を飲んで、出来るだけ多く通じをつけるように努めて居た。それでこの頃は、少くも日に二三回便所へ通って、十五分ぐらいずつしゃがんで居るのが習慣になったのである。動《やや》ともすると、しゃがんで居ながら彼は何しに此処へ来たのかを忘れたように、いつ迄もいつ迄も取り止めのない黙想に耽《ふけ》って居る場合が多い。

その日も彼は大便所へ蹲踞《うずく》まったまま、例の如くいろいろの愚にも付かない思想の断片を、次ぎから次ぎへと頭の中に描いては消し、消しては描き続けたが、そのうちに彼はいつの間にか支那《シナ》の白楽天*の事を考えて居た。

「待てよ、己《おれ》は昨日も便所の中で白楽天の事を考えて居たような覚えがある。」

彼はふと気が付いてこう思った。………

「そうだ、たしかに昨日も考えて居た。きのうばかりか、一昨日《おととい》も今時分便所の中で白楽天を思い出して居た。どうして己は便所へ這入ると、白楽天を憶《おも》うのだろう。この便所と白楽天とどんな関係があるのか知らん。」

だんだん聯想の流を溯《さかのぼ》って探求するうちに、彼は程なく関係を見付け出すことが出来た。ちょうど便所の床板の上に、二三日前の新聞紙の切れが落ちて居て、その中の箱根の温泉に関する記事が、自然と章三郎の眼につくように拡《ひろ》がって居る。原因と云うのは恐らく此処にあるらしかった。温泉の記事を読むともなく読んで居るうちに、彼の魂は知《し》らず識らず曾遊《そうゆう》*の地たる箱根の翠嵐《すいらん》*にさ迷うて、涼しい谿谷《けいこく》の小川の辭《ほとり》に設けられた、とある旅館の浴室の光景を想い出して居た。清冽《せいれつ》な、透《とお》き徹るような湯水が、絶え間なく溢《あふ》れ漲《みなぎ》る湯槽《ゆぶね》の底に身を浸す時の、さながら五体の解《ほご》れるような肌触《はだざわ》りを追懐すると、今度は入浴の快感を歌った有名な唐詩の文句、

「温泉水滑洗凝脂《おんせんみずなめらかにしてぎょうしをあらう》。」と云う長恨歌《ちょうごんか》の一節が、古い古い記憶の底から呼び醒《さま》された。そうして長恨歌から必然的に、白楽天の聯想が彼の頭に現れ来たのである。多分一昨日の朝からこの新聞紙が一つ所に捨ててあったので、彼は今日までに幾度となく、毎回その記事へ眼を落しては同じような想像の手数を繰り返しつつ、とうとう最後に白楽天まで引っ張って来られたものと見える。

この事実から推定すると、彼の頭の働きは、一昨日も昨日も今日も一つ所に停滞して動かずに居たものらしい。心が常に一定の刺戟《しげき》に対して、一定の妄想を育《はぐく》むような状態にばかり止《とど》まって居たらしい。少くとも章三郎に取って、ベルグソン*の説いて居る「不断の意識の流れ」などが、滞りなく流れて居そうには考えられない。

「……そうだ、一体純粋持続*とか云うような事は、あれは真理なのか知らん。……………」

それから又五六分間、彼の聯想は心理学の問題に移って、いつぞや読んだ事のあるベルグソンの「時と自由意志*」の論旨を、ところどころ胸に浮べて見たが、大概跡かたもなく忘れ果てて、細かい理窟《りくつ》は何一つ覚えて居なかった。にも拘《かかわ》らず、彼は自分が折に触れて、こう云う高尚な問題にまで考えを及ぼし得る智力《ちりょく》がある事を、非常に嬉《うれ》しく感じ始めた。何と云ったってこの裏長屋に、幾百人と云う住民の居るこの八丁堀の町内に、ベルグソンの哲学なんかを知って居る者は己を除いてありはしない。若《も》しも人間の思想と云うものが、行為と同じく外《そと》から観《み》る事が出来るものなら、この近所の人々はどんなに己の頭の中の学問にびっくりするだろう。

「己は今こんな立派な、こんな複雑な事を考えて居るのだぞ。」

こう云って章三郎は、誰かに自慢してやりたいくらいであった。

「かあちゃん、兄さんはまだ憚《はばか》りに居るのかい?」

と、部屋から妹の話し声が聞えた時分に、漸く章三郎は便所の中から痺《しび》れた足を引き擦って出た。縁側の手洗鉢《てあらいばち》の前で手を拭《ふ》いて居ると、彼女はまだぶつぶつと口やかましく呟《つぶや》いて居る。

「まあなんて長い便所なんだろう。兄さんが二三度便所に行くと、大抵日が暮れてしまうじゃないの。ほんとに江戸っ児《こ》にも似合わない。もう少し早く出来ないもんかねえ。……ねえかあちゃん、かあちゃんてば!」

終日天井を仰いだ儘《まま》、身動きもせずに横《よこた》わって居る妹は、暗い淋《さび》しい家の中で母を唯《ゆい》一《いっ》の相手と頼み、母との会話に依って纔《わず》かに無聊《ぶりょう》を慰めて居る。自分の死期が、つい一二箇月の後に迫って来たらしい予感に脅《おびや》かされて、何となく悲しかったり、心細くて溜《たま》らなかったりする時には、不意に甘えるような声を出して、「かあちゃん、かあちゃん」と話し掛ける。けれどもそれは台所に働いて居る母の耳まで届かない場合が多いので、彼女は折々焦《じ》れついて益々《ますます》性急に「かあちゃん、かあちゃん」と呼び立てる。

「あいよ、あいよ、」

母がおどおどしながら障子《しょうじ》越しに答えると、彼女は「ちょッ」と舌打ちをして、

「かあちゃんたらほんとに聾《つんぼ》だねえ。さっきから呼んで居るのに、いくら用をして居たって聞えそうなもんじゃないか。」

こう口穢《くちぎたな》く罵《ののし》って叱《しか》り付けたりする。もともと十五六の小娘にしては恐ろしい程にませた怜悧《れいり》な子であったのが、不治の病に陥ってから一層神経過敏になって、頑是《がんぜ》ない子供のような我が儘を云い募るのを、母は尚更不憫《なおさらふびん》に覚えて快く許して居るのであった。

しかし兄の章三郎には、瀕死《ひんし》の妹の生意気な口のききようが、小面憎《こづらにく》くてならなかった。「瀕死」と云う薄気味の悪い武器を提《ひっさ》げて、親兄弟に悪体《あくたい》をつく彼女の態度に接すると、折角起りかけた同情も忽《たちま》ち反感に変ってしまった。

「馬鹿！　子供の癖に余計な事を云うな。可哀《かわい》そうだから黙って居れば、好《い》い気になって増長しやあがる。病人なら病人らしく、蒲団《ふとん》でも引被《ひっかぶ》って小さくなって居ろ。も

う直《じ》き死ぬ人間でも生意気な奴《やつ》は大嫌《だいきら》いだ！」

彼は思い切って怒鳴り散らしてやりたい事が度び度びあった。彼女が死ぬ前に是非一遍、頭ごなしに打ち懲《こ》らしてやらなければ、腹が癒《い》えないとさえ考えて居た。ところへ丁度便所の叱言《こごと》を聞かされたので、章三郎はむかむかとしながら猛悪な眼つきで病人の顔を睨みつけたが、例の物凄い、不思議に落ち着いた、西洋の魔女の持って居そうな冷静な瞳に睨み返されると、やっぱり気後《きおく》れがして黙ってしまった。今妹と喧嘩《けんか》をすると、あの怪しげな、じっと自分を視詰めて居る瞳が、やがて彼女の死んだ後まで長くこの部屋に残って居て、夜な夜な彼を睨み付けるに極まって居る。外《ほか》の人なら知らぬこと、臆病《おくびょう》で病的な神経を持つ章三郎に取って、それは確かに有り得べき事実、あまりに明かな事実である。少女の癖に母や兄を嘲《あざ》けり罵るのは不道徳な行為に違いない。死にかかって居る病人であっても、悪事は悪事だから叱責《しっせき》するのが当然であるのに、この病人はなぜか奇妙な強味を持って居て、叱った者が却《かえ》って良心の苛責《かしゃく》に悩まされる。――それを知って居る章三郎は、いまいましいとは思いながら、結局虫をこらえて居るより為方《しかた》がなかった。

病人は、誰も相手にしてくれないので、しゃべる張り合いが抜けたものか、程なく息切れがしたようにぶつりと声を途絶えさせた。そうしてぱちぱちと相変らず眼を光らせて、枕許《まくらもと》を通り過ぎようとする兄の後ろ姿を見送って居た。兄は彼女の視線を避けながら、一旦《いったん》梯子段の上り口まで行きかけたが、また戻って来て、恐る恐る病人の寝床の傍《かたわら》の押し入れを明けた。

「兄さん、其処《そこ》を明けて何を出すのよ。」

と、妹は突慳貪《つっけんどん》に嘴《くちばし》を入れた。

「この間おっかさんが日本橋から借りて来た蓄音機*があったろう。あれはもう返してしまったのかい。」

章三郎は真暗な、黴臭《かびくさ》い戸棚《とだな》に首を挿《さ》し込んだまま、出来るだけ優しい調子で尋ねた。

「返しゃしないけれど、それをどうするって云うの。――そんな所を捜したってありゃしないわよ。」

「あれをちょいと、二階へ借りて行こうと思うんだけれど、何処《どこ》にしまってあるんだい。」

兄は押し入れから顔を出して部屋の中を見廻《みまわ》した。向う側の壁に着いて居る箪笥《たんす》の上に、棒縞《ぼうじま》の風呂敷《ふろしき》を被《かぶ》せた四角な品物の載って居るのが、蓄音機らしい恰好《かっこう》をして居た。

「兄さん、勝手にそんな物を引き擦り出しちゃいけなくってよ。その蓄音機はお葉《よう》ちゃんが私《あたし》に貸してくれたんじゃないの。乱暴な真似をして音譜に*瑕《きず》をつけたりすると、あたしが怒られるから止《よ》して頂戴《ちょうだい》よ。」

「いいじゃないか、ちっとぐらい借りて行ったって。瑕なんか付けやしないから大丈夫だよ。」

「あれ、かあちゃん、兄さんが蓄音機を持ち出したのよ。」

兄が平気で簞笥の上から包みを下して、機械をいじくり始めると、病人は癇《かん》を昂《たかぶ》らせて母を呼んだ。

「章三郎、お前お富が止せと云うんだから止したらいいじゃないか。」

勝手口で洗濯《せんたく》をして居た母は、両手にシャボンの泡《あわ》を着けて襷《たすき》を掛けたまま出て来て云った。

「……その蓄音機はお葉ちゃんが大事にして居て、瑕を付けられると困るからって、貸すのを嫌《いや》がって居たんだけれど、お富が聴きたがるもんだから私が漸く借りて来てやったんじゃないか。ほんとうにお前のような乱暴者が、針の附け方も知らない癖に無理な真似をして壊しでもしたらどうする気だい？　内じゃあお富より外に、お父《とっ》つあんだって私だって、その機械に手もつけた事はありゃしないんだよ。」

お葉と云うのは、章三郎の叔父にあたる親戚《しんせき》の家の娘であった。章三郎の一族が日に増し悲境に沈んで行くのと反対に、叔父の方は十年も前からだんだん身上《しんしょう》を太らせて、今では日本橋の大通りに立派な雑貨商の店を開いて居た。文科大学*へ通って居る章三郎に、四五年前から学費を貢《みつ》いでくれるのも、去年の春以来病み通しのお富の為めに医薬を供してくれるのも、みんな日本橋の叔父のお蔭《かげ》であって、八丁堀の一族は悉《ことごと》く彼の庇護《ひご》を仰ぎながら、辛くも糊口《ここう》を凌《しの》いで居た。其処の娘が持って居た筈の蓄音機を、お富の母が病人から頼まれて借りに行ったのは、もう半年も前の事である。

「ねえお葉ちゃん、済まないけれどもお前さんの蓄音機を四五日貸しておくれでないか。お富が毎日、淋しいもんだから、借りて来ておくれって云うんだけれど……」

「ええよござんす。持っていらっしゃい。」

と、お葉は拠《よ》んどころなく承知したが、それでも一番大切にして居る小三郎の綱館《つなやかた》や、*林中の乗合船*のレコオドなどは、わざと隠して渡さなかった。そうして針の附け方だの弾条《ぜんまい》の捲《ま》き方だのを、事々《ことごと》しく説明してやっとの事で貸し与えた。

「そんなに大事にしてる物を借りて来なさんなって云ってるのに、ほんとに止したらいいじゃねえか。壊しでもしたら仕様がねえから、明日でも早速返してしまいねえ。」

気の狭い父親は、夕方勤め先から帰って来ると、いきなりこう云って母親を叱った。

「だってお富が聴きたいって云うんだから借りて来たっていいじゃないか。何もお前さん、断る物を無理やりにでも借りて来たんじゃあるまいしさ。」

母もなかなか負けては居なかった。

「あたり前《めえ》よ。貸せと云やあ向うだって断る訳にゃ行きゃあしねえ。だから此方《こっち》で好い加減にして置くがいいんだ。それでなくったって散々世話になってるのに、嫌がる物まで借りて来なくっても済む事《こっ》たろうが……」

「世話になるって、何もあたしが酔興で世話になる訳じゃありゃしない。それが悪けりゃ世話にならないでも済むようにしてくれるがいい。自分がほんとに、人の世話にでもならなけりゃあ追付《おっつ》かないようにして置きながら、何かと云うと此方《こっち》の所為《せい》にばかりして居る。困らないようにさえしてくれれば、何も好《す》き好《この》んで肩身の狭い思いなんぞしたかないんだから、……」

母は例の極まり文句を並べて、ぽろぽろと口惜《くや》し涙をこぼしながら、袂《たもと》の中から皺《しわ》くちゃになった紙屑《かみくず》を出して鼻をかんだ。意気地のない亭主を恨むと云うよりも、こう云う泣き言を屢々《しばしば》繰り返す境涯《きょうがい》に落ちた自分の身の上を悲しむように見えた。実際、この家の中で毎晩のように起る夫婦喧嘩の結末は、いつも母親の泣き言を以《もっ》て幕が下りるのである。怒りっぽい父が、蟀谷《こめかみ》へ青筋を立ててガミガミと叱り付けて居る最中でも、母親に一と言極まり文句を浴びせられると、急に萎《しお》れ返って口を噤《つぐ》むのが掟《おきて》になって居る。

「親子の者が、こんな長屋住居をするようになったのは誰のお蔭だ！」

母親からこう云われると、父は全く一言もなかった。父も母も、息子の章三郎も娘のお富も、生れ落ちてからの貧乏人ではないのである。父が間室家へ養子に来た時分には、相応な親譲りの財産があって、今の母親は何不足のない、仕合わせな家附きの娘であった。それが二十年このかたじりじりと落魄《らくはく》して、果てはその日の暮らしにまで差支《さしつか》える有様となった。これと云うのも、偏《ひと》えに父親が働きのない結果であると母は信じて居る。投機事業に手を出したり、放蕩《ほうとう》に耽《ふけ》ったりして、一挙に身代を擦ったのではなく、真面目《まじめ》に父祖の業を受け継ぎ、養子の分際を守って居るうちに、知らず識《し》らず時勢おくれの引込み思案になり、段々怠け癖が附いて、少しずつ削るように身上を減らしたのであるから、つまり責任は父の無能と不見識とに帰着するにも拘《かかわ》らず、父は未《いま》だ自分の弱点を充分に認めては居ないらしかった。律義で頑固で小心な彼は、消極的な道徳をさえ守って居れば、人間としての本分は完《まっと》うされたので、それ以上の幸不幸は凡《す》べて運命の仕業《しわざ》であると、観念して居るようであった。ただ母親に真正面から攻撃されると、さすがに良心が咎《とが》めると見え、申し訳のないと云う顔つきをして項垂《うなだ》れてしまう。かくて喧嘩は常に母親の勝利に帰したが、勝った母親も快哉《かいさい》を叫ぶ*ような気持ちになれよう筈《はず》がない。勝てば勝つ程、父親が萎れれば萎れる程、自分が一層遣《や》る瀬《せ》なくなって、果ては子供のようにだらしなくしゃくり上げながら、めそめそと愚痴をいうのである。

蓄音機に関する争論も、結局お定まりの径路を辿《たど》って、父親は面目《めんぼく》なげに眉《まゆ》をしかめ、母はいまいましそうに涙を拭《ぬぐ》った。

「大丈夫よお父《とっ》つぁん、あたしは先《せん》にお葉ちゃんの所で、度び度び蓄音機をいじった事があるけれど、一遍だって瑕なんか附けやしなかったわ。あたしがやれば大丈夫だから、外の者にやらせないようにして頂戴よ。」

臥《ね》ているお富がこう云って、両親の仲裁に這入《はい》った。その頃の彼女の容態は、今ほど重くなかったので、寝床の上に据《す》わりながら機械をいじるくらいの事は出来たのである。小さな、剝《は》げかかった一閑張《いっかんばり》*の机の上に機械を載せて、時々母に弾条《ぜんまい》を捲かせつつ、彼女は自ら針の附け換えに任じたり、音譜を円盤に篏《は》めたりした。

「ふん、そりゃあ呂昇《ろしょう》の壺坂《つぼさか》*だな。……お富や、もう一遍今の奴を掛けて見ねえ。やっぱり義太夫《ぎだゆう》と云う物も、こうして聞くといいもんだなあ。」

四五日立つと、父も喧嘩を忘れたようにうっとりと音譜の声に耳を澄ませて、一合の晩酌《ばんしゃく》を傾けながら好い気持ちになったりした。母は長唄《ながうた》が好きだと云って、伊十郎*や音蔵*の音譜を箱の中から捜し出しては、それをお富に掛けて貰《もら》った。病人の為めに借りて来た物が、却って親達の慰みに使われるような観を呈して、肝腎《かんじん》な娘は機械を取り扱う技師に過ぎない場合があった。二十枚ばかりのレコオドを毎晩飽きずに繰り返して、始終娘が針を附けるのを見て居ながら、親父《おやじ》もお袋も一向にその技術を覚えようとはせず、初手《しょて》から危《あぶな》がって手にだに触れなかった。傷々《いたいた》しく痩《や》せ干涸《ひか》らびた病人の少女が、重そうなどてらを被《かつ》いで蓐《しとね》の上に起き直って、静かに円盤を廻して居ると、その傍《かたわら》に父と母とが頭を垂れて謹聴して居る光景は、どう考えても一種の奇観であった。その時の娘の顔は、恰《あたか》も不思議な妖術《ようじゅつ》を行う巫女《みこ》のように物凄《ものすご》く、親達は又、その魔法に魅せられた男女の如《ごと》く愚かに見えた。そうして蓄音機と云う物が、凡人の与《あずか》り知られぬ霊妙神秘な機械の如く扱われて居た。

だんだんお富の病勢が募って、自由に体を動かす事が出来ないようになってから、代りの技師が居ない為めに機械は到頭風呂敷に包まれて、箪笥の上へ片附けられた。それを疎忽《そそ》っかしやの章三郎が、無造作に持ち出そうとしたのだから、母も妹もびっくりしたのである。

「お止しと云ったらお止しよ章三郎！　第一真っ昼間から蓄音機を鳴らす内があるも

んじゃない！　それにお前は、機械をいじった事なんぞありゃしないんだろう。」

「蓄音機ぐらい掛けられない奴が何処の国にあるもんか。大丈夫だからちょいと二階へ借りて行きます。」

章三郎はこんな簡単な機械に対して、大騒ぎをする母や妹のけち臭い態度が、癪《しゃく》にさわって溜らなかった。なんだ馬鹿々々しい！　今時《いまどき》蓄音機なんぞ珍しくもないのに、まるで腫《は》れ物《もの》へ触《さわ》るようにおっかながって居る。そんなに心配するくらいなら、借りて来なけりゃいいじゃないか。それに又貸す方も貸す方だ。これんばかりの道具を貸すのに、やれ瑕を附けるなとか、弾条《ぜんまい》を強く捲くなとか、世界に一つしかない貴重品でもあるかのように、勿体《もったい》振らずともよさそうなもんだ。どうせ使えば、少しぐらい傷《いた》むのは当り前だ。それが嫌ならこんな物を買わないがいいんだ。――こう腹が立って来ると、章三郎は邪が非でもその機械を持ち出して、思うさま使い減らしてやらなければ胸が治まらなかった。

「かあちゃん、かあちゃん、駄目《だめ》よ兄さんは！　その風呂敷をこんな所でおっ拡《ぴろ》げちゃあ、埃《ほこり》だらけになるじゃないの。」

「構わないから、ほったらかして勝手にさせてお置きよ。後《あと》でお父《と》っさんがお帰んなすったら云いつけてやるから、その積りで居るがいい。なんだほんとに！　毎日学校へ行きもしないで、内にごろごろして居やがって、遊ぶことばかり考えて居やがる。何処の国にそんな大学生があるもんか。」

母と妹とが交《かわ》る交る毒づくのを尻眼《しりめ》にかけながら、章三郎は悠々《ゆうゆう》として箱を二階へ運び去った。例の窓際《まどぎわ》に机を据えて、その上へ機械を組み立てようとしたが、正直を云うと、彼は母親にうまく図星を刺された通り、今迄《いままで》蓄音機と云う物を扱ったことがないのである。大概分るだろうとたかを括《くく》って居たものの、さて実際にあたって見ると、案外面倒なものらしく、なかなか思うように機械が動いてくれなかった。細かい器具を彼方此方《あっちこっち》へ抜いたり嵌めたりして、暫《しばら》くの間梃擦《てこず》って居ると、下では母と妹とが盛んに気を揉《も》み始めた。

「章三郎、お前何をして居るんだい？　それ御覧な！　自分で出来るって云って置きながら、出来もしない癖に無理な事をすると壊しちまうよ。だから私が云わない事《こっ》ちゃありゃしないんだ。やるなら下へ持って来て、お富にやり方を聞いたらいいじゃないか。よう章三郎、そうおしってばよう！」

章三郎はかあッとなって、遮二無二《しゃにむに》機械を廻そうと焦《あせ》り出したが、何か組み立てを誤まったものか、どうしても針が具合よく音譜の上を走らなかった。ほっと暑苦しい溜《ため》息《いき》をついて、額の汗を手の甲で擦《こす》りながら、恨めしそうに機械を眺《なが》めて居るうちに、彼は溜らなく悲しくなって涙が一杯に眼に浮かんだ。

「馬鹿！　こんな事件で泣く奴があるか。」

彼は腹の中で自分を叱咤《しった》した。母や妹のような、哀れな人間と意地くらべをして泣くと云う事が、彼には口惜《くや》しくてならなかった。自分以下の人間に対して、彼はいつでも心の冷静を保って居たかった。

「お父っさんやおっかさんが何を云ったたって、てんで兄さんは馬鹿にしてるから駄目なのさ。もっとシッカリした人間から、ミッチリ意見でもしてやらなけりゃあ、なかなかあれじゃあ眼が覚めやしない。………」

下の病室から、又しても妹が生意気な口ぶりで叱言《こごと》を呟いて居る。それを聞くと章三郎は、胸がむかむかするような不愉快と憤怒《ふんぬ》とを覚えて、忽《たちま》ち今の悲しみを忘れてしまった。

「あのあまッちょめ、ふざけた事を抜かしゃあがる。——誰が何《なん》てったたって貴様に蓄音機のやり方なんぞ教わって溜るもんか。そのくらいなら、この機械を一層滅茶々々に叩《たた》っ壊すから覚えてやがれ！」

彼は再び猛然として、一旦持てあました機械の組み立てに取りかかった。すると今度はどう云う弾《はず》みか、好い塩梅《あんばい》に針が滑りそうなので、「清元北洲、*新橋芸妓《げいぎ》小しづ」

と書いてある音譜を掛けて鳴らし始めた。「霞《かすみ》のころも衣紋坂《えもんざか》、衣紋つくろう初買いや」……なまめかしい、濃艶《のうえん》な女の肉声が、途方もない甲高《かんだか》な音を立てて、歓《よろこ》ばしげに威勢よく歌い出すと、章三郎は腕組みをしたままうっとりとなった。母親と妹も声をひそめて、俄《にわ》かに静粛になってしまった。

「そらどうだ。蓄音機ぐらい誰にだって掛けられるんだ。態《ざま》あ見やがれ。」

章三郎は会心の笑みを洩《も》らして、ぐっと溜飲《りゅういん》を下げた。何だか近頃にない痛快な出来事のように感じながら、歌の調子に乗せられて、首を振ったり手を動かしたり、頻《しき》りに興を催して居ると、「……柳桜の仲《なか》の町《ちょう》、いつしか花もチリテットン……」と云う所へ来て、だんだん響きが悪くなって、出し抜けに円盤が止まってしまった。それは弾条《ぜんまい》が極度に弛《ゆる》んで居たせいであるが、章三郎には一向原因が分らなかった。試《た》めしに弾条を五六回ばかり、恐る恐る捲いて見ると、音譜は牛の呻《うな》るような奇声を発して、少し動いて直ぐに又止まってしまう。

「章三郎、お前機械《めえ》を壊してしまったんだろう。変な音が出るじゃないか。え、おい！」

いつの間にか親父が帰って来て居たと見えて、二階へ向って下から大声に干渉し初めた。

「お前やり方を知りもしねえで、好い加減な真似《まね》をして機械を壊しちまったんじゃねえか。え、おい、章三郎！　それそれ、何だか変な音ばかりして、ちっとも動きゃしねえじゃねえか。やるならやるで、機械を下へ持って来て、ちょいとお富に見て貰《もら》いねえよ！　え、おい！」

こう云って、さもさも気懸りでならないように梯子段《はしごだん》の根元へ附きっ切りに衝《つ》っ立って、咽喉《のど》を嗄《か》らして執拗《しちくど》く叫んだ。

「見て貰わないでもよござんすよ。具合が悪いのは機械が古い為めなんだから、……………」

負け惜しみを云いながら、章三郎は焼けを起して、機械をがたんがたんと乱暴に揺り動かした。その物音を聞き附けたら、きっと父親が騒ぎ出すだろうと予期して居ると、案の定今度は一層けたたましく、

「おいおい、全体何をしてるんだ。何だってそんなにがたんがたんやってるんだ。――お前と来た日にゃ、借り物だろうが何だろうがお構いなしにぞんざいな真似をするんだから、仕様がありゃしねえ。分らなけりゃあ、もう好《い》い加減に止《よ》さねえかい。」

その時更に激しい音がドシンと二階から響いて来て、章三郎が急に心細い声を出した。

「この機械は初めっから壊れてるんだ。方々が痛んで居るから、いくらやったって動く筈はありゃしないんだ。」

とうとう己《おれ》は打《ぶ》っ壊してしまった！　何と弁解したところで、己のした事に違いないんだ。定めしお袋が真青な顔をして、壊れた道具を後生大事に日本橋へ担《かつ》ぎ込んで、「お葉ちゃん、まことに申訳がないけれど、お前さんがあれ程大切にして居た物を、内の章三郎の奴がこれこれでねえ、……」とか何とか、平身低頭して詫《わび》るであろう。そうしたら、あのお葉が何と云うだろう。己に対してどんな考を持つだろう。――そんな事まで想像すると、章三郎は今更寝覚めが悪くなって、他人のけちんぼを嘲《あざけ》るよりも、人の借り物を内証で使おうとした自分の根性の卑《いや》しさが、ありありと見え透くような心地がした。

「初めっから壊れてなんぞ居るもんかい！」

と、親父はまだ梯子段の下に喰着《くっつ》いて居て、怒鳴り返した。

「自分で疎忽《そこつ》をしちまやがって、壊れて居たもねえもんだ。この間までちゃあんとうまく動いたんだ。ほんとに困っちまうじゃねえか。日本橋へ返しに行くのに言い訳のしようがありゃしねえ。……」

段々威勢のない、萎《しお》れた声を出し始めたが、やがてお富に何か注意をされたと見えて、

「章三郎、お前ぜんまいを捲《ま》かないんじゃねえのかい。事に依《よ》ると弾条《ぜんまい》が弛《ゆる》み過ぎて居るようだから、もっと一杯に捲いて見ろって、お富が云ってるぜ。え、おい、弾条《ぜんまい》を捲かずに居るんじゃねえのかよう。」

「ぜんまいなんか充分に捲いてあるんだってば。」

こう云いながら章三郎は、どうせ機械を壊した積りで、ぐいぐいと滅茶苦茶にねじを捲き上げると、不思議や次第に円盤がするするする廻転し始めて、再び生き生きとした小しづの美音が、四隣へ凜々《りんりん》と鳴り渡った。

「それ見ねえな。壊れたんでも何でもありゃしねえ。やっぱり弾条が緩かったんだろう。」

父はやっと安心したような句調で云った。

「だから早く私《あたし》に聞けばいいんじゃないか。なんて剛情《ごうじょ》ッ張りなんだか分かりゃしない。」

得意の鼻を蠢《うご》めかして、いよいよ図に乗って居るらしい妹の言葉が耳に這入《はい》ると、章三郎は無念で無念で溜らなかった。あのあまっちょに溜飲を下げさせるくらいなら、寧《むし》ろ機械がほんとうに壊れてくれた方がいいとさえ思った。

折角機械が動き出したのに、生憎《あいにく》胸の中がもしゃくしゃして、彼は一向面白くならなかったが、音譜の方はますます朗らかな響きを立てて、無遠慮に滑らかに歌い続けた。清元から常磐津《ときわず》、義太夫、長唄といろいろ音譜を取り換え引き換え鳴らして見たけれど、例の弾条《ぜんまい》の騒ぎ以来、何だか心に蟠り《わだかま》があって、いつものように感興が乗って来ない。おりおり惚《ほ》れ惚《ぼ》れするような節廻《ふしまわ》しが耳について、ちょいとの間忘我の境に彷《ほう》徨《こう》しかけると、

「なんだお前のその態《ざま》は？　親や妹を相手にして、喧嘩《けんか》っ面《つら》で引ったくった蓄音機が、そんなにお前には楽しみなのか。そんな事より外に、お前は世の中に楽しみがないのか。」

こう云う囁《ささや》きが胸の奥から湧《わ》いて来て、結局自分のさもしい了見に、愛憎《あいそ》を尽かすような気持ちになった。

それでも彼は家族に対する面《つら》あての為めに、面白くないのを我慢しながら、暫《しばら》く続けて居なければならなかった。そうなると猶更《なおさら》自分のして居る事が無意味に思われて、無闇《むやみ》に癇癪《かんしゃく》が起って来た。有るだけの音譜を片端から鳴らしてしまって、最後に残った「千早振る」*と云う小さん*の落語を掛けて見ると、それが又度外《どはず》れに滑稽《こっけい》な、ふざけ散らしたものであった。

「………まあ金《きん》さん此方《こっち》へお這入り、それじゃあ何かい、お前さんは業平《なりひら》の歌が分ら

ねえと云うのかい。たしかお歌は、千早ふる神代《かみよ》も聞かず竜田川《たつたがわ》……」

突然、聞き覚えのある小さんの声が喇叭《らっぱ》の先から飛び出して来て、こんな話をべらべらしゃべり始めたのが、あまり頓興《とんきょう》を極めて居るので、章三郎はつい「うふふ」と腹の底から笑い上げた。笑ってから急にしかめッ面をして、何となく裏切られたような心地で、直ぐに機械の運転を止めた。

がっかりして、彼は部屋のまん中へ大の字なりに臥《ね》そべってしまった。その瞬間に、

「小さんはうまいもんだなあ。」

と、例の独りごとが口を衝《つ》いて出た。

二

蓄音機の道具を散らかしたまま、彼は日の暮れまでうとうとと睡《ねむ》った。

「おい、章三郎、起きねえか、起きねえか。」

こう呼ばれたので眼《め》を覚ますと、親父《おやじ》が険相《けんそう》＊な顔をして枕《まくら》もとに立ちながら、足の先で彼の臀《しり》っぺたを揺す振って居る。

「いくら親父だって、自分の忰《せがれ》を起すのに足蹴《あしげ》にしないでもよさそうなものだ。何と云う無教育な人間なんだろう。」

章三郎はむッとしたが、考えて見ると父親をこれ程荒っぽい、野蛮な人間にさせてしまったのは、みんな彼自身の罪であった。彼の父は決して昔からこんな乱暴な、子供に対して冷酷な人間ではなかった筈《はず》である。今でも妹のお富を初め、母親やその他の者に掴《つか》まると、寧《むし》ろ軽蔑《けいべつ》されるくらいの好人物に見えるのだが、ただ総領*の章三郎に対してのみ、猛獣のように威張りたがった。畢竟《ひっきょう》*それは章三郎が、あまりに親の権力と云うものを無視して懸って、これ迄《まで》に散々父の根性を僻《ひが》めてしまった結果なのである。せめて表面だけでも、父の顔が立つように仕向けてやればよかったものを、彼にはたったそれだけの我慢が出来ず、けんもほろろに取り扱うので、父親の方でも、「何糞《なにくそ》!」と云う了見になるのであった。

「父を無教育だと罵《ののし》る前に、教育のある己れから、先《ま》ず第一に態度を改めてかかるがよい。そうすれば父も段々素直になって、必ず感情が融和するに違いない。」――彼にはこの理窟《りくつ》がよく分って居た。虫を殺して、父親に優しくしてさえ居れば、自分の良心も少しは休まる暇があろうと、思わないではなかった。そう知りながら、一旦《いったん》父親の顔を見ると、――若《も》しくは一と言叱言《こごと》を云われると、不思議にも忽《たちま》ち意地が突っ張って来て、到底大人しく服従する訳に行かなくなった。

父を軽蔑すると云っても、勿論《もちろん》積極的に悪罵《あくば》を浴びせたり、腕を捲《ま》くったりするのではない。それが出来るくらいなら、彼は恐らく父に対して、これ程の不愉快を抱かないでも済んだであろう。父を全然他人のように感じ、他人のように遇する事が出来たなら、彼はもう少し仕合わせになり得る筈であった。自分を罵る者が他人であったなら、彼は容赦なく罵り返してやるだろう。誤解する者が他人であったなら、彼は直ちに弁解を試みるであろう。憐《あわ》れな者、卑《いや》しむべき者、貧しき者が他人であったなら、彼はその人を慰め、敬遠し、恵む事が出来たであろう。場合に依《よ》ってはその人と絶交する事も出来たであろう。ただただその人が彼の肉身の父である為めに、殆《ほと》んどこれに施す可《べ》き術《すべ》がないのである。

章三郎が、父に対して術を施し得ないのは、必ずしも彼に道徳があるからではない。道徳と云う一定の固まった言葉では、とても説明することの出来ない、或《あ》る不思議な、胸のつかえるような、頭を圧《お》さえつけられるような、暗い悲しい腹立たしい感情が、常に父親と彼との間に介在して居て、彼はどうしても打ち解ける事が出来なかった。たまたま父の前へ出れば、無闇《むやみ》に反抗心が勃興《ぼっこう》して、不平や癇癪《かんしゃく》がムラムラと込み上げて来る。ところが父親の瘦《や》せ衰えた顔の中には、何となく陰鬱《いんうつ》な、人に憐愍《れんびん》を起させるような傷々《いたいた》しい俤《おもかげ》があって、その為めに章三郎は口を利《き》くことも、身動きをすることも出来なくなる。この老人の血液の中から、自分と云う者が生れたのかと考えると、何だか溜《たま》らない気持ちがして、体が一時に硬張《こわば》ってしまう。

「二十五六にもなって、毎日学校を怠けてばかり居やあがって、一体手前《てめえ》はどうする気なんだ。………どうする気なんだってばよ！」

折々彼は、否応《いやおう》なしに父親の傍へ呼び付けられて、ねちねちと詰問《きつもん》されて、意見を聴かされる時がある。そんな場合に章三郎は、面《めん》と向って据《す》わったまま、いつ迄立っても返辞をしなかった。

「手前《てめえ》だってまさか子供じゃあねえんだから、ちッたあ考え《かんげ》があるんだろう。え、おい、全体どう云う了見で、毎日ぶらぶら遊んで居るんだ。考えがあるならそれを云って見ろ。」

こう云う調子で、親父はじりじりと膝《ひざ》を詰め寄せるが、二時間でも三時間でも章三郎は黙って控えて居る。

「考えがある事はあるけれど、説明したって分りゃしませんよ。」

と彼は腹の中で呟《つぶや》くばかりで、決して口へ出そうとしない。そうかと云って、一時の気休めに出鱈目《でたらめ》な文句を列《なら》べ、父親を安心させようと云う気も起らない。そんな気を起す余裕がない程、彼の心は惨澹《さんたん》たる感情に充《み》たされるのである。しまいに親父が焦《いら》立《だ》って来て、いよいよ乱暴な言葉を用いると、章三郎も胸中に漲《みなぎ》る反抗心を、出来るだけ明瞭《めいりょう》に表情と態度とに依って誇示しようとする。例えば恐ろしい仏頂面《ぶっちょうづら》をして、眼を瞋《いか》らせるとか、相手が夢中で怒鳴って居る最中に殊更仰山《ことさらぎょうさん》なあくびをして見せるとかした。

「ちょッ」

と親父は舌打ちをして、

「まあ何て云う奴《やつ》だろう。親に意見をされながら、あくびをする奴があるか。第一手前のその面《つら》は何だ。何でそんなに膨《ふく》れッ面をして居るんだ。」

こう云われると章三郎は始めていくらか胸がせいせいする。つまり自分の表情と態度の意味が、親父の神経にまで届いた事を発見して、やっと反抗の目的を達したように、溜飲《りゅういん》を下げるのである。

「ほんとに呆《あき》れ返《けえ》って話にもなりゃしねえ。先《さっき》から口を酸《す》っぱくして聞いてるのに、黙ってばかり居やあがって、剛情なのか馬鹿なのか訳が分らねえ。……これから何だぞ、うんと性根を入れ換えて、ちっとしっかりしなきゃあ駄目《だめ》だぞ。今迄見たいに寝坊をしないで、朝は六時か七時に起きて、毎日必ず学校へ出掛けて行きねえ。それにもう、今迄のように矢鱈《やたら》に余所《よそ》へ泊って来ちゃあならねえぞ。出て行ったっきり、三日も四日も何処《どこ》かへ泊って来るなんて法があるもんじゃねえ。これからきっと改めないと承知しねえから……」

結局親父は我を折って、多少哀願的な調子になって、捨て台辞《ぜりふ》を云った揚句に章三郎を放免する。この時になると、さすがに父の眼底には、いつも涙が光って見えた。

「涙を浮べるくらいなら、なぜもう少し暖かい言葉をかけてくれなかったのだろう。そうして己《おれ》も、なぜもう少し、優しい態度になれなかったのだろう。」

そう思うと章三郎は、別な悲しみがひしひしと胸に迫るのを覚えた。いっそ親父が飽く迄強硬な態度を通してくれた方が、却《かえ》って此方《こっち》も気が楽であった。しかし、その悲しみはほんの一日か半日の間で、明くる日の朝親父に寝込みを呼び醒《さ》まされると、直《す》ぐに再び前日と同じような考が彼の頭を支配する。そうして相変らず、面当《つらあ》てがましく正午近くまで寝坊をしたり三日も四日も家を明けたりする。

「そんなに親父が嫌《いや》ならば、なぜ己はこの家を飛び出してしまわないんだろう。一番親父と大喧嘩《おおげんか》をして、きれいさっぱり勘当されて、永遠に関係を絶ってしまわないんだろう。こんな薄穢《うすぎたな》い長屋に居るより、愉快なところは世間に沢山あるじゃないか。たとえ放浪生活をして、どんな境涯《きょうがい》に落魄《らくはく》しても、まだ今よりは幸福じゃないか。」

彼はこう云う決心を定めて、既に幾度も出奔を企てて居た。古本を売り払ったり、友達から金を借りたり、僅《わず》かの旅費を都合して、ふらりと家を抜け出したまま十日も二十日も処々方々をうろつき廻《まわ》る事があった。けれども十日なり二十日なりの後、結局彼は東京へ帰って来ずには居られなかった。

「自分の体なんぞどうにでもなるがいい。己には親も友達もないんだ。」

そう思っては見るものの、彼にはやっぱり自分を生んだ親の家が、よしやどれ程むさくろしくとも、どれ程不愉快に充ち充ちて居ても、最後の落ち着き場所であった。自分の生れた土を慕い、自分の育った家を恋うる盲目的な本能が、常に心の何処か知らに潜んで居て、漂泊の門出に勇む血気を怯《ひる》ませた。

「己は生涯、もうこの家へ帰って来ることが出来ないのだぞ。何処の野の末、山の奥で朽ち果てようとも、己を看病してくれる者はないのだぞ。己はもう、死ぬまで親父の顔を見る事が出来ないのだぞ。子供の時分に己を抱《だ》いて寝て、己にお乳を飲ませてくれたお袋にも、もう会う時はないのだぞ。」

ここまで考えを押し詰めて来ると、彼はそぞろに漂浪の心細さを感ずるのであった。そうして再び、親父といがみ合う為めに八丁堀の陋屋《ろうおく》へ舞い戻った。かほどまでに自分の心を拘束して居る親と云うものの、因縁の深さを知れば知るだけ、彼は尚更《なおさら》その因縁を呪《のろ》い且《かつ》恐れた。頻《しき》りに親を疎《うと》んじながら、遂《つい》に親の手を離れられない自分の意志の弱さを怒った。

「おい、章三郎、起きねえか、起きねえか。」

親父は猶《なお》も連呼しながら、続けざまに彼の臀部《でんぶ》を足で蹴飛ばした。

「また昼寝なんぞして居やがる。……それにまあ何だこの態《ざま》は！　蓄音機でも何でも出せば出しッ放しにして、片附けもしやがらねえで、……使ったら使ったで、ちゃんと元の通りにして置かねえか！」

章三郎はどろんとした眼を天井へ向けて、憎げな欠伸《あくび》をして見せながら、まだ睡そうに打倒《ぶったお》れて居た。その癖意識はとうにハッキリして居るのだが、こんな場合に素直に起きるのが嫌さに、わざと意地悪く振る舞ってやった。

「起きろってば起きねえか、こん畜生！」

遂に親父は我慢がし切れなくなって、邪慳《じゃけん》に章三郎の手頸《てくび》を摑んで、腕が抜ける程引っ張り上げた。そうして懐《ふところ》から一通の電報を出して、それを忰の鼻先へ突き付けた。

「……おい、しっかりしねえか、何処からだか知れねえが、お前に電報が来て居るんだ。誰かお前の友達が死んだようだぜ。」

「ふん」

と、章三郎はそっけない返辞をして、父親の手から電報を受け取った。彼は友達の死に驚くよりも、先ず第一に自分へ宛てた電報を、勝手に開封した親父の無法が癪に触《さわ》った。尤《もっと》もそれは今日に始まった事ではなく、この頃《ごろ》彼の所へ来る手紙は、大概父親に封を切られて中味《なかみ》を検査されるのである。

「一体こりゃどんな人なんだ。電報を寄越《よこ》すくらいじゃあ、お前余程《めえよっぽど》懇意にでもして居たのか。」

「そんなに懇意にもしてやしない。」

章三郎はまだぷりぷりと機嫌《きげん》を悪くして、ぶっきら棒な挨拶《あいさつ》をする。

「懇意にしねえ者が、死んだって電報を寄越す筈はねえじゃあねえか。え、おい、どう云う訳なんだ。」

「どう云う訳だか知りませんよ。」

「知らねえと云う奴があるか。何だその言い草は?」

親父は訳もなく腹を立てて、直ぐに又嚙《か》みつくような調子になったが、

「……人が物を尋ねるのにロクに返辞もしやがらねえ。」

と、相変らずの文句を口の内でぶつぶつ云いながら、不承々々に梯子段《はしごだん》を下りて行った。

「スズキ、ケサ九ジ、シンダ」

と云う電報を手に持った儘《まま》、章三郎は暫《しばら》くぼんやりと考えに沈んで居た。鈴木の死は、彼に取ってそんなに意外な報告でもなく、そんなに悲しい事実でもない。彼は唯《ただ》、自分が鈴木と云う学生と懇意になった事情を想《おも》い出して、彼の死と云う事に一種奇妙な運命の徒《いたずら》を発見する迄《まで》であった。

鈴木は茨城県の豪農の息子で、当今の学生に珍しい、品行方正の、友情に篤《あつ》い、頭脳の明晰《めいせき》な男であった。友人の間に彼ほど徳望のある、彼ほど尊敬され愛慕される青年はなかった。文科に籍を置く章三郎は、高等学校時分に法科の鈴木と深く交わる機会がなかったが、大学へ這入《はい》った秋の末に、或る日章三郎が五円*の金に困り抜いて居る折であった。彼はその晩の午後六時迄に、下谷《したや》の伊予紋《いよもん》*で開かれる中学校の同窓会へ、どうしても五円の会費を調達して出席しなければならなかった。一体中学の同窓会に伊予紋は贅沢《ぜいたく》過ぎるのだけれど、当番幹事にあてられた章三郎が、頻りにそれを首唱して、衆議を排して択《えら》んだのであった。

「いつも一円ぐらいな会費で、鮨《すし》や弁当を喰《く》って居るなんて不景気じゃないか。今度は一つ芸者でも上げて盛んに騒ぐとしたらどうだい。なあに君、会費の五円も奮発すりゃあ沢山なんだから。」

こんな意見を彼は得々として述べた。多くの人は迷惑らしい顔つきをしたが、会員の中でもそろそろ道楽の味を覚えかけた金持ちの息子や、少しは幅の利くようになった商店の手代や、七八人の生意気な連中が寄ってたかって、章三郎をおだて上げた。

「そうだとも君、一円や二円の会費じゃあ、会らしい会は出来やしない。五円の会費が出せないと云うなら、出せる者だけが集まって、七八人で有志の懇親会をやろうじゃないか。会場は君に一任するから、亀清*でも深川亭でも、好きな所を択んでくれ給《たま》え。」

と、彼等は面白半分に云った。章三郎の発議に賛成する者も反対する者も、章三郎が五円の金にも困るような貧書生だとは知らなかった。

「そんなら下谷の伊予紋にしよう。柳橋はどうも一向不案内だが、下谷となると我れ我れ大学生の縄張《なわば》りの内だからね。」

章三郎はさもさも道楽者らしい口吻《こうふん》を弄《ろう》して、*会員たちを煙に捲《ま》いた。そうしてぱたぱたと相談を纏《まと》めてしまった。

纏めた事は纏めたものの、肝腎《かんじん》の章三郎に五円の会費が払えないのは初めから分り切って居た。立派な口をききながら、彼はその実伊予紋などへまだ一遍も上った事はないのである。若《も》し開会の当日までに会費の工面がつけばよし、着かなかったなら仮病《けびょう》を使って休む迄だと、彼は度胸を極《き》めて居た。するとその日の夕方に、本郷の大通りで彼は運よく鈴木に出会《でっくわ》した。

「間室君、やあ暫く。」

と、いつもキチンとした制服に制帽を戴《いただ》いて、今しも大学の正門を出て来た鈴木は、何の気なしに章三郎と顔を見合わせてにっこり笑った。考えて見ると、あの時分から鈴木は既に影が薄かった。*

ちょうど二人共、三丁目の電車の方へ歩いて行くところであった。彼等は期せずして鋪《ほ》道《どう》の上を並びながら、何か頻《しき》りに話し合って行った。章三郎は胸の中にある事を云い出そうとして、暫く躊躇《ちゅうちょ》して居たが、やがて十字路へ来て鈴木が別れを告げようとする時、

「鈴木君、君済まないが五円あったら僕に貸してくれないか。」

と、彼は顔を赤くして云った。鈴木と自分との、従来の極めて疎遠《そえん》な関係に想到すると、彼はさすがに鉄面皮な、突飛な自分の行動を耻《は》じない訳に行かなかった。

「そうさねえ、丁度ここに五円ある事はあるんだが、………」

人の好い鈴木は、多少相手の気心《きごころ》を計りかねて、渋面《じゅうめん》を作りながら云った。章三郎は「しめた」と思った。

「貸して上げてもいいけれど、来週の金曜までに是非共返して貰《もら》わないと困る金なん

だ。」

「大丈夫だよ君、金曜までにはキット返すよ。」

「それじゃ君、間違いなく返してくれるだろうなあ。若しか返して貰えないと全く困ってしまうんだから。」

鈴木はくれぐれも念を押して、五円の札を章三郎の手に渡した。

「有り難う。来週になれば都合して持って来るよ。何しろ今日は急だもんだから、奔走して居る隙《ひま》がなくってね。――それじゃ君、失敬。」

と云って、彼は上野の広小路の方へ威勢よく歩み去った。

「とうとう五円借り出してしまった。来週の金曜までに己はこの金を返せるのか知らん。又あの男と、絶交するような不愉快な事にならなければいいが。……己には何と云う悪い癖があるのだろう。」

借りると直ぐに章三郎はそう思った。自分はなぜ、一旦《いったん》の虚栄心に駆られて金のある風を装ったり、看《み》す看す返済のあてのない物を人から借りたりするのであろう。なぜあの時に、鈴木に向って金を貸せなぞと云ったのであろう。なぜあの時に、じっと我慢してしまわなかったろう。――彼は自分の行為に就いて後悔するよりも、寧《むし》ろ自分の性質に固着して居る欠陥を恨みたかった。

後悔と云えば常に改悛《かいしゅん》が伴う筈《はず》である。然《しか》るに彼は自分の行為を批難しつつも、それを改めようと云う決心にはなれなかった。改めたいと願っても、到底自分は改められない性分である事を知り抜いて居た。若しも自分がこの間からの出来事に、もう一遍遭遇したなら、自分は必ず同じように伊予紋の会を主張したり、鈴木の金を欺《だま》して取ったりするに違いない。自分の後悔が真実であるなら、この際借りた金を使わずに置いて、伊予紋の会を欠席して、明くる日鈴木に返してしまえば済むものを、章三郎にはどうしてもそう云う了見が起らない。

「鈴木の事は来週の金曜日まで間があるのだ。それまでのうちにはどうにかなるし、ならない所で一と月か二た月きまりの悪い思いをするだけだ。どうせうやむやに済んでしまうんだ。――最もまずく行ったとしても、絶交されるだけの話だ。」

こうあきらめると、彼は忽《たちま》ち胆《きも》が据《す》わって、少しも気苦労が残らなかった。それから直ぐに伊予紋へ駈《か》け付けて、酔っ払って芸者を揚げて居るうちに、だんだん面白くて溜らなくなった。「五円借りて来て好い事をした。」と、彼は私《ひそ》かに腹の中で呟《つぶや》いた。「己は友達をペテンに懸けて、云わば他人を瞞着《まんちゃく》した金で遊んで居るのに、どうしてこんなに面白いんだろう。来週の金曜になれば自分の詐偽《さぎ》が暴露するのに、どうしてそれが心配にならないんだろう。恐らく世の中に、自分程道徳に対して無神経な人間はあるまい。自分は全体意志が薄弱なばかりでなく、生れつき道徳性の麻痺《まひ》して居る、一種の狂人に違いあるまい。」

彼は我ながら、己《おの》れの精神の病的なのを訝《いぶか》しんで、自分はたしかに気違いであると信ぜざるを得なかった。

約束の金曜日が来る迄に彼は一二度鈴木の下宿へ遊びに行ったが、水曜日からふっつりと姿を消した。金曜日になると彼は一日八丁堀の二階に蟄居《ちっきょ》して、小さくなって居た。もうその日から当分の間、学校は勿論《もちろん》本郷の往来をさえぶらつく訳に行かなかった。「例の物何卒《なにとぞ》御願い申上候《そうろう》」と云う端書《はがき》が二三度来たけれど、彼は返辞もやらずに居た。返そうと云う誠意もなければ能力もない彼は、別段言い訳の仕様もないから、やがて先方が愛憎《あいそ》を尽かすか、あきらめてしまうか、自然とどうやら片の附くまで放《ほう》って置いた。

彼は自分を背徳狂だとあきらめながら、相手の鈴木の道徳を非常に深く信頼して居た。「あの男はそんなにいつ迄も己を恨んで居るような、了見の狭い人間ではなかろう。欺《だま》されたのを憤慨して、己の不信義を友達の間へ云いふらすような、浅はかな根性は持って居ないだろう。」――彼は鈴木の人格を、自分の都合のいいように解釈して、自分の悪事が曖昧《あいまい》に葬《ほうむ》られる事を祈って居た。

けれども、事実は彼の望むようには展開しなかった。予期した金が届かないので、ひどく狼狽《ろうばい》させられた鈴木は、章三郎をよく知って居る二三の人に内々事情を訴えて、それとなく間接の催促を依頼した。一高*の寄宿舎時代に章三郎と同室であった法科のSや、工科のOや、政治科のNや、その話を聴かされた人々は、皆一様に章三郎を卑《いや》しみ憎んだ。

「ふうむ、彼奴《あいつ》は君にまでそんな迷惑を掛けて居たのかい。道理でこの頃さっぱり顔を見せないと思ったが、奴《やっこ》さん又そんな事をやって居たのか。」

と、政治科のNが呆《あき》れて云った。

「僕ん所なんざあ、もう去年から来やしないぜ。――一時は毎日のようにやって来て、洲崎《すざき》*だの吉原だのって散々僕を引っ張り廻したが、勘定なんか一遍だって払ったことはありゃしない。残らず人になすりつけて、おまけに明日《あした》返すからって僕から十五円借りて行ったきり、幽霊のように消えてしまったんだからなあ。実際間室にゃあ馬鹿を見たよ。」

と、工科のOが己《おの》れの頓馬《とんま》を嘲《あざ》けるように、少し滑稽《こっけい》めかせて云った。

「だが君たちもおかしいじゃないか。間室にそんな事をされて、黙って居るには及ばないじゃないか。此方《こちら》から彼奴の内へ押しかけて行って、厳重に談判したらよさそうなもんだ。君たちが行きにくいなら、己が代りに行ってやるぜ。」

と、法科のSは腹に据えかねたようであった。

「まあ止《よ》した方がいいだろう。もともと金があるくらいなら、人を欺《だま》しもしないんだが、何でも彼奴の内と云うのは恐ろしく困って居るんだから。僕も尋ねた事はないけれど、八丁堀の裏長屋だって話じゃないか。とてもそんな哀れな所へ、押しかけて行かれたもんじゃないよ。」

こう云って、Nは不愉快そうに眉《まゆ》を顰《ひそ》めた。尤《もっと》も彼だけは、章三郎の痼疾《こしつ》*を知りつつ、それを大目に見逃してこの頃も附き合って居た。

「いや、実を云うと僕はあんまり口惜《くや》しいから、一遍押しかけて行ったことがあるんだよ。」

と、Oは耻かしそうに云って、頭を搔《か》いた。

「ちょうど去年の冬だったがね。………僕は東京をあんまりよく知らないけれども、あんな下町のごたごたした所へ始めて行ったよ。何だか細い路次を幾つも曲った、ひどく分りにくい裏の奥だったが、『この長屋で大学へ行く者は間室さんの子息《むすこ》より外にない。』と云って、近所の人が教えてくれたのでやっと見付かったのさ。行って見ると君の云う通り、そりゃむさくろしい汚い内でね、貧民窟《ひんみんくつ》に毛の生えたような住居《すまい》だから、談判する勇気も起りゃしない。おまけに当人が十日ばかり内を明けて居て、年を取った親父《おやじ》さんがあべこべに子息の居所を僕に尋ねるって始末なんだから、此方が却《かえ》って気の毒になって、這《ほ》う這《ほ》うの体《てい》で逃げて来ちゃった。あれで間室は、自分が年中芸者買いをして居るような事ばかり云ってるが、よくそんな真似《まね》が出来たもんだなあ。」

「勿論うそに極まって居るさ。芸者買いどころか、きっとその日の小遣いにも困って居るんだよ。………間室も馬鹿な男じゃないんだから、あれだけは止《や》めてくれるといいんだけれど、実際奇妙な男だなあ。時々遠廻しに忠告してやるんだが、会うと話が面白くって、いつも呑気《のんき》で居るもんだから、つい哀れになって附き合って居るがね。恐らく間室が平気な顔で遊びに来られるのは、僕の所ぐらいなもんだろう。人間と云う者は、あんまり懇意になり過ぎると善人だか悪人だか分らなくなるよ。」

と、Nが弁解するように云った。

「僕は五円の金なんぞ惜しくはないけれど、こんな事であの人と絶交するのは気持が悪いから、いつでも都合のいい時に返してくれるように、会ったらそう云ってくれ給《たま》えな。」

みんなの話を聞き終ってから、鈴木はNにこう話した。

章三郎は一と月ばかり韜晦《とうかい》して居たが、その後さっぱり督促の端書が来ないので、大概鈴木もあきらめたろうと見当を付けた。或る日政治科のNの処《ところ》へ、彼はひょっこりと姿を現わして、お得意の警句交りの冗談を何喰《なにく》わぬ顔でしゃべり始めた。Nも別段、様子の変って居るらしい風はなかった。いつものように章三郎を歓迎して、晩飯に牛《ぎゅう》鍋《なべ》と酒とを奢《おご》って、夜の更《ふ》けるまで雑談に興を催した。てっきりNは鈴木の一件を知らないで居るのだ、と、章三郎は内々安堵《あんど》の胸を撫《な》でて、足もとがよろける程に酔っ払った。

Nも同じように泥酔《でいすい》して、友達の人物評やら文学上の議論やらを夢中になって戦わしたが、やがて章三郎が暇《いとま》を告げて帰ろうとすると、玄関口まで送って来て突然たしなめるように云った。

「そう云えば君、この間から鈴木が大そう気を揉《も》んで居るんだぜ。何だか君は、是非とも鈴木に返さなければならない物があるんだって云うじゃないか。大した金でもないんだから、何とか都合して早く持って行ってやり給えな。君はいつでもその伝《でん》をやるから困っちまうなあ。」

Nは章三郎に向って、こんな苦言を平気で語り得る程の仲であった。

「ああ、二三日うちに返しに行くよ。明後日《あさって》か明後々日《しあさって》キット返しに行くからって、鈴木に会ったらそう云って置いてくれ給え。何も初めッから返さない積りじゃないんだから……」

不意を打たれて章三郎はドギマギしながら、憫《あわ》れみを乞《こ》うような卑しい表情を顔に浮べた。

「返す積りなら何とか返事をやって置くがいいじゃないか。何度手紙を出したって、うんともすんとも云って来ないって、鈴木が大分怒って居たぜ。君は近頃《ちかごろ》ほんとに悪い癖が附いたね。Sなんぞはひどく憤慨して、是非とも一遍君を擲《なぐ》る気で居るそうだから、用心しないと大変だよ。擲られた方が君の為めには却って薬になるかも知れないが……」

「もう分ったよ、分ったよ。自分でも悪いと思って居るのに、あんまり云われると厭《いや》アな気持ちがして来るから、もうその話は止してくれ給え、明後日《あさって》返すと云ってるのだからいいじゃないか。」

「ほんとに明後日返すのかい。君の云う事はあてにならないから、鈴木の方へは何とも云わずに置くとしよう。だから明後日返せなくなっても、僕の所へは遠慮をせずに遊びに来たまえ。時々君の顔を見ないと僕も何だか淋《さび》しいからね。」

「なあに返すよ、きっと返すよ。」

と、章三郎は珍しく本気になって云い張った。彼は必ず、明後日《あさって》までに五円の金を調達しようと、心に誓った。

しかし明後日の当日が来ると、彼はいつしか心の誓いをケロリと忘れて、終日二階で講釈本*を読み暮らしたが、四五日後には再びのこのこＮの家へやって行った。

「実は君、少し都合が悪くってまだ鈴木には返さないんだが、ちょいと遊びに来たんだよ。」

章三郎は云われない先に頭を掻いて、あわててこんな弁解をした。普通の人なら耻かしいと感ずる事を、平気でしゃべって笑って居られるずうずうしさに、彼は我ながら愛憎が尽きた。自分の心には確かに犯罪者の素質があって、場合に依《よ》れば、如何《いか》なる悪事をも敢行する可能性があるように思われた。

「大方そんな事だろうと思って居た。外の人ならいいけれど、鈴木はあの通り正直な人間で、全くあてにしてるんだから返してやらないじゃ気の毒だぜ。」

「ああ大丈夫、今度こそ二三日《にさんち》うちにきっと返す。」

「また君の『二三日《にさんち》うち』か！　返さなけりゃあＳをけしかけて擲《なぐ》らせるぜほんとうに！」

章三郎が平気な顔で言い訳をすると、Ｎも平気で叱言《こごと》を浴びせた。二人は常に同じ文句を云い合いながら、その後幾度も往復したが、五円の金はなかなか鈴木の手へ戻らなかった。

すると、五月の月はなに悪性の腸チブスが流行して、鈴木はとうとうそれに感染してしまった。彼は平生《へいぜい》から非常に衛生を重んずる方で、健康らしい体格を持って居たけれど、不運な事には心臓の弱い質であった。

「何しろ熱が高いから、心臓へ来なければいいがなあ。」

鈴木がいよいよ病院へ送り込まれる時、見舞いに行った友達は、皆こう云って眉を曇らせた。

「おい、鈴木がますます悪いようだぜ。もう糸のように痩《や》せちまって見る影もなくなって居る。君も一遍見舞いに行ったらいいじゃないか。」

章三郎はNに会う毎《ごと》にこう云われた。

「行きたいけれど、移《うつ》ると恐《こわ》いから僕は止《よ》すよ。僕も心臓が弱いんだから。」

彼もほんとうに心臓が弱かった。それでなくてもチブスの流行を神経に病んで、いつ何時《なんどき》取憑《とっつ》かれるかも分らないと云う強迫観念が、悪夢のように彼を悩まして居る折柄《おりから》であった。

「僕なんぞも、あんまり度び度び見舞いに行ったんで、感染してるかも知れないと思うよ。あの塩梅《あんばい》じゃ鈴木はとても助からない。先《ま》ず死ぬだろう。」

「そんな事を云うもんじゃない。若《も》し云い中《あ》てると気味が悪い。……」

章三郎は妙に昂奮《こうふん》して、急いでNの言葉を打ち消した。

「あの鈴木が、この間まで我れ我れ同様に達者であった青年の鈴木が、もう直《じ》きこの世から居なくなろうとして居る。」――

そう考えると、不断は無意味に発音して居た「死」と云う名詞が、俄《にわ》かに千鈞《せんきん》の重みを以《もっ》て、暗く物凄《ものすご》く心の上に蓋《かぶ》さって来るようであった。「先ず死ぬだろう。」と、何の気なしに口走ったNの言葉が一種異様な響きを含んで、「死」その物のような黒い陰《かげ》を章三郎の胸に投げた。

Nはそれきり五円の催促を云い出さなかった。二人ともそれを覚えて居ながら、口へ出さずに済まして居るのが、何となく章三郎には滑稽で、間《ま》が悪かった。

「いつ迄立ってもお前が債務を果たさないから、鈴木がとうとう死ぬ事になった。これでお前の不信用も自然と消滅する訳だ。なんとお前は仕合わせじゃないか。」

意地の悪い運命の神が、こう云って自分を揶揄《やゆ》して居るように彼は感じた。

「友達の金ぐらい借倒したって、どうにかうまく解決がつくだろう。」

と、章三郎がたかを括《くく》って居た通り、いかにもうまく解決がついてしまったのである。

彼の為めには余りにうま過ぎて、相手の為めには余りに気の毒な解決ではあるけれど、しかし鈴木が生きて居て、章三郎が容易に債務を果たさないで四方八方から攻撃されるより、どんなに増しだか分らない。鈴木が可哀《かわい》そうであると同時に、章三郎は何と云っても幸運であった。

彼は八丁堀の二階に臥《ね》そべって、初夏の空を仰ぎながら、今病院で死にかかって居る病人のことを、時々ぼんやりと考えて見た。惨澹《さんたん》たる病室の光景は、自分が見舞いに行かないでも、目撃して来たNの話で大概想像する事が出来た。――生き生きとした赭《あか》ら顔《がお》の、ところどころに皰《にきび》の出来て居た丈夫らしい鈴木の容貌《ようぼう》が、傷々《いたいた》しく痩せ虐《しいた》げられて、眼が浅ましく落ち窪《くぼ》んで、静かに黙々と寝台の上に仰向いて居る。青白い額と、微《かす》かに生きて居る心臓の上とに、重苦しそうに氷嚢《ひょうのう》が載せられて、熱に渇《かわ》いた唇《くちびる》の端へ絶えず看護婦が葡萄酒《ぶどうしゅ》の液をしたたらせる。室内には怪しい薬の臭気が充《み》ちて、病人を囲繞《いじょう》する近親の人々は、刻々に迫る不祥な事件の予感に脅《おび》やかされたように、床を視詰《みつ》めて口を噤《つぐ》んで、たまたま部屋を出るにも入るにもそっと爪先《つまさき》を立てて歩く。其処《そこ》に来合わせて居る凡《す》べての見舞客は、病人の父でも母でも、兄弟でも友人でも、誰云うとなく、今更のように病人が偉《えら》い人物であった事を想《おも》い出す。われわれ凡夫には容易に窺《うかが》うことの出来ない、霊魂や「死」の秘密が、今や此処《ここ》に居る病人にのみ開かれたものとして、俄かに病人を九天*の高さに押し上げ、さながら彼を非凡な人格者、神と人との仲立ちになる不思議な智慧者《ちえしゃ》の如《ごと》くに尊敬する。――この荘厳な、息の詰まるような恐ろしい光景が、ありありと章三郎の胸に描かれた。彼はまた、熱に浮かされて呻吟《しんぎん》して居る病人の、頭の中を想像して見た。生死の境を往復する朦朧《もうろう》とした意識の面《おもて》に、泡《あわ》の如く消えては結ぶ幻像のきれぎれには、果してどんな物が現われるであろう。未《いま》だに病人は、借り倒された金の恨みを忘れずに居るであろうか。「間室は憎い奴だ。とうとう己《おれ》を欺しゃあがった。己は死んでも彼奴《あいつ》から金を取返してやる。」などと譫言《うわごと》を吐きはしないか。――そう考えると章三郎は竦然《しょうぜん》とした。若し病人にそんな譫言を云われるくらいなら、自分は金を返して置けばよかったと思った。

自分勝手な章三郎は、古い諺《ことわざ》にある「人の将《まさ》に死なんとする時、その言や善し。」*と云う格言を覚えて居た。まして平生寛宏《かんこう》の君子を以て通って居た鈴木が、臨終の間際《まぎわ》まで、章三郎の背信を根に持って居る筈はなかろう。鈴木はきっと、些々《ささ》たる友人の罪の行為を浄《きよ》く潔《いさぎよ》く許してくれる事であろう。

「間室と云う男も哀れなものだ。あれが彼奴《あいつ》の病気なのだから仕方がない。」こう云って、憫笑《びんしょう》しながら死んでくれるだろう。――兎《と》に角《かく》章三郎は、病人が聖者のような廓落《かくらく》*たる心境に到達して、気高《けだか》く美しく死んでくれる事を、病人の為めにも自分の為めにも祈らずには居《お》れなかった。

「見舞いに行くのは嫌《いや》だけれど、若しも鈴木が死んだら教えてくれ給え。僕も葬《とむら》いには顔を出すから。」

と、かねがね彼はNに頼んで置いた。

その約束を履行《りこう》して、Nから電報を打って寄越したのである。

「とうとう死んでしまったのか、己の友達で且《かつ》債権者であった一人が、とうとう死んでしまったのか。」

そう思う事が不人情であると知りつつ、彼は内々胸の奥で私語する事を禁じ得なかった。亡友に対する哀悼よりも、寝覚めの悪い自己の幸運を、不思議がる心が先に立った。

三

本郷森川町の下宿屋の、Nの部屋には大学の制服を着けた四五人の友達が集まって居た。彼等は昨日《きのう》死んだ鈴木の遺骸《いがい》を、国元から上京した故人の家族の人々と一緒に、今朝日暮里《にっぽり》の火葬場まで送り届けて、ちょうど日中の暑い盛りに空《す》き腹を堪《こら》えながら帰って来たところであった。いずれも連日の気苦労に窶《やつ》れて、直《す》ぐには飯を喰《く》う元気もなさそうにぐったりと倒れて居た。

「ああ、くたびれた、くたびれた。こう暑くっちゃ己《おれ》も死にそうだ。……」

と、制服の上着を脱いで、顔にハンケチを蓋《かぶ》せたまま仰向きに臥《ね》ころんで居る工科のOが、睡《ねむ》たげな声で云った。

「明日《あした》の朝は何時の汽車だっけなあ。事に依《よ》ったら、停車場だけで僕は御免を蒙《こう》むるぜ。この同勢が揃《そろ》って田舎まで押し掛けた日には、向うだって迷惑だろうから、誰か総代になったらどうだい。」

Nが両肌《もろはだ》を袒《ぬ》いで、脇《わき》の下の汗を拭《ふ》きながら云った。

「己は田舎まで行く積りだ。」

嘗《かつ》て章三郎を擲《なぐ》ると称した法科のSが、熱心な、真面目《まじめ》な句調で云った。

「……どうせ行く積りで居たのだから、総代になるならなっていいが、然《しか》し君たちも行ったらいいじゃないか。東京から一人でも多く行った方が、鈴木の内だってきっと喜ぶだろうと思う。そうし給《たま》え。その方がいいよ。」

こんな話をして居る所へ、二た月以来一同に姿を見せなかった章三郎が、尤《もっと》もらしい表情を浮べて遠慮がちに這入《はい》って来た。癇癖《かんぺき》*の強いSは、ちょいと不快な面色をして眼《め》を外《そ》らせた。

「やあ失敬、どうも暫《しばら》く………」

こう云って、学生仲間の作法としては聊《いささ》か鄭寧《ていねい》過ぎる程度に頭をさげながら、妙に萎《しお》れた顔つきで章三郎が挨拶《あいさつ》をすると、臥ころんで居た人々は不承々々に起き返って、黙って会釈《えしゃく》した。「どうも暫く………」と云う彼の一言のうちには、単に久闊《きゅうかつ》を詫《わ》＊びるばかりでなく、この間からの不正な行為を謝罪する意味も含まれて居た。少くとも章三郎は、それを含ませて居る積りであった。そうして一同が、いやいやながらも自分に礼を返した事から、彼はその罪が暗々のうちに赦されたものと解したかった。

「きのう君の所へ電報を打ったっけが、届いたろうね。」

と、しらけた一座を取りなすようにNが云った。

「ああ有り難う。今日は君の所へ様子を聞きに来たんだが、葬式はいつになったんだい。」

「葬式は田舎でやるんだから、Sが総代で行く事にして、僕等は停車場まで骨を見送りに行こうと思うんだ。明日の午前十時だから、それまでに上野のステエションへやって来るさ。」

「まあ待てよ、己も事に依ったら田舎まで行こうか知ら。」

Oが突然据《す》わり直して、何事か思い付いたように云った。

「君が田舎へ行くと云うのは、外に野心があるんだろう。今朝も火葬場で鈴木の妹を摑《つか》まえて、いやにお世辞を云ってたからな。ああ云うところは君もなかなか交際家だよ。」

Nにこう云われると、Oはにこにこ笑いながら、

「……しかしあの妹はいい器量だなあ。鈴木が生きて居る時分に、妹の噂《うわさ》は聞いて居たけれど、あんな綺麗《きれい》な女だとは思わなかったよ。あの女が白絽《しろろ》の紋附きを着て、眼を泣き脹《は》らしながら葬式に列《つら》なるところを、実はちょいと見たいんだがね。」

「そんなに好《よ》ければ、鈴木の生きて居る時分に話を持ち込んで、君の細君に貰《もら》うところだったな。君なら鈴木の両親だって、きっと嫌《いや》だとは云わなかったぜ。」

「ほんとに惜しい事をしたなあ。」

Oは半分本気になって、少し残念そうに云った。

「だが今からでも遅くはないさ。死んだ兄貴の親友だって云えば、向うの内でも我れ我れを信用するからな。……そうなると己も田舎へ出掛けて、大いに君と競争するぜ。」

「そうするさ、そうするさ、鈴木の妹を取りっこする気で、二人とも一緒に田舎へ行

くさ。たった一人で総代にやられた日には、汽車の中が退屈で仕様がないよ。」

Sがこう云って、機嫌《きげん》よく笑った。

いつも女の話になると恐ろしく元気附いて、誰より先にぺらぺらとしゃべり出さずには居られない章三郎は、さすがに競争の仲間に加わる資格がないと考えたのか、口をむずむずやらせながら、黙って三人の話を聞いて居た。単に人格が下劣なばかりでなく、境遇から云っても、章三郎は到底鈴木の妹などと結婚の出来る身分ではない。乞《こ》食《じき》にも等しい裏店《うらだな》の娘でなければ、彼の所へ嫁に来る女は居そうもない。そう思うと、彼は三人の富裕な身の上が羨《うらや》ましかった。冗談にもせよ、鈴木のような田舎の豪家の令嬢を妻に持って、楽しい家庭を作ろうなどと云う、甘い空想に耽《ふけ》って居られる友達の地位が妬《ねた》ましかった。自分だって、OやNやSのように相応な財産のある家へ生れ、何不自由なく学問を修めて行くことが出来たなら、こんな卑《いや》しい品性にはならなかったろう。自分だって素封家《そほうか》*の息子であったなら、恐らく友達から忌憚《きたん》*され軽蔑《けいべつ》されるような人間にはならなかったろう。彼等に対して自分が持って居る弱点の原因は、悉《ことごと》く金の問題に帰着するのである。金さえあれば、学識の広さでも頭脳の鋭さでも、自分は決して彼等に劣って居るのではない。況《いわ》んや自分には、彼等の到底企及し難い芸術上の天才がある。

「今に見ろ、己は貴様たちに擯斥《ひんせき》*されながら、えらい仕事をして見せるから。」

――いつの間にか章三郎はむッつりと鬱《ふさ》ぎ込んでしまったが、その様子を気の毒だと看《み》て取ったのか、Nが俄《にわ》かに話頭を転じて、慰めるように云った。

「妹と云えば君の妹も長い間煩《わずら》って居るそうじゃないか。どうだい、ちっとはいい方なのかい。」

「いや駄目《だめ》だ。とても助からないんだ。もう長い事はあるまい。」

妹の話で漸《ようよ》う息《いき》を吹き返した章三郎は、わざと心配らしい表情を浮べて、憐《あわ》れみを乞《こ》うが如く三人の顔に上眼を使いながら、ガッカリした調子で云った。

「何だい病気は？」

と、Oが始めて、打ち解けた声で章三郎に口をきいた。

「肺病なんだよ。」

こう答えた彼の顔には、一度に重荷を卸したような喜びの色が光って居た。

「いやに君は友達の妹を気に懸ける癖があるね。」

Nが横合《よこあい》から口を挟《はさ》んで冷やかし始めた。

「……何しろ間室の妹と云うのは、兄貴に似合わぬ美人だそうだぜ。肺病なんぞになる女は、大概昔から美人に極《き》まって居るもんだから、見ないでも様子は判《わか》って居るさ。年が十六で、生粋《きっすい》の江戸っ子で、おまけになかなか悧巧《りこう》な娘らしいから、事に依ったら鈴木の妹よりいいかも知れない。どうだい一つ、お得意の交際術を発揮して間室の所へ見舞いに行ったら。」

「いくら美人でも肺病は御免蒙むるよ。病気が直ったら交際術を用いるがね。」

「病気が直れば、僕は妹を芸者にするから、そうしたらOに可愛《かわい》がって貰おうか。実際そりゃあ好い女だよ。妹の器量を褒《ほ》めるのもおかしいが、あんな顔だちはちょいと珍しいね。」

章三郎は直ぐと図に乗って、こんな出鱈目《でたらめ》をしゃべり立てた。骨と皮ばかりに痩《や》せ衰えて居る妹を、彼は今迄《いままで》一遍も「珍しい器量」だとか「芸者にする」とか考えた覚えはない筈《はず》である。彼はこの際、何でも一座の興がるような話を持ち掛けて、自分に対する友達の反感を早く忘れさせてしまいたかった。

「鈴木の妹を細君にして間室の妹を妾《めかけ》に持つか。何しろ兄貴が兄貴だから、間室の妹も芸者になったら定めし辣腕《らつわん》を振うだろうなあ。あはははは。」

と云って、Sが晴れ晴れしく笑った。その笑い方がひどく無邪気に響いたので、多少皮肉な言葉だとは感じながら、間室を初めNもOもどっと賑《にぎ》やかに笑い崩れた。

「己を擲ると云ったあの憤慨屋のSまでが、己に向って笑顔を見せるようになればもう大丈夫だ。死んでしまった鈴木の噂と、死にかかって居る妹の噂と、二つの死霊生霊のお蔭《かげ》で、好い塩梅《あんばい》にOもSも己に対する恨みを忘れてしまったらしい。もうこうなればしめたものだ。やっぱり人間と云う者は、そんなにいつ迄も一つ人を恨んで居る訳には行かないと見える。」

章三郎は三人の友達を計略にかけて、うまうまと丸めてしまったような淡い喜びに唆《そそ》られた。そうしてこの機を外さずに、宴席に侍《はべ》った幇間《ほうかん》の如く俗悪な駄洒落《だじゃれ》や身振りを乱発して、散々三人の友達に腹を抱えさせた。

「あははは、久し振りで会って見ると、相変らず間室は面白い事を云うなあ。」

お客が芸人を褒める時の口吻《こうふん》で、Sがつくづく感嘆の叫びを発すると、章三郎は忽《たちま》ち芸人の根性になって、

「時に僕はまだ昼飯をたべないんだが、ちょいと牛肉でも御馳走《ごちそう》しないか。ねえ君、実は先から腹がペコペコになって居るんだが。……」

こう云って、恐る恐るNの眼つきを窺《うかが》いながら、一種不可思議な、心細そうな声を出した。

「そら始まった、飯の催促が。――どうせ己たちも飯前だから、黙って居ても喰《く》わ

せてやるよ。そんな哀れっぽい顔をしないでもいいじゃないか。」

「喰わせてくれたって、下宿屋の飯じゃ有り難くないよ。是非共牛肉を奢《おご》っておくれよ。二三日肉を喰わないんで、馬鹿に牛肉が喰いたいんだ。ついでにビールを飲ませると尚《なお》いいんだがなあ。」

「あははは、賛成々々、己もビールが飲みたくなった。おいN、あんなに間室が飲みたがって居るんだから、半ダアスばかり奮発し給え。」

あまり章三郎の口のききようがおかしいので、SもOも腹を立てるよりは吹き出してしまった。彼等はだんだん章三郎を侮蔑《ぶべつ》しつつ、憎悪《ぞうお》する事を忘れて来るように見えた。「附き合って見ると間室の奴《やつ》も気のいい男だ。なあに彼奴《あいつ》だって腹からの悪人ではなし、唯《ただ》もう呑気《のんき》でずべらな為めに信用をなくして居るのだから、考えると可哀《かわい》そうな人間なんだ。ああ云う男には、此方《こちら》が始めから金を貸さないように用心さえして居れば、面白く附き合って行けるのだ。」――彼等は章三郎に対して、こんな考えを持とうとして居るようであった。

章三郎の方でも亦《また》、彼等からそれ以上の交際をして貰おうとは望んで居なかった。彼は一体、交友と云う事にそれ程大した価値を認めない人間であった。自分の性格が我が儘《まま》で不道徳で、頗《すこぶ》る非社交的に出来て居る事を知って居る彼は、生涯《しょうがい》自分と意気相投ずる友人を作ろうなどとは夢にも思わなかった。彼は第一如何《いか》なる他人に対しても、赤誠を吐露して、真剣に物を云おうとする気分が起らなかった。もっと適切に云えば、彼は友達に対して真剣に交際する必要を感じなかった。――勿論《もちろん》彼の心の奥にも、何か真剣な或《あ》る物が潜んで居るには違いない。けれどもそれは、将来彼の天才が成熟した時に、詩とか小説とか絵画とか云う芸術の形式に依て、発表される場合があるかも知れないが、到底箇々の人間に舌の先でしゃべり聴かす可《べ》き物ではなかった。彼は自分の胸底に燃えて居る芸術上の欲求を、常におぼろげに意識しながら、さて友達の顔を見ると、卑しい下らない悪ふざけの冗談より外話をする気にならなかった。一と度び他人に接すると、彼の頭の深い所に渦巻《うずま》いて居る貴い物が光を失って、極《ご》く上《うわ》っ面《つら》の、軽薄な、嘘《うそ》つきな、穢《きたな》らしい方面ばかりが活動した。その時になると、彼は自分でも自分を劣等な人間であると思い込み、男子としての自尊心や廉恥心《れんちしん》*までなくしてしまうのであった。

「友達に限らず、自分以外の人間と云う者は、自分に対してそんなに強い影響や感化を及ぼし得るものではない。自分と彼等とは何処《どこ》迄行っても、ただ表面の、いい加減な接触を続けるだけに過ぎないのだ。自分は彼等の幸福を祈ろうとも思わなければ、彼等に依って自分をえらくしようとも考えない。彼等の社会から畏敬《いけい》されたり、信頼されたりする事が、どれだけ己の真価に関係するだろう。どれだけ己の芸術的天分を裨益《ひえき》*するだろう。」

章三郎は世の中の人間——友達に対して、これ以上の親しみを抱く訳に行かなかった。人間と人間との間に成り立つ関係のうちで、彼に唯一《ゆいいつ》の重要なものは恋愛だけであった。その恋愛も或る美しい女の肉体を渇仰《かつごう》するので、美衣を纏《まと》い美食を喰《くら》うのと同様な官能の快楽に過ぎないのであるから、決して相手の人格、相手の精神を愛の標的とするのではない。たとえ彼が恋愛に溺《おぼ》れて命を捨てる事があっても、それは恐らく、恋人のためよりも自己の歓楽の為めに献身的になるのであろう。随《したが》って彼は親切とか、博愛とか、孝行とか、友情とか云う道徳的センティメント*を全然欠いて居るのみならず、そう云う情操を感じ得る他人の心理をも解する事が出来なかった。けれども彼は、必ずしも世間の所謂《いわゆる》「人間嫌《ぎら》い」——"Misanthropist"ではない。彼は人間を馬鹿にしながらも、彼等と一緒に酒を飲んだり、女を買ったり、冗談を云ったりする事は好きであった。十日も二十日も友達の顔を見ずに居ると、淋《さび》しくて淋しくて溜《たま》らなかった。彼の胸の中には、閑寂な孤独生活に憧《あこが》れる冥想《めいそう》的な心持ちと、花やかな饗宴《きょうえん》の灯《ひ》を恋い慕う幇間的な根性とが、常に交互に起って居た。友達の金を借り倒して、世間へ顔向けが出来なくなると、彼は暫く韜晦《とうかい》して八丁堀の二階に屏息《へいそく》*

したり、漂泊の旅に上ったりする。そう云う時に彼は自分を非常に偉大な人物であるかの如く己惚《うぬぼ》れる。やがて借金が時効にかかって、いつとはなしに不評判のほとぼりがさめてしまうと、急にNだのOだのに会いたくなって、のこのこと彼等の下宿へ遊びに出掛け、耻《はじ》も外聞もなく牛鍋《ぎゅうなべ》の御馳走をせびったり、芸者買いの相伴《しょうばん》にあずかったりする。かくて友人から「剽軽者《ひょうきんもの》」と呼ばれ、「呑気な男」「警句屋」などと歌われて、酒宴の席にはなくてならない芸人のように重宝がられるのが、彼には愉快で溜らないのである。それ故《ゆえ》彼と友人との間柄《あいだがら》は、結局「酒飲み友達」の程度に止《とど》まって居た。たまたま章三郎の人格を買い被《かぶ》って、向うから親交を求めて来る友人があると、却《かえ》って章三郎は迷惑をした。彼の友達に対する註文を露骨に大胆に表白してしまえば、

「どうせ自分は利己主義な、不信用極まる性格なのだから、それを嫌だと思う人は寧《むし》ろ附き合ってくれぬがいい。しかしずぼらな代りには、話が上手でなかなか可愛気《かわいげ》があるのだから、それを面白いと思う人は、不信用を承知の上で附き合って貰いたい。」

――こう云う事に帰着するのであった。

明くる日の午前十時に、鈴木の遺骸《いがい》は灰になって、小さな、人間の骨が這入《はい》り切ると は思われない程小さな瓶《びん》に詰められて、上野のステエションから郷里へ運ばれた。見

送りの学生が五十人近くも集まって、プラットフォオムの列車の窓の前に立った。

「生前は忰《せがれ》がいろいろと御世話様になりまして有り難うございます。今日《こんにち》は又遠方の所をわざわざ御見送り下さいまして、何とも甚《はなは》だ恐縮に存じます。」

鈴木の父は田舎風の、律義《りちぎ》な弁舌で一々学生に礼を云って歩いた。美しいと云われた故人の妹も、父の後ろに従ってしとやかに頭を下げた。

章三郎も外の学生と同じように、父と妹から丁重な挨拶《あいさつ》を受けた。「忰が生前御世話様になりまして……」こう云われた時、彼は普通に、「どう致しまして」と、答えただけでは済まないような心地がした。「……いえ私こそ」と附け加えて、彼はちらりと例の小さな瓶の方を、きまりが悪そうに流眄《ながしめ》に見た。

五十人の学生の中には、往来で会ったら胸ぐらを取られるかと案じて居た程、章三郎が不義理を重ねた人々も交って居た。しかし孰《いず》れも故人の霊に敬意を表して、彼の面《めん》皮《ぴ》を剝《は》いでやろうとする者はなかった。彼は俄かに青天白日の身になったかと感ぜられた。故人は死んだ後までも、章三郎に恵みを垂れて居るらしかった。

四

降りつづいた入梅の空が、夕方から綺麗《きれい》に晴れて、二階の部屋には西日がぎらぎらとさし込んで居た。例の如《ごと》く大の字なりに倒れたまま、体中にびっしょり汗を掻《か》いて、午睡を貪《むさ》ぼって居た章三郎は、ふと、梯子段《はしごだん》にみしみしと云う足音が聞えたので眼《め》を覚ました。

「そりゃ己《おれ》だって、病院へ入れてやりてえ事はやりてえけれど、金がねえものは仕様がねえやな。」

皺嗄《しわが》れた声で、囁《ささや》くように云いながら、章三郎の臥《ね》て居る部屋へ這入《はい》って来たのは父親である。その後《あと》から母親が、正体《しょうたい》もなく涙にくれて、おいおいとしゃくり上げつつ上って来た。

「ははあ、又何かお袋が親父《おやじ》を口説いて居るのだな。」

と、章三郎は寝惚《ねぼ》けながらぼんやりと考えついた。いつも病人に聞かせられない相談があると、父と母とはこっそり二階へやって来て、ひそひそ耳打ちを交すのである。

「だから日本橋へ話をして、頼んで見たらいいじゃないか。人間一人が助かるか助からないの境だものを、入院ぐらいさせてやらなけりゃ、あんまり親が無慈悲だって云われたって仕方がありゃしない。」

母は十七八の娘のような、甘ったるい鼻声を出して、いじらしそうに袂《たもと》を嚙《か》みつつ消え入る如く忍び音《ね》に泣いた。たった一人の娘を失う悲しさに、彼女の頭は混乱して後《あと》先《さき》の分別もなくなって居た。

「じきにお前《めえ》はそんな事を云う。無慈悲な事が何処《どこ》にあるんだ。己たちだってお富の為めには出来るだけの事をしてやって居るんじゃねえか。」

こう荒々しく云いかけた父親は、急に、或《あ》る忌《い》まわしい、不祥な事件を目前に見るような陰鬱《いんうつ》な眼を光らせて、一段と声をひそめた。

「それにお前、助かるものならそりゃ借金をして迄《まで》入院させるてえ法もあるが、どの路《みち》助からねえと極《き》まったものを、それ程迄にしたところで結局無駄《むだ》な話だあな。何しろあの容態じゃあ入梅明けまで持つかどうだか分らねえって、医者がそう云って居る位なんだから、可哀《かわい》そうでも今更仕様がありゃあしねえ。………まああそれもこれも、みんなあの子の寿命だと思ってあきらめるのよ。」

やさしい調子で宥《なだ》め賺《すか》されると、母はだだっ子のように冠《かぶり》を振った。

「助からないにしたところが、せめて病院へでも入れてやって、いいお医者に見せてやらなけりゃ私《あたし》ゃあきらめが附きゃしない。………河村の照ちゃんが死ぬ時だって、ちゃんと日本橋へ話をして、順天堂*へ入れて貰《もら》ったじゃありませんか。助からないから放って置くなんて、あなたのようなそんなそんな、不人情な親が何処の国にあるもんじゃない。………」

「誰が放って置くと云ったい？　放って置きゃあしねえじゃねえか。毎日々々芳川さんに見て貰《もら》って、出来るだけの手当ては尽してあるんだ。」

「芳川の藪《やぶ》医者なんぞに何が分るもんか。」

「馬鹿な事を云え！　あれだって立派な医学士で、この近所じゃあ相当に信用のあるお医者なんだ！　手前見たいに分らねえ奴《やつ》はありゃしねえ。」

親父はかっとなって怒鳴り付けたが、それでも母親が哀れになったのか、直《す》ぐ又句調を柔げて諄々《じゅんじゅん》と説き諭《さと》した。

「芳川さんなら小さな時分からお富の体を見て居るんだから、生《なま》じの医者にかかるよりいくら確かだか知れやしねえ。たとえどんな博士に見せたって、とても助かりっこはねえって、あの人が断言してるんだから、よくよくお富に運がねえんだ。そりゃ、贅沢《ぜいたく》を云った日にゃあ、大学病院へ入れるとか、青山さん*に見て貰うとか、際限のねえ話だけれど、そうしたところがつまりはまあ、助からねえと知りながら気休めの為めに金を使って見るだけの事で、貧乏人が無理算段をして迄も、真似《まね》をするにゃ及ばねえ事なんだ。」

その時階下の病室で、「かあちゃん、かあちゃん」と呼び立てるお富の声が聞えると、母は拠《よ》ん所なく談判を切り上げて、

「あいよ、あいよ、今かあちゃんは下に行くよ。」

と云いながら、あわてて眼の縁の涙を拭《ふ》いた。

「それ、それ、又己たちが二階に居るとお富の奴が気にするから、早く下へ行ってやりねえって事よ。泣きッ面《つら》なんぞしなさんなよ見っともねえ！」

「かあちゃん、かあちゃんてば！　みんな二階へ行っちゃあ、あたいが淋《さび》しいじゃないの。」

「あいよ、あいよ、今行きますよ。」

梯子段を降りて行く母は、まだシクシクと鼻を鳴らして居た。

「やい章三郎、また昼寝なんぞして居やがる！　起きねえかこれ、起きねえかったら。」

母親の跡に附いて降りようとした父親は、章三郎の横着な姿が眼に這入ると、黙って其処《そこ》を通る訳には行かなかった。

「可哀そうな親父だ。女房には攻められるし、悴《せがれ》には馬鹿にされるし、娘には死なれてしまう。何と云う不仕合わせな年寄りであろう。」

そう思って空寝をして居た章三郎は、いつものように臀《しり》っぺたを蹴《け》られる途端《とたん》に、忽《たちま》ち何処かへ同情心をなくしてしまった。寝て居る悴と蹴って居る親父とは、暫《しばら》く根競べをして争って居たが、たまたま親父の生暖《なまあたた》かい足の蹠《うら》が、何かの拍子で章三郎の股《また》の肉に粘り着くと、その肌触《はだざわ》りが何とも云えず薄気味の悪い、ぞっとするような心持ちを起させるので、とうとう悴は溜《たま》らなくなって首を擡《もた》げた。

「昼寝をするんじゃねえって云うのに、なぜ手前《てめえ》はそうなんだろう。ほんとうにずうずうしい野郎だ。」

親父は息《いき》の切れそうな声で罵《ののし》りながら、執念深く睨《にら》み付けたが、まだそれだけでも腹が癒《い》えないのか、

「昼寝をして居る隙《ひま》があるなら、芳川さんへ行ってお富の薬を貰って来ねえ。夕方飲むのがねえんだから、これから直ぐに取りに行きねえ。手前なんざあ、妹が病気で寝て居るのに、何一つ手伝いもしやがらねえ。」

「自分だって親父の癖に一文だって、悴の学費を助けた事がありはしねえ。………」

章三郎は心の中で親父の句調を真似《まね》ながら、交《ま》ぜっ返すように云った。

父と母とはその明くる日も二階へ上って、前の日と同じような争論に泣いたり怒ったり叱《しか》ったりした。病院へ入れる事が出来ないなら、看護婦か女中なりとも雇って欲しいと母が云った。「お富が可哀そうだから、黙って辛抱して居るけれど、台所から病人の世話まで私一人に預けられちゃ、ほんとにほんとにやり切れやしない。何かと云

うと貧乏だから仕方がないって、人に苦労をさせる事ばかり考えて居る。」――と、唯《ただ》面《つら》を膨《ふく》らせて、例の口癖の嫌味《いやみ》を並べるのを、父は大人しく腕組みをしたまま、徒《いたず》らに溜息《ためいき》をついて聞き流した。彼はもう、いつ迄立っても昔のような了見で居る母親の、我が儘《まま》と贅沢とに愛憎《あいそ》を尽かして居るらしかった。

「あんなに夫婦喧嘩《げんか》をするなら、一層今迄に離縁をしちまえばよかったのだ。あのお袋にあの親父ではこれから益々《ますます》貧乏して行くばかりである。」

と、傍《そば》で見て居る章三郎は、滑稽《こっけい》なような不憫《ふびん》なような心地がした。公平な彼の眼で観察すれば、必ずしも父親の無能ばかりが母を今日の窮境に導いたのではない。父親の身になったら、母に向って「お前が悪いから己まで貧乏してしまった。」と、さぞかし不平を云いたいであろう。それを堪《こら》えて居るだけに、父親の方が実際はいくらか母より賢いのかも分らない。

「台所から病人の世話まで、私一人でやって居る。」と、母は頻《しき》りに愚痴をこぼすが、その実彼女は横着で怠け者で、一家の主婦たる資格もなければ覚悟もなかった。まだお富が達者で居る時分から、彼女は一遍でも自分で朝飯を焚《た》いた事がない。焚かないと云うよりは焚き方を知らないのである。

「一家の女房が、飯を焚かないで済むと思うのか。」

親父にこう云われると、彼女は必ず不服らしい顔つきをして、

「どうせ私にゃあー、器用な真似は出来やしないさ。こんな貧乏な境涯《きょうがい》に落ちてお飯《まんま》
焚《た》きまでさせられようとは思って居なかったんだから。」

と、口を尖《とが》らせて横を向いてしまう。

親父はよんどころなしに、夕方勤め先から帰って来ると、自《みずか》ら襷《たすき》がけになって勝手口で米を研《と》いだ。朝は母親を初め伜や娘の寝て居る刻限に床を離れて、へっつい*の前で火吹き竹*を吹きながら、火を焚きつけた。そうして彼が釜《かま》の飯をお鉢《はち》に移して、味噌《みそ》汁《しる》を沸き立たせた時分に、ようよう母は大儀らしく蒲団《ふとん》を這い出して来るのであった。これだけの労役を済ませてから、父は急いで朝飯を喰《く》って、どうかすると弁当箱まで自分で詰めて、あたふたと主人の店まで出かけて行った。店と云うのは越前堀の運送屋で、四五年以来彼は其処《そこ》の通い番頭を勤めて居るのである。

こうして親父もお袋も、ひたすら目前の無事を願いつつ、苦しく情けなく一生を終ろうとするようであった。夫は妻を制御する力がなく、妻は夫を激励する決心がなく、互いに現在の境遇から逃れ出る道を講じなかった。彼等は毎日己《おの》れの不運をかこちながら、猶且《なおかつ》醜い生を続けて、奮発しようとも自殺しようともしなかった。

「生活難と云うものはこれ程凄《すさま》じいものだろうか。食うに困らずに生きて行くと云う

事は、かくまでむずかしいものだろうか。自分も今に世の中へ出て、この両親と同じ苦患を受けなければならないのか。」

一家の様子を目撃するにつけても、章三郎は自分の将来が案ぜられた。彼は平生《へいぜい》、母の我が儘と父の無気力とを卑《いや》しんで居るにも拘《かかわ》らず、自分もやっぱりこの両親の息子と生れて、立派に彼等の弱点を受継いで居る事を、否《いな》む訳には行かなかった。「自分には優秀な才能がある。」そう信じながら、彼は一向その才能を研《みが》こうとはせず、暇さえあれば安逸を貪《むさぼ》り、昼寝と饒舌《じょうぜつ》と飲酒と漁色*とに耽《ふけ》って居た。彼は母よりも一層懶惰《らんだ》で、虚栄家で、父よりも亦《また》無気力な、薄志弱行な男であった。

この儘ぐずぐずして居れば、彼も両親と同じような、惨澹《さんたん》たる運命に陥る事は必然であった。必然どころか、彼は現在その運命に刻一刻と陥りつつあるように感ぜられた。

「己は今のうちにどうかしなければならない。えらくなるなら、今のうちにえらくならなければならない。」

章三郎は愕然《がくぜん》として、心を焦立《いらだ》てる折があった。俄《にわ》かに元気を振い起して、上野*や大学の図書館へ籠居《ろうきょ》*したり、机の上に原稿用紙を拡《ひろ》げたまま、ペンを握って二日も三日も考え込んだりした。しかし、不幸にも彼の頭は長い間の放埒《ほうらつ》に狎《な》れて、石ころのように鈍く懶《ものう》くなって居た。本を読んでも原稿を書いても、彼の心は物の五分と一つ所に凝集されて居なかった。たった今、机に向って何かやり始めたかと思うと、いつしか彼は茫然《ぼうぜん》として、女の事や美酒の匂《におい》や、恐ろしく病的な、荒唐無稽《こうとうむけい》な歓楽の数々を、取り止めもなく胸に描いて居た。彼は覚めながら夢を見て居るも同然であった。寝て居る時と起きて居る時との区別なく、奇怪極まる妖女《ようじょ》の舞踏や、血だらけな犯罪の光景や、不思議な魔術師の舞台などが、阿片《アヘン》やハシイシュ*を飲む迄もなく、彼の眼の前に始終変幻出没した。

彼の心の働きが弛《ゆる》むと同時に、彼の神経衰弱はますます募るばかりであった。度忘《どわす》れや独語《ひとりごと》や癇癪《かんしゃく》や意地っ張りや、そんな徴候が一日のうちに、交々《こもごも》起って彼を悩ました。鈴木が死んで以来、彼の脳髄に巣を喰った強迫観念は、日を経るに随《したが》ってだんだん猛烈に彼の神経を脅《おびや》かした。

「己はいつ死ぬか分らない。いつ何時《なんどき》、頓死《とんし》するか分らない。」

そう考えると章三郎は、立っても居ても溜らないほど恐ろしい折があった。死に対する恐怖から彼はあらゆる急激な病気に対して過敏になった。脳充血、脳溢血《のういっけつ》、心臓麻痺《まひ》、………それ等の禍《わざわい》が、今にも自分の身に振りかかって、一瞬間に五体が痺《しび》れてしまいそうな心地のする事が、日に五六度も彼に起った。往来を歩いて居ると不意に胸が痛くなって、夢中で五六町駈《か》け出したり、電車の中でカッと頭が上気して、あたふたと表へ飛び降りたり、夜中に蒲団《ふとん》を撥《は》ね返して、梯子段を転げるように馳《は》せ降りて、水道の水を顔にぶっかけたり、恐怖は殆《ほと》んど章三郎を発狂させねば置かない程に昂奮《こうふん》させた。彼は真青になって頭と胸とを抱えながら、一と晩中ぶるぶる顫《ふる》えて居ることがあった。そうして朝の日光を見てから、始めて安心したように昼近くまでぐっすりと睡《ねむ》った。

彼はこの辛辣《しんらつ》な病魔の毒手を、誰に訴えて如何《いか》なる方法で駆逐す可《べ》きかを知らなかった。少くとも彼の病気は、世に有りふれた医薬の力で治癒《ちゆ》しそうには思われなかった。

「どうか先生助けて下さい。僕は恐ろしくって仕様がないんです。僕は今にも死にそうなんです。」

こう云って、絶望の叫びを挙げたところで、医者には多分手のつけようがないであろう。

「何がそんなに恐ろしいんだ。君の体は何処も悪くはないようだぜ。死にはしないから大丈夫だよ。まあまあ安心して居給《たま》え。」

と、彼は空《むな》しく手を束《つか》ねて、口の先で章三郎を慰撫《いぶ》するぐらいが関の山であろう。若《も》し又その医者が非常に烱眼《けいがん》な、――単に肉体の疾病《しっぺい》ばかりでなく、肉体の奥に潜む魂の疾病迄も見破る程に烱眼な人であったなら、定めし冷やかな微笑を浮べて、

「ははあ、この病気はなかなか重いが、とても医者には直せない。君は子供の時分から、あんまり不自然な肉慾《にくよく》に耽って、霊魂を虐《しいた》げ過ぎた為めに、今その報いを受けて居るのだ。僕は君がどんな人間だかよく知って居る。君は生れつき精神に欠陥があるんだ。君は医者からも神様からも見放されたのだ。お気の毒だが、私《わし》の力で君の命を助けてやる訳には行かない。」

と、迷惑そうな顔つきをして宣告を与えるであろう。

しかし、誰よりも明かに自己の病源を自覚して居る章三郎は、わざわざ宣告を受ける為めに医者の診察を乞《こ》いに行く気は起らなかった。彼は自分の病気に対して、ただ失望と懊悩《おうのう》とを繰り返すばかりであった。

「お前の苦しみは天の罰だ。天に逆って生きて行こうとする人間の、誰でもが受けなければならない罰だ。お前のような人間が、生意気にも天に逆って生きようとすれば、結局狂人になってしまうのだ。お前はそれでもお前の生活を改めようとしないのか。」

彼はこう云う良心の囁《ささや》きを聞いた。そうして彼は、この囁きに向って答えた。――

「誰が己を、天に逆って生きなければならないような人間に生んだのだ。善に対して真剣になれず、美しき悪業に対してのみ真剣になれるような、奇態《きたい》な性癖を己に生みつけたのは誰なのだ。己は己の背徳について、天罰を受ける覚えはない！」

彼はいかにもしてこの不当なる天罰に反抗しなければならなかった。神が打ちおろす懲《こ》らしめの笞《むち》を甘んじて堪え忍ぶ事は出来なかった。彼は何とかして、海嘯《つなみ》のように襲い来る死の恐怖を払い除《の》けつつ、生きられるだけ生きたかった。たとえ彼の境遇は哀れであっても、彼の生れて来た世の中には、悪魔が教える歓楽の数々が、充《み》ち溢《あふ》れて居るように見えた。彼は是非とも生き長らえて、いつか一度は己れの肉体を、己れの官能を、その歓楽の毒酒の海に浸らせたかった。上戸《じょうご》が杯中の一滴をも吝《お》しむように、美酒のしたたりを少しでも多く吝しみ味わいつつ生きたかった。

彼は己れの疾病を、根本的に治癒する道を断念して、一時なりともその呪《のろ》わしい苦しみを忘れる事にのみ努めた。たまたま恐怖の発作を感ずると、夜中でも昼間でも往来のまん中でも電車の室内でも、彼は蒼惶《そうこう》*として酒を呷《あお》った。どんなに恐ろしい刹那《せつな》でも、即座に酔ってさえしまえば忽ち神経が鎮静して、五体の戦《おのの》きが止まるのであった。姑息《こそく》な手段は却《かえ》って病勢を募らせると知りながら、彼は目前の慰安の為めに将来を顧慮する暇がなかった。

酒さえ飲めば恐《こわ》いことも何もない。——章三郎は次第々々にこう云う迷信に囚《とら》われるようになった。その日その日の彼の命を安らけく支えて行く為めに、酒は飯よりも必要であった。殊《こと》に毎晩、寝しなに一定の量を飲まなければ、彼はどうしても寝られなかった。金があると、彼はウヰスキイの小罎《こびん》を買って、外出の際に必ずそれを懐《ふところ》に入れて歩いた。金がなくなると苦し紛れに、アルコオル分を含んでさえ居るものなら何でも貪り飲んだ。そっと両親の眼を掠《かす》めて、火鉢《ひばち》の抽出《ひきだ》し*から十銭銀貨*を盗み出して、泡盛《あわもり》*を買って来る事もあった。果ては深夜に台所の板の間を漁《あさ》って、酒《さか》しお*の徳利を喇叭《らっぱ》飲《の》みに飲み干したりした。

「どうも酒しおがあんまり早くなるから、変だ変だと思って居たら、大方夜中に章三郎が飲むんですよ。そうだよあなた、そうに違いないよ。」

と、母は或《あ》る時父に云った。

「だってお前、あの酒しおが飲めるもんじゃねえが、彼奴《あいつ》が飲むんだとすると、どうも呆《あき》れた野郎だな、構わねえから今夜黙って何処《どこ》かへ隠してしまいねえ。あんな物を飲みやがって、今に体を悪くするから。」

と、父は半信半疑で云った。

その晩、章三郎はいつものように台所を漁りに来たが、酒しおは容易に見付からなかった。さてはと心付いて、障子《しょうじ》の破れ目から居間を覗《のぞ》くと、一本の徳利が親父《おやじ》の枕許《まくらもと》に、烟草盆《たばこぼん》と並んで立って居た。父と母とは病人のお富の床を挟《はさ》んで、正体もなく鼾《いびき》をかいたり口を開いたりして眠って居た。苦労性の親父も、泣き虫のお袋も、おかしな事には昔から馬鹿に寝つきのいい人々であった。章三郎は昼も夜も大理石の臥像《がぞう》のように仰向いて居る妹の寝息を窺《うかが》いながら、首尾よく枕許の徳利を浚《さら》った。そうして便所の中へ隠れて、不快な臭気に顔をしかめながら、ぐびりぐびりと喉《のど》を鳴らした。それから五六日過ぎた或る真夜中の事であった。家族の寝鎮《ねしず》まった刻限を狙《ねら》って、みしりみしりと梯子段《はしごだん》を降りて来た章三郎は、薄暗いランプの明りの漂って居る居間の四方を見廻《みまわ》したが、もうその徳利は親父の枕許に置いてなかった。

「あ、また気が附いて何処かへ隠してしまった。」

こう呟《つぶや》いて彼はぼんやりと部屋の中央に突《つ》っ立った儘、三人の寝姿を見下ろして居た。例の如《ごと》く父は凄じい鼾*を掻《か》き、母はぽかんと口を開いて、すやすやと寝て居る様子が、道端に倒れた行路病者のように傷《いた》ましかった。章三郎はこの二三年来、両親の顔をまざまざと眺《なが》めた事がないような心地がして、暫《しばら》く彼等を見守って居た。垢《あか》だらけな、ぼろぼろになった銘仙《めいせん》の搔巻《かいまき》*の裾《すそ》から、骨張った二本の毛脛《けずね》を露出して、萎《な》えた花弁《はなびら》のような足の甲を天井に向けながら、無心に眠って居る親父の頰《ほお》は、眼窩《がんか》と歯《は》列《なら》びとが見え透く程に落ち窪《くぼ》んで居る。生きた男の寝姿と云うよりも、餓《う》え死にをした人間の骸《むくろ》に近い恰好《かっこう》である。母は体が丈夫なせいか、割り合いに貧乏窶《やつ》れのしない、肉附きのいい色白の肌《はだ》を胸まで出して、両手をいぎたなく左右へ伸ばしたまま、片膝《かたひざ》を立てて寝込んで居る。彼等の眠りが深ければ深い程、章三郎は余計彼等が哀《わず》れであるように感ぜられた。終日の労働と心配とに疲れ果てて、敗残の余生を纔か夜間の熟睡に托《たく》して居る老夫婦の、静かな唇《くちびる》と眼瞼《まぶた》の裡《うち》には、昼間章三郎を叱《しか》り飛ばす時のような、瞋恚《しんい》＊の瞳《ひとみ》も輝かず罵詈《ばり》の言葉も響かなかった。彼等はさながら、章三郎の足下《あしもと》に身を横《よこ》えて、我が子の情《なさけ》と救いとを求むるが如くであった。

「章三郎や、どうぞ私たちを助けておくれ。お前は私の子ではないか。広い世間にお前より外、私たちを救ってくれる人は居ない。どうぞ私たちを可哀そうだと思っておくれ。どうぞ心を入れ換えて、私たちに孝行をしておくれ。」――

せち辛い世の苦しみに喘《あえ》いで居るような、とぎれとぎれの寝息の音が、彼には何となくこう云う文句に聞えるのであった。自分はなぜ、こんな悲しい人たちを邪慳《じゃけん》にしたり、忌《い》み嫌《きら》ったりするのであろう。こんな惨《みじ》めな親たちに、なぜ反感を持つのであろう。………そう考えると、章三郎は胸が一杯になった。

「世の中に己のような悪人は又とあるまい。己こそ本当の背徳漢だ。天にも神にも見放された人間なんだ。………お父つぁんおっ母さん、どうぞ私を堪忍《かんにん》して下さい。」

彼は覚えず両手を合わせた。

「兄さん、又酒しおを飲みに来たんじゃないの。」

寝て居ると思った病人のお富は、いつの間にか眼を覚まして、水晶の如く冴《さ》えた眦《まなじり》を、じっと章三郎に据《す》えて云った。

「ちゃんと隠してしまったんだから、そんな所を捜したってありゃしなくってよ。飲むなと云うのになぜ兄さんはそうなんだろう。………ほんとに内の台所にゃあ、毎晩のように頭の黒い大きな鼠《ねずみ》*が出るんだから、うっかり何かを置いとけやしない。」

病人は、微《かす》かな、力のない声で皮肉を云って、ややともすると痰《たん》のからまる咽喉《のど》の奥をぜいぜいと鳴らした。

長い間、章三郎は怯《おび》えたように立ち竦《すく》んで、殆《ほと》んど何等の表情もない、透き徹《とお》るような病人の瞳の中を睨《にら》んで居たが、この間から我慢して居た憎悪《ぞうお》の情がその時一度に爆発した。

「あまっちょめ、生意気な事を云やあがるな！」

と、それでも彼は気味悪そうに二の足を蹈《ふ》みつつ、低い調子でひそひそと云った。

「なんだ手前《てめえ》は？　足腰も立たない病人の癖に、口先ばかりツベコベと勝手な事を抜かしゃあがる。可哀そうだから黙って居てやりゃあ、いい気になって何処まで増長しやがるんだ。手前の指図なんぞ受ける必要はないんだから、大人しくして引込んで居ろ。どうせ手前のような病人はな、………」

こう云いかけた章三郎は、次ぎに云おうとする言葉の、余りな惨酷《ざんこく》さに自《みずか》ら愕然《がくぜん》として、後《あと》の語句を曖昧《あいまい》に濁らせた。

「……他人の世話を焼くよりも、自分が世話を焼かれないように用心さえして居りゃあ、それで手前の役目は済むんだ。馬鹿！」

病人は再び何とも云わなかった。蒸し暑い、森閑とした夜更《よふ》けの室内に、依然として表情のない彼女の瞳は、いつ迄もいつ迄も氷の如く冷やかに章三郎を視詰《みつ》めて居た。

「兄さんの云おうとして躊躇《ちゅうちょ》した言葉の意味は、私にもよく分って居ます。どうせ私は、もう直《じ》き死んでしまうんです。」

彼女の瞳は、こう語って居るように見えた。

五

その頃《ころ》、Masochist*の章三郎は、何でも彼の要求を聴いてくれる一人の娼婦《しょうふ》を見つけ出した。その女に会いたさに、彼はあらゆる手段を講じて遊蕩費《ゆうとうひ》を調達しては、三日にあげず蠣殻町《かきがらちょう》の曖昧宿《あいまいやど》*を訪れた。授業料だの教科書だのと云う名目で、日本橋の親《しん》戚《せき》から引き出して来る学費の凡《す》べては無論の事、折角友情を恢復《かいふく》した友達仲間に、彼は再び不義理を重ね、揚句の果ては借りた本まで売り飛ばして、水天宮の裏通りのその女の許《もと》に通った。激しい恐怖と激しい歓楽とが、交《かわ》る交る彼を囚《とら》えて、前後不覚の Delirium* の谷に墜《おと》した。

三日も四日も家を明けて、いつも深夜の一時か二時に八丁堀へ帰って来る章三郎は、四肢《しし》の疲れと悪酒の酔で綿のように蕩《とろ》けた体を、どたんどたんと雨戸に打《ぶ》つけながら、寝て居る両親を呼び起した。

「何だって今時分帰って来やがるんだ。そんなに乱暴に戸を叩《たた》いたら、お富がびっくりするじゃねえか。………手前のような人間は親でもねえし子でもねえから、何処《どこ》へでも出て行け。二度と再び帰って来るにゃ及ばねえ。」

家の中から親父《おやじ》の怒鳴るのが聞えると、章三郎は猶更《なおさら》けたたましく戸を叩いた。結局親父が業《ごう》を煮やして明けに来る迄《まで》、何分間でもどたんどたんと板戸を蹴《け》った。

「この野郎！　勝手に何処かへ行けと云ったらなぜ行かねえんだ。なぜ行かねえんだってばよう！」

戸を明けるや否《いな》や、親父はいきなり章三郎の胸ぐらをこづいて、蟀谷《こめかみ》の辺《へん》を力まかせにぽかッと擲《なぐ》りつけるのが、殆《ほと》んど一つの慣例になって居た。

「お父《と》っさん、お父《とっ》つぁんてばさ、まあ隣近所があるんだから、好い加減にしたらいいじゃないか。………章三郎や！　お前が黙って立って居るから悪いんだよ。何でもいいから早く詫《あやま》っておしまいってば！」

母は二人の間に這入《はい》って、おろおろしながらこう叫んだ。

「やい畜生！　まだそんな所《とこ》に衝《つ》っ立って居やあがるか。」

続けざまに悴《せがれ》の頭を乱打する親父の顔には、時とすると涙が光って、声が怪しくふるえて居た。

それでも章三郎は、詫まろうともしなかった。猛《たけ》り狂う親父の腕を無理やりに引っ張って、やっとこさと母親が奥の間へ拉《らっ》して行く迄、彼は根気よく項《うなじ》を伸べて棒立ちに立って居た。連夜の毒々しい刺戟《しげき》の為めに痺《しび》れた頭を、眼の眩《くら》む程グワングワンと揺す振られるのが、彼には寧《むし》ろ小気味のよい、一種痛烈な快感を覚えさせた。

六月の末の、降り続いた霖雨《りんう》*が珍しく晴れ渡った或《あ》る日であった。四五日前から特に容態が険悪になった妹は、朝の七時に勤め先へ出て行こうとする父親を呼び止めて、

「お父《とう》ちゃん、何だか私《あたい》、今日は淋しくって仕様がないから何処へも行かずに居ておくんな。ねえお父《とう》ちゃん。」

と、例になく悲しい声で甘えるように云った。章三郎に罵《ののし》られる程生意気であった病人は、その頃めっきり気力が衰えて、七つ八つの子供時代の愚かさに復《かえ》って居た。晩

になると、独りで寝るのが嫌《いや》だと云って、父親の瘦《や》せた腕《かいな》に抱かれて眠った。彼女は父親に抱かれてさえ居れば、よもや死ぬ事はあるまいと信じて居るようであった。

「お父《と》っさん、お富が淋しいって云うんだから、今日は休んでおやんなさいよ。」

と、母も娘の尾に附いて、眼《め》くばせをしながら父に云った。

「それじゃあお父つぁんは店を休んで、一日内に居て上げよう。」

父は優しく云う事を聴いて、締めかけた前掛の紐《ひも》を解いた。

前の日の夕方から蠣殻町の待合に泊って居た章三郎は、どん*の鳴る時分に眼を覚ますと、相手の女はもう座敷には見えなかった。

「はてな、事に依《よ》ると今夜あたり妹が死ぬのじゃないか知らん。」

ふと、こんな考えが彼の胸に浮かんだ。そうして不思議にも、その考えは長く長く彼の心に蟠《わだか》まって、蠅《はえ》の群がるようにもやもやと拡《ひろ》がって行った。「虫が知らせる、」とか「胸騒ぎがする、」とか、俗に世間で云う言葉は、かかる場合の心持ちを形容するのではあるまいかと彼は思った。遂《つい》には妹の今夜死ぬ事が、もう予《あらかじ》め知れ渡った、疑うべからざる事実のようにさえ感ぜられた。

彼は妹の病気に就いて、一度も兄らしい心配をした事もないのに、やはり血筋の縁があって「虫が知らせる」のかと思うと、何だか苦々しい心地がした。自分と彼女との肉身の関係を、それ程根柢《こんてい》の深いものとは、どうしても信じたくなかったのである。午後の一時頃に、勘定を済ませて待合の門口を出た章三郎は、まだ懐《ふところ》に残って居る二円の金を、何とかしてその日のうちに使ってしまわねば気が済まなかった。

「酒だ、酒だ、酒さえ飲めば胸騒ぎが鎮《しず》まってしまうんだ。」――彼はふらふらと人形町のビーヤホールの暖簾《のれん》を潜《くぐ》った。ウヰスキイだの正宗だのを立て続けに煽《あお》りつけて、舌の爛《ただ》れるような熱い洋食を三皿ばかり平げて、陶然として表へ出ると、日中の太陽が酔いどれの娼婦の吐息の如くじりじりと彼の項《うなじ》を照り付けた。彼は危く眩暈《めまい》を感じて倒れそうになったが、しかし好い塩梅《あんばい》に、もう胸騒ぎはしなくなって居た。

「そうだ、これから浅草へ行こう。浅草へ行って活動写真を見て帰ろう。面白いな。……………」

と、彼は大きな声で独《ひと》り語《ごと》を云った。

その晩、章三郎が八丁堀の家の前へ戻って来たのは、九時頃であった。格子《こうし》を明けると、

「章三郎かい、早くおいで、早くおいでよう!」

と、母の潤《うる》んだ声が云った。

狭い六畳の部屋の中に、両親を始め日本橋の親戚の男や女がギッシリと詰まって、脂《あぶら》汗《あせ》の湧《わ》く蒸し暑さを堪《こら》えながら、病人の枕許《まくらもと》を取り巻いて居た。

「お富ちゃんや、お富ちゃんや、兄さんが帰って来ましたよ。」

嫁入前の、花やかな高島田に結った娘のお葉が、病人の耳元へ口をつけて云った。

「しかし不思議なもんだねえ。いつも帰りが遅いのに、今夜に限って章三郎が早く帰って来るなんて、………」

こう云いながら、母は真赤な眼の縁《ふち》を擦《こす》った。

病人にはそれ等の話がよく聞き取れるらしかった。が、もう唇《くちびる》が硬張《こわば》ったのか一と言も物を云う事は出来なかった。彼女は唯《ただ》、賢い犬のように瞳《ひとみ》を上げて、じっと章三郎の顔を見入った。

「お富、お富、なんでお前は己《おれ》をそんなに睨《ね》めるのだ。この間己がお前を叱《しか》ったのは、ほんの一時の腹立ち紛れに過ぎないのだ。どうぞそんなに睨まないで、もう好い加減に免《ゆる》してくれ。己はお前の兄じゃないか。己だって今日は胸騒ぎがしたのだ。………」

兄は心でこう云って、熟柿《じゅくし》臭い酒の匂《におい》を、重い溜息《ためいき》と一緒に洩《も》らした。

「ねえお父《とっ》つぁん、もう一遍芳川さんに注射して貰《もら》いましょうか。」

と、母が云った。

「そうよなあ、して貰うなら貰ってもいいが、どうせ同《おん》じ事《な》じゃねえか。章三郎も帰って来たし、みんな揃《そろ》って居るんだから心残りはありゃあしめえ。無理な事をして生かして置くだけ、却《かえ》って当人が可哀《かわい》そうだ。」

こう云った父の口元には、ひッつりのような笑いが見えた。

遣《や》る瀬《せ》ない、呼吸の詰まるような苦しい時が、無言の儘《まま》一時間ばかり過ぎて行った。

突然、病人の唇は蛞蝓《なめくじ》の蠢《うごめ》くような緩やかな蠕動《ぜんどう》を起した。

「かあちゃん、………あたい糞《うん》こがしたいんだけれど、このましてもいいかい。」

「ああいいともいいとも、その儘おしよ。」

母は我が子の最後の我が儘を、快く聴き入れてやった。

暫《しば》くの間、病人はハッキリ意識を回復して、左右の人々にぽつりぽつりと言葉をかけた。

「あああ、あたいはほんとに詰まらないな。十五や十六で死んでしまうなんて、………だけど私《あたい》は苦しくも何ともない。死ぬなんてこんなに楽な事なのか知ら………」

一座は哲人の教えを聴かされて居るように、堅唾《かたず》を呑《の》んで耳を澄ました。その言葉こそ、今肉体から離れて行こうとする霊魂の、断末魔の声であった。それが終ると、次第に病人は息を引き取った。

「なんだなあ、病人と云う者はよく死ぬ時にシャックリをするけれど、この子はちっともしなかったなあ。芝居なんぞでもシャックリをして見せるもんだが……」

父は不審そうに臨終の様子を眺《なが》めて云った。死んだ体はまだ微《かす》かに動いて居た。もくもくと肩の筋肉を強直《ごうちょく》させて、唇の間から、葉牡丹《はぼたん》のように色の褪《さ》めた舌を垂らした。不意に、母親がだらしのない、大きな声でわいわいと泣きかけたが、父親に激しくたしなめられて袂《たもと》を口に咥《くわ》えながら、屍骸《しがい》の傍《そば》に打ち俯《ふ》してしまった。

それから二た月程過ぎて、章三郎は或る短篇の創作を文壇に発表した。彼の書く物は、当時世間に流行して居る自然主義の小説とは、全く傾向を異にして居た。それは彼の頭に醱酵《はっこう》する怪しい悪夢を材料にした、甘美にして芳烈なる芸術であった。

二人の稚児《ちご》

二人の稚児《ちご》は二つ違いの十三に十五であった。年上の方は千手丸《せんじゅまる》、年下の方は瑠璃光《るりこう》丸《まる》と呼ばれて居た。二人は同じように、まだ頑是《がんぜ》ない時分から女人禁制《にょにんきんぜい》の比叡《ひえい》の山に預けられて、貴い上人《しょうにん》の膝下《ひざもと》で育てられた。千手丸は近江《おうみ》の国の長者の家に生れたのだそうであるが、或《あ》る事情があって、この宿房へ連れて来られたのは四つの歳《とし》のことである。瑠璃光丸は某《それがし》の少納言の若君でありながら、やはり何かの仔細《しさい》があって、ようよう乳人《めのと》の乳を離れかけた三つの歳に、都を捨てて王城鎮護の霊場に托《たく》せられたのである。二人は勿論《もちろん》、そう云うはなしを誰からともなく聞かされては居るものの、自分たちに明瞭《めいりょう》な記憶があるのでもなく、たしかな証拠があると云う訳でもない。自分たちには父もなく母もなく、ただこれまでに丹精して養うて下された上人を親と頼み、仏の道に志すより外はないと思って居た。

「お前たちは、よくよく仕合せな身の上だと思わなければなりませぬぞ。人間が親を恋い慕うたり、故郷に憧《あこが》れたりするのは、みな浅ましい煩悩《ぼんのう》*の所業であるのに、山より外の世間を見ず、親も持たないお前たちは、煩悩の苦しみを知らずに生きて来られたのだ。」と、折々上人から諭《さと》されるにつけても、二人は自分たちの境遇の有り難さを、感謝せずには居られなかった。上人のような高徳の聖《ひじり》でさえ、この山へ逃げて来られる以前には、有りと有らゆる浮世の煩悩に苦しめられて、その絆《きずな》を断ち切るまでに、長い間の観行《かんぎょう》*を積まれたのだそうである。まして上人のお弟子の中には、朝夕経文の講釈を聴きながら、未《いま》だに煩悩を絶やす事が出来ないのを、歎《なげ》いて居る者が多勢あると云う。二人は世の中を知らないお蔭《かげ》で、それほど恐ろしい煩悩と云う悪病に、罹《かか》らずに済んでしまうのである。煩悩を滅せば、やがて菩提《ぼだい》の果*を証することが出来ると云うその煩悩を、始めから解脱《げだつ》して居る自分たちは、近いうちに稚児髷《ちごまげ》を剃《そ》り落して戒律を受けたなら、必ず師の御坊にも劣らぬような貴い出家になれるであろうと、それを楽しみに日を送っていた。

けれども二人は、子供らしい無邪気な好奇心から、煩悩の苦しみとやらに充《み》ちて居る浮世*と云うものがどんな忌《い》まわしい国土であるか、其処《そこ》に住みたいとは願わぬまでも、それについていろいろの想像を廻《めぐ》らして見る事はあった。上人を始め多くの先達《せんだち》*の話に依《よ》れば、この穢《けが》らわしい世の中で、西方浄土《さいほうじょうど》の俤《おもかげ》を僅《わず》かに伝えて居るところは、自分たちの居る山だけだそうである。山の麓《ふもと》から四方へひろがって、青空の雲につづいて居るあの広い広い大地、——あの大地こそは、経文のうちにまざまざと描かれて居る五濁《ごじょく》*の世界であると云う。二人は四明《しめい》が岳の頂きから、互に自分の故郷だと聞かされている方角を瞰《み》おろしては、たわいのない夢のような空想を浮べずには居られなかった。或る時千手丸は近江の国を眺《なが》めやって、うす紫の霞《かすみ》の底に輝いて居る鳰海《におのうみ》*を指《ゆび》さしながら、

「ねえ瑠璃光丸、あすこが浮世だと云うけれども、そなたは彼処《あすこ》をどんな土地だと思うて居る。」

と、兄分らしいませた口調で、もう一人の稚児に云った。

「浮世は塵埃《ちりほこり》にまみれた厭《いや》な所だと聞いて居るが、此処《ここ》から見ると、あの湖の水の面《おもて》は、鏡のように澄んで居る。そなたの眼《め》にはそう見えないだろうか。」

瑠璃光丸は、そんな愚かな質問をして、年上の友に笑われはせぬかと危ぶむように、恐る恐る云った。

「だが、あの美しい水の底には恐ろしい竜神《りゅうじん》が棲《す》んで居るし、湖の縁《ふち》にある三上山《みかみやま》と云うところには、その竜よりももっと大きい蜈蚣《むかで》が棲んで居る事を、そなたは多分知らないのだろう。山の上から眺めると浮世はきれいに見えるけれども、降りて行ったらそれこそ油断のならぬ土地だと上人が仰《お》っしゃったのは、きっとほんとうに違いない。」

こう云って、千手丸は口元に悧巧《りこう》そうな笑みを洩《もら》した。

或る時は瑠璃光丸が、遥《はる》かな都の空を望んで、絵図をひろげたような平原に、蜿蜒《えんえん》と連なって居る王城の甍《いらか》をさし示しながら、

「ねえ千手丸、あすこも浮世に違いないが、彼処には、この寺の薬師堂や大講堂にも劣らない、立派な楼閣《ろうかく》がありそうに見えるではないか、そなたはあの人家を何だと思う。」

と、不審らしく眉《まゆ》をひそめた。

「あすこには、日本国を知ろしめす皇帝の御殿がある。浮世のうちでは、彼処が一番浄《きよ》く貴い住まいなのだ。しかし人間があの御殿に住まえるような、十善の王位*に生れるには、前世にそれだけの功徳《くどく》を積まなければならないのだ。だからわれわれは、やっぱりこの山で修業をして、今生に出来るだけの善根を植えて置かなければなるまいぞ。」

こう云って、千手丸は年下の児を励ました。

だが、励ます方も、励まされる方も、これだけの問答では、容易に好奇心を満足させる訳には行かなかった。上人の仰《おお》せに従えば、浮世は幻に過ぎないと云う。山の上から眺めた景色が、たとい美しそうに見えても、ちょうど水の面に映って居る月の光のようなもので、影に等しく泡《あわ》に等しいものであると云う。――「あの、尾上《おのえ》の雲を

見るがよい。遠くから眺めると雪のように清浄で、銀のようにきらきらと輝いて居るが、あの雲の中へ這入《はい》って見ると、雪でもなく銀でもなく、濛々《もうもう》とした霧ばかりである。お前たちは、この山の谷底から湧《わ》き上る雲の中に包まれた覚えがあろう。浮世はその雲と同じことだ。」——こう云って説明されると、成る程それで分ったような気はするが、やはり何となく物足りなかった。二人が分けても物足りなく感じたのは、浮世に住んで居る人間の一種で、総《す》べての禍《わざわい》の源《みなもと》とされている女人《にょにん》と云う生物《いきもの》を見たことのない事であった。

「麿《まろ》*がこの山へ登ったのは、三つの歳であったそうだが、そなたは四つになるまで在家《ざいけ》*に居たと云うではないか。そんなら少しは浮世の様子を覚えて居てもよさそうなものだ。外の女人は兎《と》に角《かく》として、母者人《ははじゃひと》*の姿なりと、頭に残っては居ないか知らん。」

「まろは時々、母者人の俤を想《おも》い出そうと努めて見るが、もうちっとで想い出せそうになりながら、うすい帳《とばり》に隔てられて居るようで、慳《じ》れったい心地がする。まろの頭にぼんやり残って居るものは、生暖《なまあたたか》いふところに垂れて居た乳房の舌ざわりと、甘ったるい乳の香《かおり》ばかりだ。女人の胸には、男の体に備わって居ない、ふっくらとふくらんだ、豊かな乳房があることだけはたしからしい。ただそれだけがおりおりおもい出されるけれども、それから先は、まるきり想像の及ばない、前世《さきのよ》の出来事のようにぼやけて居る。……」

夜になると、上人のお次の部屋に枕《まくら》を並べて眠る二人は、こんな工合にひそひそ話をするのであった。

「女人は悪魔だと云うのに、そんな優しい乳房があるのは不思議ではないか。」

こう云って瑠璃光丸が訝《あや》しめば、

「成る程そうだ、悪魔にあんな柔かい乳房がある訳はない。」

と、自分の記憶を疑うように、千手丸も首をかしげる。

二人は幼い頃《ころ》から習い覚えた経文に依って、女人と云うものが如何《いか》に獰悪《どうあく》な動物であるかを、よく知って居る筈《はず》であった。しかし女人が、いかなる手段で、いかなる性質の害毒を流す物であるかは、殆《ほとん》ど推量する事が出来なかった。「女人最為二悪難《にょにんはもっともあくなんをなすこと》一。《いちなり》縛着牽レ人入二罪門一《ばくじゃくしてひとをひいてざいもんにいる》」と云う優塡王経《うてんおうきょう》の文句だの、「執レ剣向レ敵猶可レ勝《けんをとりてきにむかうはなおかつべし》、女《にょ》賊害レ人難レ可レ禁《ぞくひとをそこなうはきんずべきことかたし》」と云う智度論《ちどろん》の文句から察すれば、女人は男子を高手小手に縛《いまし》めて、恐ろしい所へ曳《ひ》き摺《ず》って行く盗賊のようにも考えられた。けれども又、「女人は大魔王なり、能《よ》く一切の人を食う。」と、涅槃経《ねはんぎょう》に説かれた言葉に従えば、虎《とら》や獅子《しし》より更に巨大な怪獣のようでもあった。「一たび女人を見れば、能く眼の功徳を失う。縦《たと》い大蛇《だいじゃ》を見るといえども、女人をば見るべからず。」と、宝積経《ほうしゃくきょう》に書いてあるのが本当であるとしたら、山奥に棲む蟒《うわばみ》のように、あの体から毒気を噴き出す爬《は》虫類《ちゅうるい》でもあるらしかった。千手丸と瑠璃光丸とは、さまざまの経文の中から、女人に関する新しい記事を捜して来ては、それを互に披露《ひろう》しあって、意見を闘わすのであった。

「そなたも麿《まろ》も、その恐ろしい女人を母に持って、一度は膝に掻《か》き抱かれた事もあるのに、こうして今日《きょう》まで恙《つつが》なく育って来た。それを思うと、女人は猛獣や大蛇のように、人を喰《く》い殺したり毒気を吐いたりする物ではないだろう。」

「女人は地獄の使なりと、唯識論《ゆいしきろん》に書いてあるから、猛獣や大蛇よりも、もっとすさまじい形相《ぎょうそう》を備えて居るのだろう。われわれが女人に殺されなかったのは、よほど運が好《よ》かったのだ。」

「だが、」

と、千手丸は相手の言葉を遮《さえぎ》って云った。

「そなたは唯識論の、その先の方にある文句を知っているか。女人地獄使《にょにんじごくし》、永断仏種《ようだんぶちしゅ》子《し》、外面似菩薩《げめんじぼさち》、内心如夜叉《ないしんにょやしゃ》、——こう書いてある所を見ると、たとい心は夜叉のようでも、面《おもて》は美しいに相違ない。その証拠には、この間都から参詣《さんけい》に来た商人《あきゅうど》が、うっとりと麿の顔を眺めて、女子《おなご》のように愛らしい稚児だと独《ひと》り語《ごと》を云うたぞや。」

「まろも先達《せんだち》の方々《かたがた》から、そなたはまるで女子《おなご》のようだと、たびたびからかわれた覚えがある。まろの姿が悪魔に似て居るのかと思うと、恐ろしくなって泣き出した事さえあるが、何も泣くには及ばない、そなたの顔が菩薩のように美しいと云うことだと、慰めてくれた人があった。まろは未だに、褒《ほ》められたのやら誹《そし》られたのやら分らずに居る。」

こうして話し合えば話し合うほど、ますます女人の正体は、二人の理解を越えてしまうのであった。

大師《だいし》結界《けっかい》の霊場*とは云いながら、この山の中にも毒ある蛇《へび》や逞《たくま》しい獣は棲んで居る。春になれば鶯《うぐいす》が啼《な》いて花が綻《ほころ》び、冬になれば草木が枯れて雪が降るのは、浮世と少しも変りがない。只《ただ》異なって居るのは女人と云う者が一人も居ない事だけである。それほど仏に嫌《きら》われて居る女人が、どうして菩薩に似て居るのだろう。それほど容貌《ようぼう》の美しい女人が、どうして大蛇よりも恐ろしいのだろう。

「浮世が幻であるとしたら、女人もきっと美しい幻なのだ。幻なればこそ、凡夫はそれに迷わされるのだ。ちょうど深山《みやま》を行く旅人が、狭霧《さぎり》の中に迷うように。」

いろいろ考え抜いた末に、二人はこう云う判断に到達した。美しい幻、美しい虚無、――それが女人と云うものであると、否《いや》でも応でも決めてしまわなければ、二人の理性はどうしても満足を得られなかった。

年下の瑠璃光丸の好奇心は、恰《あたか》も幼児がお伽噺《とぎばなし》の楽園を慕うような、淡い気紛《きまぐ》れなものであったが、年上の千手丸の胸に蟠《わだかま》って居るものは、好奇心と云う言葉では表わせないほどに強かった。夜な夜な彼と向い合って、すやすやと熟睡する瑠璃光丸の無心な寝顔を眺めては、自分ばかりが何故《なにゆえ》こうまで頭を悩ますのであろうと、彼は他人の無邪気さを羨《うらや》まずには居られなかった。そうしてたまたま眼を潰《つぶ》れば、眼瞼《まぶた》のうちに種々雑多な女人の俤がありありと浮かんで、夜もすがら彼の眠《ねむり》を騒がせる。或る時は三十二相を具足する*御仏《みほとけ》の姿となって、紫磨金《しまごん》*の光の中に彼を抱擁するかと見たり、或る時は阿鼻地獄《あびじごく》*の獄卒の相を現じて、十八本の角の先から燃え上る炎の舌で、刹那《せつな》に彼を焼き殺すかと見たりする。そうして、悪夢に魘《うな》されてびっしょりと冷汗を掻き、瑠璃光丸に呼び醒《さ》まされて、蓐《しとね》の上に飛び起きる事などもある。

「そなたは今しがた、妙な譫語《うわごと》を口走って呻《うな》って居た。何ぞ物怪《もののけ》にでも襲われたのか。」

こう云って尋ねられると、千手丸は耻《はず》かしそうに項《うなじ》を垂れて、

「まろは女人のまぼろしに責められたのだ。」

と、声をふるわせて答えるのである。

日を経るままに、だんだん子供らしい快活と単純とが、千手丸の素振や表情から失われて行った。隙《ひま》さえあれば、彼はこっそり瑠璃光丸の目を盗んで、大講堂の内陣に佇《たたず》みながら、観世音*や弥勒《みろく》菩薩*の艶冶《えんや》な尊容に、夢見るような瞳《ひとみ》を凝らしつつ、茫然《ぼうぜん》と物思いに耽《ふけ》って居た。そう云う折に、彼の頭を一杯に塡《うず》めて居るものは、唯識論の「外面似菩薩」の一句であった。内心は夜叉に等しいにもせよ、又その姿は幻に過ぎないにもせよ、この山の数多《あまた》の堂塔におわします諸菩薩のような人間が、世の中に生きて居るとしたら、どんなに端麗な、どんなに荘厳なものであろう。こう考えると、女人に対する恐怖の念はいつの間にか消滅して、跡に残るのは怪しい憧れ心地であった。薬師堂、法華堂《ほっけどう》、戒壇院、山王院、――彼は山内到《いた》るところの堂宇をさまようて、其処に安置してある本尊だの、脇士《わきじ》*だの、楣間《びかん》を飛颺《ひよう》する天人の群像*だのを、飽かずに眺め入りながらうとうとと日を送った。もうこの頃では、年下の児を相手にして、女人の噂《うわさ》などを語り合おうともしなかった。「女人」の二字を口にするのが、瑠璃光丸には何でもない事のように思われるのに、彼には不思議に罪の深い悪事であるように感ぜられて来た。

「自分はなぜ、瑠璃光丸のような無邪気な態度で、女人の問題を扱おうとしないのだろう。眼には尊い御仏の像を拝みながら、なぜ心には浅ましい女人の影が浮ぶのだろう。」

ひょっとしたら、これが煩悩《ぼんのう》と云うものではないかしらん。――そう気が付くと、彼は身の毛のよだつような心地がした。山の上には煩悩の種がないと云う、上人のお言葉を頼みにしては居るものの、自分はいつしか煩悩の囚人《とりこ》となって居るのではあるまいか。いっそのこと、彼は日頃の胸中の悶《もだ》えを、上人に打ち明けて見ようかとも思ったが、「たやすく人に打ち明けてはなるまい。」と、絶えず耳元でささやく声が聞えて居た。その悶えは苦しいと同時に甘かった。ただ何となく、大切に蔵《しま》って置きたいようなものであった。

千手丸が十六になり、瑠璃光丸が十四になった歳の春であった。東塔をめぐる五つの谷には山桜が咲き乱れて、四十六坊をつつむ青葉若葉に、梵鐘《ぼんしょう》の響きが蒸されるような、鬱陶《うっとう》しい、ものうい陽気が続いた。或る日の明け方、二人は上人の仰せをうけて、横川《よかわ》＊の僧正の許《もと》へ使いにやられた帰り路《みち》に、人通りの稀《まれ》な杉の木蔭に腰をおろして、暫《しばら》く疲れを休めて居た。千手丸はおりおり深い溜息《ためいき》をつきながら、兜率谷《とそつだに》の底から立ちのぼる朝靄《あさもや》の、尾上の雲にながれて行くさまを、一心に視《み》つめて居たが、ふと、

「そなたはさぞ、ちかごろの磨の様子を不審に思って居やるだろう。」

こう云って、にこりともせずに年少の友の方を振りかえった。

「……まろはそなたと浮世の話をし合ってから、女人の事が気にかかって、明け暮れこのように悩んで居る。まろはゆめゆめ、女人に会いたいと思うのではないけれど、耻かしいことには、如来《にょらい》の尊像の前に跪《ひざまず》いて、いくら祈願を凝らしても、女人の俤《おもかげ》が眼の先にちらついて、片時も仏を念ずる隙がない。何と云う呆《あき》れ果てた人間になったのだろう。……」

瑠璃光は驚いて、千手の頰《ほお》から流れ落ちる涙を見た。泣いて居るからには、千手は定めし真面目《まじめ》なのであろう。それにしても、女人の問題がどうして彼にこれほどの苦悶《くもん》を与えるのか、その理由が瑠璃光には分らなかった。

「そなたはまだ、出家をするのに一二年間《ま》があるが、まろはことし得度《とくど》するのだと、上人《しょうにん》が仰《お》っしゃっていらしった。だが、この忌《い》まわしい根性が直らぬうちは、菩提《ぼだい》の道へ志したとて何の効《かい》があろう。たとい六波羅密《ろくはらみつ》*を修し、五戒*を守っても、頭の中の妄想《もうそう》が一期《いちご》の障《さわ》り*となって、まろは永劫《えいごう》に、輪廻《りんね》*の世界から逃れる事は出来ないだろう。成る程女人は、虚空《こくう》にかかる虹《にじ》のような、仮の幻であるかも知れない。しかしわれわれのような愚かな凡夫が、虹をまぼろしと悟るのには、有り難い説教を聴くよりも、いっそ雲の中へ這入《はい》って見た方が、容易に合点が行くものだ。それ故《ゆえ》まろは、出家をする前に一遍そっと山を下って、女人と云うものを見て来ようと決心した。そうしたらきっと幻の意味が分って、立ちどころに妄想が消え失《う》せるに違いない。」

「そんな事をして、上人に叱《しか》られはしないだろうか。」

迷いの雲を打ち払う為めに、女人の正体を究めに行くと云う千手の決心は、いかにもいじらしい。けれども瑠璃光には、たった一人の友を恐ろしい浮世へ放してやるのが、心もとなく感ぜられた。琵琶《びわ》の湖の竜神だの、三上山の蜈蚣《むかで》だのが、出て来たらどうする気だろうか。女人に手足を縛られて、真暗な穴ぐらへ曳《ひ》き込まれはしないだろうか。万一生きて帰って来ても、「わしが許すまで山を下りてはなりませぬ。」と、厳しく警《いまし》められた上人の掟《おきて》を破って、再び山に住むことが出来るだろうか。

「浮世には無数の厄難《やくなん》が待ち構えて居る事は、勿論《もちろん》覚悟して居るのだ。猛獣の牙《きば》にかかり、盗賊の刃《やいば》に脅やかされるのも、仏法修行の一つではないか。過《あや》まって命を落しても、こうして煩悩に苦しめられて居るよりは、増しではないか。それに先達《せんだち》の話では、都はここから僅《わず》かに二里の道のりで、朝早く山を下れば、昼少し過ぎには帰って来られると聞いて居る。都へ行くのが遠ければ、麓《ふもと》の坂本の宿《しゅく》へ降りても、女人を見ることは出来るそうな。たった半日上人の眼《め》を掠《かす》めれば、まろの望みは遂げられるのだ。よしや後になって露顕しても、悟りの道の妨げになる疑惑を晴らす事が出来たら、必ず上人も喜んで下さるに極《き》まって居る。そなたが案じてくれるのは忝《かたじけな》いが、どうぞ止めずに置いてくれ。まろの決心は堅いのだ。」

千手はきっぱりと云い切って、脚下《あしもと》に展《ひら》けて居る琵琶湖の水面の、暁の霧の中を滑るように昇って行く日輪を眺《なが》めながら、

「幸い今日は又とない好い折だ。これから出かければ未の刻*には帰って来られる。無事で戻ったら、今宵《こよい》はそなたに珍しい浮世の話を語って進ぜよう。それを楽しみに待って居るがよい。」

と、瑠璃光の肩へ手をかけて、宥《なだ》め賺《すか》すようにした。

「そなたが行くなら、まろも一緒につれて行ってくれ。」

こう云って、今度は瑠璃光が泣いた。

「恙《つつが》なく帰って来られればよいが、たとい半日の旅にもせよ、そなたの身に若《も》しもの事があったら、いつの世に再び会えるだろう。命を捨てても厭《いと》わないと云うそなたと、今ここで別れるような不人情な真似《まね》は出来ない。まして上人にそなたの行くえを尋ねられたら、まろは何と云って答えたらよいだろうか。どうせ叱られるくらいなら、そなたと一緒に山を出て見たい。そなたの為めに修行になるなら、まろの為めにも修行になるに極まって居る。」

「いやいや、妄想の闇《やみ》に鎖《とざ》されたまろの心と、そなたの胸の中とは、雪と墨ほどに違って居る。浄玻璃《じょうはり》*のように清いそなたは、わざわざ危険を冒して、修行をするには及ばないのだ。そなたの体に間違いがあったら、それこそ麿《まろ》は上人へ申し訳がないではないか。面白い所へ出掛けるのなら、そなたを捨てて行きはしない。浮世はどんなにいやらしい、物凄《ものすご》い土地なのか、運よく命を完《まっと》うして帰って来たら、まろの迷いの夢もさめて、きっとそなたに委《くわ》しい話をして聞かすことが出来るだろう。そうすればそなたは、自分で浮世を見るまでもなく、幻の意味が分るようになるのだ。だから大人しく待って居るがよい。もし上人がお尋ねになったら、山路に蹈《ふ》み迷って、まろの姿を見うしなったと云って置いてくれ。」

それでも千手は、名残惜しそうに瑠璃光の傍へ寄って、長い間頰擦《ほおず》りをした。物心がついてから一度も離れた例《ためし》のない友と山とに、ちょいとでも別れるのが辛《つら》いようでもあり勇ましいようでもあった。彼の感情は、始めて戦場へ出る士卒の興奮によく似て居た。実際死ぬかも知れないと云う懸念《けねん》と、功を立てて凱旋《がいせん》したらと云う希望とが、小さな胸に渦《うず》を巻いた。

二日立っても三日立っても、千手は帰って来なかった。谷へでも落ちて死んだのではあるまいかと、同宿の人々が八方へ手分けをして、山中を残らず捜し廻《まわ》っても、彼の姿は見えなかった。

「上人さま、わたくしは悪い事をいたしました。先日わたくしは上人さまへうそを申したのでございます。」

こう云って、瑠璃光丸が上人の前に手をつかえて、生れて始めて不妄語戒《ふもうごかい》を犯した事を懺悔《ざんげ》したのは、千手が居なくなってから、十日程過ぎた後であった。

「横川から帰る道すがら、千手どのを見失ったと申したのは譃《うそ》でございます。千手どのはもうこの山には居《お》りませぬ。たとい人に頼まれたとは云え、心にもない偽りを申したのは、わたくしが悪うございました。どうぞお許し下さりませ。なぜわたくしはあの時に、千手どのを止めなかったのでございましょう。」

そう云いながら、瑠璃光丸は畳へひれ伏してくやし泣きに身を悶《もだ》えた。

自分が兄とも頼んで居た千手丸は、今ごろ何処《どこ》をうろついて居るだろう。いかなる野末の草に寝《い》ね、露に濡《ぬ》れて居るだろう。半日のうちに戻って来ると、あれ程堅く云い残した言葉を思えば、きっと何か変事があったに相違ない。この上は徒《いたず》らに山内を捜索するより、浮世を隈《くま》なく調べて貰《もら》いたい。そうして幸いに生き長らえて居たら、一刻も早く救い出して貰いたい。――瑠璃光丸はそう決心して、叱られる事を覚悟しながら、千手が山を降りた動機を、包まず上人に白状したのであった。

「一旦《いったん》浮世へ出て行ったからには、大海の中へ石ころを投げたも同然。千手の体は、もうどうなったか分りはせぬ。」

上人は少年に対して威厳を示す為めに、ことさら眼をつぶって息を吸い込むようにして、考え深い口調で云った。

「それにしても、お前は妄想に迷わされずによく山に残って居た。年は下でも、お前と千手とは幼い時分から機根*が違って居た。――さすがに血と云うものは争われない。」

千手丸は百姓上りの長者の忰《せがれ》、瑠璃光丸はやんごとない殿上人《てんじょうびと》*の種である。「血と云うものは争われない。」と云う文句は、二人の器量や品格が比較される度毎《たびごと》に、以前から屢々《しばしば》人の口の端《は》に上って、瑠璃光の耳にも響いて居たが、それを上人から聞かされるのは今日が始めてであった。

「ほしいままに掟《おきて》を破って、山を脱《ぬ》け出るとは憎い奴《やつ》だが、そんな愚かな真似をした罰で、憂《う》き目を見て居るだろうと思うと、不便《ふびん》にも感ぜられる。今ごろは犬に食われたか賊に淩《さら》われたか、恐らく無事で生きては居まい。もうこの世にはいないものとあきらめて、冥福《めいふく》を祈ってやるとしよう。それにつけてもお前は決して煩悩を起してはなりませぬぞ。千手丸がよい見せしめだ。」

こう云って上人は、悧発《りはつ》らしい、くりくりとした瑠璃光の眼の球を覗《のぞ》きながら、「何と云う賢い児だろう。」と云わぬばかりに、その背筋を撫《な》でてやった。

毎晩瑠璃光はたった一人で、上人のお次の部屋に寝なければならなくなった。別れる時に、「では直《じ》き帰って来る。」と云い捨てて、人目にかからぬように、わざと往き来の淋《さび》しい崎嶇《きく》たる岨道《そばみち》*を、八瀬《やせ》の方へ辿《たど》って行った千手丸の後姿が、夜な夜な彼の夢の中で、小さく小さく遠くへ消えた。今になって考えれば、見す見す命を落す事に極まって居たものを、無理にも断念させなかったのは、自分にも罪があるような気がするけれども、あの折自分が一緒に行ったら、どんな禍《わざわい》が待って居ただろうと思うと、彼は己れの幸運を祝福せずには居られなかった。

「これと云うのも、自分には御仏の冥護《みょうご》が加わって居たのだ。自分は飽くまでも上人の仰《おお》せを守り、行く末高徳の聖《ひじり》になって、必ず千手丸の菩提を弔ってやろう。」

そう繰り返して、瑠璃光は心に誓った。果して自分が、上人から褒《ほ》められたほどの鋭い機根を備えて居るなら、いかなる難行苦行にも堪えて、遂《つい》には真如法界《しんにょほっかい》*の理《ことわり》を悟り、妙覚*の位を証する事が出来るに違いない。——こう思うだけでも、けなげな彼の頭の中には、信仰の火が燃え上るように感ぜられた。

やがてその年の秋が来た。千手が山を下ってから既に半年の月日が過ぎた。満山の蟬《せみ》しぐれがうら悲しい蜩《ひぐらし》*の声に代り、やがて森の梢《こずえ》がそろそろ黄ばみ始めた時分である。瑠璃光丸は或《あ》る日ゆうべの勤行《ごんぎょう》を終って、文殊楼《もんじゅろう》の前の石段を、宿院の方へ降りて行くと、

「もし、もし、あなたさまは瑠璃光丸さまと仰っしゃいますか。」

こう云って、あたりを憚《はばか》るように、石段の上から小声で呼びかける者があった。

「わたくしは山城《やましろ》の国の深草《ふかくさ》の里から、主《あるじ》の使で、あなたさまをお尋ね申して参りました。この文を私からあなた様へ、直き直きにお渡し申すように、云い付かって居《お》るのでございます。」

男は楼門の蔭《かげ》に身を隠して、袂《たもと》の裏に忍ばせてある文の端を、何か曰《いわ》くがありそうにちらりと示しながら、頻《しき》りにぺこぺこお時儀《じぎ》をして瑠璃光をさしまねいた。

「――――こう申しただけではお分りになりますまいが、くわしい訳はこれにしたためてございます。この文を、成るべく人目にかからぬように御覧に入れて、是非御返事を伺って参れと云う、主の申し付けでございます。」

瑠璃光は、いやしい奴《ぬ》僕《ぼく》の風俗をした、二十《はたち》あまりの薄髯《うすひげ》のある男の顔を、胡散《うさん》らしく見守って居たが、何心なく受け取った文の面に眼を落すと、

と、我を忘れて叫ばずには居られなかった。その甲高《かんだか》い調子を、男は制するようにして言葉を続けた。

「おお、千手どのの手だ。」

「さようでございます。よく覚えて居て下さいました。その文の主《ぬし》は、あなたさまと仲好《なかよ》しであった千手丸さま、今の私のあるじでございます。ことしの春、山を降りると程なく恐ろしい人買いに浚《さら》われて、長い間いたましい思いをなさいましたが、未《いま》だに御運が尽きなかったのでございましょう、ちょうど二た月ばかり前に、深草の長者の許《もと》へ下男に売られたのが縁となって、あの優しいみめかたちを長者の娘に見初《みそ》められて、今ではその家の聟《むこ》になり、何不足ない羨《うらや》ましい御身分におなりなさいました。ついてはいつぞやの御約束通り、浮世の様子をあなた様へお知らせ申したく、この文を持参いたしたのでございます。浮世は決して、山の上で考えて居たような幻でもなく、恐ろしい所でもない。女人と云うものは、猛獣や大蛇《だいじゃ》などに似ても似つかない、弥生《やよい》の花＊よりもきらびやかで、御仏のように情深いものだと云うことが、こまごまと書いてある筈《はず》でございます。千手丸さまは、長者の娘ばかりか多くの女人に恋い慕われて、明日《あす》は神崎《かんざき》、きょうは蟹島《かにじま》、江口《えぐち》＊と云うように、処々方々を浮かれ歩いて、二十五菩薩《ぼさつ》＊よりもうるわしい遊女の群《むれ》にかしずかれながら、春の野山を狂い飛ぶ蝶々《ちょうちょう》のような、楽しい月日を送っておいでになるのでございます。かほどに面白い浮世とも知らずに、わびしく暮らしておいでになるあなた様の御身の上を考えると、お気の毒でなりませんので、成ろう事ならそっと深草の里へお迎え申して、昔のよしみにこの仕合わせを分けて上げたいと、かように主人は申して居ります。私がお見受け申しても、あなた様は千手丸さまにも勝った美しい、愛らしいお稚児《ちご》でいらっしゃるのに、こう云う山の中でお果てなさるのは、あまり勿体《もったい》のうございます。あなた様のようなお立派な御器量のお方が、世の中へお出《い》でになったら、どんなに人々から持て囃《はや》されいとしがられるでございましょう。まあわたくしの申すことが譃かまことか、その文を御覧なすって下さいまし。そうして是非、わたくしと一緒に深草へお出で下さいまし。私はこれから近江の国の堅田《かただ》の浦へ打ち越えて、あすの明け方には再び此処《ここ》へ戻って参ります。それまでの間によくよく分別をなすって、決心がおつきになったら、誰にも見咎《みとが》められないように、この楼門の下で私を待っていらっしゃいまし。必ず必ず悪いようにはいたしませぬ。もしあなた様をお連れ申す事が出来たら、主人はどれほど喜ぶでございましょう。」

こう云って、にこにこ笑って居る男の風体が、瑠璃光には訳もなく恐ろしかった。半歳ぶりで思いもかけぬ友の消息を得た嬉《うれ》しさを、しみじみと味わう暇もなく、自分の一生の運命にかかわる重大な問題を、不意に鼻先へひろげられた彼は、暫《しばら》く息が詰まるような、眼が眩《くら》むような心地に襲われて、戦慄《せんりつ》しながら立ちすくんで居た。

「さてもそののちの数々の事ども、いずこに筆を起しいずこに筆をとどむべくそうろうやらん。みずから山に罷《まか》りこし絶えて久しき対面《たいめ》して、まのあたり申し聞えんとおぼえ候《そうら》えども、一旦掟を破りそうろう身にては、一乗のみね高くそばだちて仰ぐべからず、一味のたに深くたたえて近づきがたしとこそ覚え候え……」

こう書いてある手紙の端を持ったまま、瑠璃光は自分の身を疑うが如《ごと》く、ただ上《うわ》の空で、ところどころの文言を慌《あわただ》しく読み散らした。「半日がほどにて帰り候わんなど申し候て、かく打ち過しそうろう間、さだめてわれに謀《はか》られたりとおぼし召され候わんこと、かえすがえすもくちおしく心ぐるしくおぼえ候。千手が身に於《お》いては、さるころがまえ初より露ばかりも候わず、その日のゆうぐれ宿坊へ戻り候わんとてすでに雲母越《きららごえ》にさしかかり候おりふし、俄《にわ》かに物蔭よりおどり出でたる人のさまにて、浅ましゅう口をふたがれ眼をふたがれて何処《いずく》ともなく舁《か》き行かれそうろうほどのここち、仏罰たちどころにいたりて生きながら三途八難《さんずはちなん》に赴くかとおぼえ候いしぞや。」こう云う殊勝な文句もあれば、また思い切って大胆な、「あらおかしやあらおかしや、」と云う言葉を以て書き起した、神をも仏をも憚らぬような一節が見えた。「あらおかしやあらおかしや、浮世は夢にても幻にても候わず、まことは西方浄土を現じたる安楽国にて候ぞや。きょうこのごろの千手が為めには、一念三千の法門も、*三諦円融《さんたいえんゆう》の観《かん》行《ぎょう》*も、さらに要ありとも覚えずそうろう。円頓《えんとん》の行者*たらんよりは、煩悩の凡夫たらんこと、はるかに楽しくよろこばしく候ぞかし。かように申しそうろうことをば、かまえて御惑いあるべからずそうろう。とくとく御《おん》こころをひるがえして、山を降りさせたもうべきなりとおぼえ候。」――これがまさしくあの千手丸の口吻《こうふん》であろうか。あれほど信心深かった、煩悩の二字を呪《のろ》いに呪って居た千手丸の、これがほんとうの料簡《りょうけん》であろうか。その文章の全幅に溢《あふ》れて居る冒瀆《ぼうとく》な言語と、妙に浮き浮きした調子と、一種人を圧迫するような意気組みとは、瑠璃光の胸に強い反感を挑発《ちょうはつ》すると共に、一方ではそれと同じ強さを以て、長い間頭の奥に潜んで居た「浮世」に対する好奇心が、むらむらと湧《わ》いて来るのであった。

「あすの朝まででよろしゅうございますからとっくりとお考えなさいまし。申すまでもございませんが、決して他人に相談をなすってはなりません。この山の坊さんたちの云うことは、みんな真赤な譃でございます。あなた様のような罪のないお稚児に、世の中をあきらめさせようとして、好い加減な気休めを云うのでございます。兎《と》にも角《かく》にも、その文をゆっくり御覧になった上、御自分で御分別をなさいまし。ようござ

来て、すたすたと石段を駈《か》け降りて行った。

「……いますか。」

男は瑠璃光の顔つきに表れて居る狐疑《こぎ》*の色を、それと見て取ってそのかすように云った。そうして、いそがしそうに二三度軽く頭を下げて、すたすたと石段を駈《か》け降りて行った。

それでもまだ、瑠璃光の体のふるえは止まらなかった。男は純潔な生一本《きいっぽん》な少年の心に、這入《はい》り切れないほどの重苦しい物を托《たく》して行った。自分が明日の朝までに用意して置く返答に依《よ》って、自分の将来がどうにでもなる。――そんな大事件が、彼の手に委《ゆだ》ねられた例《ためし》は嘗《かつ》てなかった。そう自覚するだけでも、彼は激しい動悸《どうき》を制することが出来なかった。

夜になっても、不安と興奮とに脳裡《のうり》を支配されて、彼は到底与えられた問題を、静かに落ち着いて考える訳には行かなかった。長《とこし》えに封ぜられて居た「女人」の秘密を発《あば》き、いたるところに驚異の文字を連ねてある不思議な手紙を、もう少し胸騒ぎが治まってから読み返して見ようと思いながら、そっと机の上に載せたまま、彼は瞑目《めいもく》して一心に仏を念じた。なつかしい旧友の消息ではあるけれど、折角自分が勇猛精進《ゆうみょうしょうじん》*の志を堅めて、随縁起行《ずいえんきぎょう》*の功を積もうとして居るものを、不意に横あいから掻《か》き乱そうとするのが、恨めしくもあり腹立たしくもあった。

「読めば迷いの原《もと》になる。いっそ焼き捨ててしまおうかしらん。」

こう思う傍《そば》から、「そんなに危険を感ずるほど、自分は弱い人間ではない。」と、已れの卑怯《ひきょう》を嘲笑《あざわら》う気にもなった。自分が迷うのも迷わぬのも、御仏の思召《おぼしめし》一つである。浮世が幻でないと云う千手丸の言葉が、果してどれだけ信ずるに足るか、どれだけ自分を誘惑するか。その誘惑に堪えられないくらいなら、自分は御仏に捨てられたのであると、おりおり頭を擡《もた》げて来る好奇心が、彼にいろいろの弁解の辞を作らせずには措《お》かなかった。

「………そもそも女人のやさしさ美しさ、絵にも文にもかきつくしがたく、何にたとえ何にくらべてか告げまいらせ候わん。………きのうもよどの津に舟をうかべて、江口ともうすところに参りそうらえば、川ぞいの家々よりあまたの遊女《あそびめ》たち水にさおさして寄りつどい候ありさま、せいしぼさち*の降り立ちたもうか、楊柳観世音の仮形《けぎょう》したもうかとあやしまれて、*世にもめでたくありがたくおぼえそうらいしに、やがて千手が舟をめぐりて口々に催馬楽《さいばら》*をうたいどよもし候えば、何にてもあれ、歌一首きかせてんやと申しそうろうほどに、一人の遊女ふなばたをたたいて、有漏路《うろじ》*より無漏路《むろじ》*へかよう釈迦《しゃか》だにも、羅睺羅《らごら》*が母はありとこそきけと、くりかえしくりかえし、節おかしゅううたい出《い》で候ものか。………」

その前後の文章は、千手が渾身《こんしん》の力をこめて、瑠璃光の道心を突き崩そうとして居るような書き方であった。生れ落ちてから十六年の後、はじめて世間と云うものを見せられた若人《わこうど》の、無限の歓喜と讃嘆《さんたん》とが、其処《そこ》に声高く叫ばれて居た。或るところでは有頂天になって踊り上り、或るところでは自分を欺《あざむ》いて居た上人を怨《うら》み、或るところでは幼馴染《おさななじみ》の瑠璃光の為めに、昔に変らぬ友情を誓って、下山をすすめて居るのであった。瑠璃光は今までにこれほど深い読後の印象を、経文の一節からも、他の何物からも受けた事はないように感ぜられた。

「十万億土*の彼方《かなた》にあると信ぜられて居た極楽浄土は、ついこの山の麓《ふもと》にある。其処には無数の生きた菩薩が居て、自分が行けばいつでも款待《かんたい》*してくれる。」――この驚くべき事実は、もはや一点の疑う余地もない。千手の手紙には書き洩《も》らしてあるけれども、其処には定めて迦陵頻伽《かりょうびんが》*や孔雀《くじゃく》や鸚鵡《おうむ》が囀《さえず》って居るのであろう。硨磲《しゃこ》碼碯《めのう》の楼閣や、金銀赤珠《しゃくしゅ》の階道*が築かれて居るのであろう。忽《たちま》ち瑠璃光の眼の前には、お伽《とぎ》噺《ばなし》にあるような素晴らしい空想の世界が描き出されたのであった。それほど楽しい世界へ降りて行くことが、何故《なにゆえ》悟道の妨げになるのであろう。何故上人は、その世界を卑《いや》しみ、その世界から自分たちを遠ざけようとなさるのであろう。彼は誘惑に打ち克《か》とうとする前に、打ち克たなければならない理由を知りたかった。

彼はほの暗い燈火のかげに文を繰り展《ひろ》げて、幾度も読み返しながら、一と晩中、まんじりともせずに考え明かした。自分の智識《ちしき》、自分の理解力のあらゆる範囲から、手紙の事実を否認するに足るだけの、何等かの拠《よ》りどころを摑《つか》み出そうと藻掻《もが》いても見た。我ながらけなげであると思われるほど、良心の声に耳を傾け仏の救いを求めても見た。そうして結局、彼が最後の決心を躊躇《ちゅうちょ》させて居るものは、ただ住み馴《な》れた宿院の生活に対する未練と、上人の訓戒が強《し》いる盲目的な畏敬《いけい》との外には、何も存在しないのであった。

しかし、この二つの物は案外執拗《しつよう》に彼の心を把《とら》えていた。彼がどうしても山を降りまいと努めるならば、この二つの感情を、出来るだけ高調するより道はなかった。

「お前は千手丸の言葉を信じて、仏陀《ぶっだ》の教や上人の誡《いまし》めを信じないのか。勿体《もったい》なくも仏陀や上人を譃つきだと云うのか。それでお前は済むと思うのか。」

こう、彼は声に出してまで呟《つぶや》いて見た。浮世は千手丸の云うように、きっと面白い所に相違ない。けれどもその面白さに引かされて、十四年来築き上げた堅固な信仰を、一朝にして抛《なげう》ってしまってよいであろうか。自分はこの間から、難行苦行に堪えようと云う誓いを立てては居なかったか。現世の快楽を得られたにしても、その為めに仏罰を蒙《こうむ》って、来世で地獄へ堕《お》ちるのであったら、十倍二十倍の苦痛ではないか。

「血と云うものは争われない。……」

この文句が、その時ふと瑠璃光の胸に浮かんだ。自分と千手丸とは幼い折から機根が違って居る。自分には御仏の加護がある。自分が今、運よく「来世の応報*」を想《おも》い出したのも、必ず御仏の加護に違いない。来世と云うものがある以上、自分はどうして仏罰を恐れずに居られよう。来世の希望があればこそ、上人はわれわれに現世の快楽を禁ぜられたのであろう。千手丸は信じて居ないようであるが、自分は飽く迄《まで》も来世を信じ、仏罰を信じよう。それでこそ始めて、自分の機根が優れて居ると云えるではないか。上人が自分を褒めて下すったのは、此処のことを云うのではないか。

その考《かんがえ》は、たとえば天の啓示のように瑠璃光の頭上に降って来た。最初は電光の如く閃々《せんせん》ときらめいて居たものが、次第に海の波濤《はとう》の如くひろがって、ひたひたと瑠璃光の魂を浸し、全身に漲《みなぎ》って来た。そのすがすがしい、嚠朗《りゅうろう》*たる音楽に酔って居るような心持は、三昧《ざんまい》*の境地に這入った行者でなければ味い得ない、貴い宗教的感激であるかのように覚えたのであった。瑠璃光は我知らず掌《たなぞこ》を合わせて眼に見えぬ仏を拝んだ。そうして、胸の奥で次の言葉をつづけざまに繰り返した。

「しばしの間でも今生の栄華に心を移して、来世の果報を捨てようとした愚かな罪を、どうぞお許し下さいまし。もうわたくしは二度と再び、今夜のような浅ましい考を起すことはございませぬ。どうぞお許し下さいまし。」

もうどんな事があっても、自分は人の誘惑に乗りはしない。千手丸が現世の快楽に耽《ふけ》りたいと思うなら、独りで勝手に耽るがよい。それで来世は無間《むげん》地獄へ真っ倒《さかさ》まに落されて、無量劫《むりょうごう》*の苦しみを忍ぶがよい。その折にこそ自分は西方浄土《さいほうじょうど》へ行って、高い所から彼の泣き喚《わめ》く姿を瞰《み》おろしてやろう。もう何と云われても、自分の信念は揺ぎはしない。自分は危機一髪の際に喰《く》い止めたのだ。もう大丈夫、もうたしかだ。

瑠璃光がこう云う決心に到達した時、長い秋の夜がしろじろと明るくなって、暁の勤《ごん》行《ぎょう》の鐘が朗らかに鳴った。彼は平生《へいぜい》より幾層倍も緊張した心を抱いて、今しがた眼を覚ましたらしい上人の居間へ、うやうやしく伺候した。

千手丸の使の男は、その日の朝の卯《う》の刻*ごろに、文殊楼の石段のほとりに待って居ると、果して其処へ瑠璃光丸はやって来たが、少年の答は彼の予期に外れて居た。

「浮世は面白いであろうが、まろには少し仔《し》細《さい》があって、山を降りるのを止《や》めにする。まろは女人の情《なさけ》よりも、やはり御仏の恵みの方が有り難い。」

と、瑠璃光は云った。そうして懐《ふところ》から昨夜の文殻《ふみがら》を取り出しながら、

「まろは、この世で苦労する代りに、後の世で安楽を享《う》ける積りだと、千手どのに伝えておくれ。この文を持って居ると却《かえ》って心の迷いになる、どうぞこれも、ついでに

持って帰っておくれ。」

男が不思議そうに眼をしばだたいて、何事をか云おうとして居る隙《すき》に、急いで瑠璃光は文殻を地に投げ捨てて、後をも見ずに宿房の方へ姿を消した。

かくてその年の冬になった。

「もうお前も、来年は十五になる。千手丸の例もあるから、春になったら早々出家をするがよい。」

と、上人は瑠璃光に云った。

だが、一旦《いったん》旧友の消息に依って、搔《か》き乱されそうになった彼の心は、一時の情熱で無理に抑えては居たものの、決して長く平静を保っては居なかった。彼の胸にも、だんだん煩悩《ぼんのう》が曙《あけぼの》の光を放ち始めた。嘗《かつ》て千手丸を苦しめた妄想《もうそう》の意味が、彼にもようよう分りかけて来た。彼も千手丸と同じように、女人の俤《おもかげ》を夢に見たり、堂塔の諸菩薩の像に蠱惑《こわく》*を感ずる時代となった。どうかすると、彼は千手丸の手紙を返してしまったのが、惜しいような気持がした。ことによったら、また深草から使の男が来はしまいかと、何となく待たれる日もあった。彼は上人に顔を見られるのが恐ろしかった。けれども、未《いま》だに「御仏の冥護《みょうご》*」を信じて居る瑠璃光は、千手丸のような無分別な行動を取ろうとはしなかった。彼は或る時上人の前に畏《かしこ》まって、こんな事を云った。

「上人さま、どうぞわたくしの愚かさを憐《あわれ》んで下さいまし。今ではわたくしも、千手どのを嘲笑《あざわら》うことが出来ない人間になりました。どうぞ私に、煩悩の炎を鎮《しず》める道を、女人の幻を打ち消す方法を、授けて下さいまし。解脱《げだつ》の門に這入る為めには、どんなに辛《つら》い修行でも厭《いと》わぬ覚悟でございます。」

「お前はそれを、よくわしに懺悔《ざんげ》してくれた。見上げた心がけだ。感心な稚児だ。」

と、上人が云った。

「そう云う邪念が萌《きざ》した時には、偏《ひと》えに御仏の御慈悲にお縋《すが》り申すより仕方がない。これから二十一日の間、毎日怠らず水垢離《みずごり》*を取って、法華堂《ほっけどう》に参籠《さんろう》するがよい。そうすればきっと御利益《ごりやく》に与《あずか》って、忌《い》まわしい幻を打ち払うことが出来るだろう。」

こう上人が教えてくれた。

ちょうどその明くる日から二十一日目の、満願の夜であった。瑠璃光が堂内の柱に靠《もた》れながら、連日の疲労の結果とろとろと居睡《いねむ》りをして居ると、夢の中に気高い老人の姿が現れて、頻《しき》りに彼の名を呼んで居るらしかった。

「わしはお前によい事を知らせて上げる。お前は前世《さきのよ》で、天竺《てんじく》*の或る国王の御殿に仕えて居る役人であった。その時分、其処の都に一人の美しい女人が居て、お前を深く恋い慕って居た。しかしお前は、その頃《ころ》から道心の堅固な、情慾《じょうよく》に溺《おぼ》れない人間であった為め、女人はどうしてもお前を迷わす事が出来なかったのだ。お前は女人の色香を斥《しりぞ》けた善因に依って、この世では上人の膝下に育てられ、有り難い智識を授かる身の上になったが、お前を慕うて居た女人も、未だにお前を忘れかねて、姿を変えてこの山の中に住んで居る。お前が女人の幻に苦しめられて居るなら、その女に会ってやるがよい。その女は、お前を迷わせようとした罪の報いで、この世では禽獣《きんじゅう》の生《しょう》を享けたが、貴い霊場を棲《す》み家として、朝夕経文を耳にした為めに、来世には西方浄土に生れるのだ。そうして、漸《ようや》く極楽の蓮華《れんげ》の上で、お前と共に微妙の菩薩の相を現じて、尽十方《じんじっぽう》の仏陀の光明*に浴するのだ。その女は今、独りでこの山の釈迦《しゃか》が岳の頂きに、手疵《てきず》を負うて死のうとして居る。早くその女に会ってやるがよい。そうしたら、その女はお前より先に阿弥陀仏《あみだぶつ》の国へ行って、お前の菩提心《ぼだいしん》を蔭ながら助けてくれるだろう。お前の妄想は必ず名残なく晴れるだろう。――わしはお前の信仰を賞《め》ずる余り、普賢《ふげん》菩薩*の使者となって兜率天《とそってん》*から降りて来たものだ。お前の信仰が行くすえ長く揺がないように、この水晶の数珠《ずず》を与える。決してわしの言葉を疑うてはなるまいぞ。」

瑠璃光がはっとして我に復《かえ》った時、もう老人の姿は見えなかったにも拘《かかわ》らず、彼の膝の上には、正しく水晶の数珠が暁の露のように、珊々《さんさん》と輝いて居た。

十二月も末に近い朝まだきの、身を切るような寒風の中を、釈迦が岳の頂上へ登ろうとするのは、いたいけな稚児に取って、三七日の水垢離に増す難行であろうものを、浅からぬ三世の宿縁*を繋《つな》いで居る女人の、現世の姿に会いたさに、嶮《けわ》しい山路を夢中で辿《たど》って行く瑠璃光には、何の苦労も何の障礙《しょうげ》*も感ぜられなかった。途中から霏々《ひひ》*として降り出した綿のような雪さえも、彼の一徹な意志と情熱とを、ますます燃え上らせる薪《まき》に過ぎなかった。見る見るうちに天も地も谷も林も、浩蕩《こうとう》*たる銀色に包まれて行く間を、彼は幾たびか躓《つまず》き倒れながら進んだ。

ようよう頂上に達したと思われる頃であった。渦《うず》を巻きつつ繽紛《ひんぷん》*として降り積る雪の中に、それよりも更に真白な、一塊の雪の精かと訝《あや》しまれるような、名の知れぬ一羽の鳥が、翼の下にいたましい負傷を受けて、点々と真紅の花を散らしたように血をしたたらせながら、地に転げて喘《あえ》ぎ悶《もだ》えて苦しんで居た。その様子が眼に留まると、瑠璃光は一散に走り寄って、雛《ひな》をかばう親鳥の如く、両腕に彼女をしっかりと抱き締めた。そうして、声も立てられぬほどの嵐《あらし》の底から、弥陀の称号*を高く高く唱えて、手に持って居た水晶の数珠を彼女の項《うなじ》にかけてやった。

瑠璃光は、彼女よりも自分が先に凍え死にはしないかと危ぶまれた。彼女の肌《はだ》へ蔽《おお》いかぶさるようにして、顔を伏せて居る瑠璃光の、可愛《かわい》らしい、小さな建築のような稚児輪の髪に、鳥の羽毛とも粉雪とも分らぬものが、頻りにはらはらと降りかかった。

母を恋うる記

いにしへに恋ふる鳥かもゆづる葉の*
三井の上よりなき渡り行く
――万葉集――

………空はどんよりと曇って居るけれど、月は深い雲の奥に呑《の》まれて居るけれど、それでも何処《どこ》からか光が洩《も》れて来るのであろう、外《と》の面《も》は白々と明るくなって居るのである。その明るさは、明るいと思えば可なり明るいようで、路《みち》ばたの小石までがはっきりと見えるほどでありながら、何だか眼《め》の前がもやもやと霞《かす》んで居て、遠くをじっと見詰めると、瞳《ひとみ》が擽《くすぐ》ったいように感ぜられる、一種不思議な、幻のような明るさである。何か、人間の世を離れた、遥《はる》かな遥かな無窮の国を想《おも》わせるような明るさである。その時の気持次第で、闇夜《やみよ》とも月夜とも孰方《どっち》とも考えられるような晩である。しろじろとした中にも際立《きわだ》って白い一とすじの街道が、私の行く手を真直《まっすぐ》に走って居た。街道の両側には長い長い松並木が眼のとどく限り続いて、それが折々左の方から吹いて来る風のためにざわざわと枝葉を鳴らして居た。風は妙に湿り気を含んだ、潮の香の高い風であった。きっと海が近いんだなと、私は思った。私は七つか八つの子供であったし、おまけに幼い時分から極めて臆病《おくびょう》な少年であったから、こんな夜更《よふ》けにこんな淋《さび》しい田舎路《いなかみち》を独りで歩くのは随分心細かった。なぜ乳母《ばあや》が一緒に来てくれなかったんだろう。乳母はあんまり私がいじめるので、怒って家《うち》を出てしまったのじゃないか知ら。そう思いながらも、私はいつも程恐《こわ》がらないで、その街道をひたすら辿《たど》って行った。私の小さな胸の中は、夜路の恐ろしさよりももっと辛《つら》い遣《や》るせない悲しみのために一杯になって居た。私の家が、あの賑《にぎや》かな日本橋の真中《まんなか》にあった私の家が、こう云う辺僻《へんぴ》な片田舎へ引っ越さなければならなくなってしまったこと、昨日に変る急激な我が家の悲運、——それが子供心にも私の胸に云いようのない悲しみをもたらして居たのであった。私は自分で自分のことを可哀《かわい》そうな子供だと思った。この間までは黄八丈の綿入れに艶々《つやつや》とした糸織の羽織を着て、ちょいと出るにもキャラコの足袋《たび》に表附きの駒下駄《こまげた》を穿《は》いて居たものが、まあ何と云う浅ましい変りようをしたのだろう。まるで寺小屋の芝居に出て来る涎《よだれ》くり*のような、うすぎたない、見すぼらしい、人前に出るさえ耻《はず》かしい姿になってしまって居る。そうして私の手にも足にもひびやあかぎれが切れて軽石のようにざらざらして居る。考えて見れば乳母が居なくなったのも無理はない。私の家にはもう乳母を抱《かか》えて置く程のお金がなくなったのだ。

それどころか、私は毎日お父さんやお母さんを助けて、一緒に働かなければならない。水を汲《く》んだり、火を起したり、雑巾《ぞうきん》がけをしたり、遠い所へお使いに行ったり、いろいろの事をしなければならない。

もう、あの美しい錦絵《にしきえ》のような人形町の夜の巷《ちまた》をうろつく事は出来ないのか。水天宮《すいてんぐう》の縁日にも、茅場町《かやばちょう》の薬師様にも、もう遊びに行く事は出来ないのか。それにしても米屋町の美代《みい》ちゃんは今頃《いまごろ》どうして居るだろう。鎧橋《よろいばし》の船頭の忰《せがれ》の鉄公はどうしただろう。蒲鉾屋《かまぼこや》の新公や、下駄屋の幸次郎や、あの連中は今でも仲よく連れだって、煙草屋《たばこや》の柿内の二階で毎日々々芝居ごっこをして居るだろうか。もうあの連中とは、大人になるまで恐らくは再び廻《めぐ》り遇《あ》う時はない。それを考えると恨めしくもあり情なくもある。だが、私の胸を貫いて居る悲しみは単にそのためばかりではないらしい。ちょうどこの松並木の月の色が訳もなく悲しいように、私の胸には理由の知れない無限の悲しみが、ひしひしと迫って居るのである。なぜこのように悲しいのだろう。そうして又、それ程悲しく思いながらなぜ私は泣かないのだろう。私は不断の泣虫にも似合わず、涙一滴こぼしては居ないのである。たとえば哀音に充《み》ちた三味線《しゃみせん》を聞く時のような、冴《さ》え冴《ざ》えとした、透き徹《とお》った清水のように澄み渡った悲しみが、何処からともなく心の奥に吹き込まれて来るのである。

長い長い松原の右の方には、最初は畑があるらしかったが、歩きながらふと気が付いて見ると、いつの間にやら畑ではなくなって、何だか真暗な海のような平面がひろびろと展《ひら》けて居る。そうして、平面のところどころに青白いひらひらしたものが見えたり隠れたりする。左の方から、例の磯《いそ》ッ臭い汐風《しおかぜ》が吹いて来る度に、その青白いひらひらは一層数が多くなって、皺《しわ》がれた、老人の力のない咳《せき》を想わせるような、かすれた音を立てながらざわざわと鳴って居る。海の表面に波頭が立つのか知らとも考えたが、どうもそうではないらしい。海があんなカサカサした声を出す訳がない。どうかした拍子には、魔者が白い歯をムキ出してにやにや笑って居るようにも見えるので、私は成るべくその方へ眼をやらないように努めた。けれども、薄気味が悪いと思えば思うほど、やっぱり見ずには居られなくなって、時々ちらりとその方を偸《ぬす》み視《み》る。ちらり、ちらり、と、何度見ても容易に正体は分らない。ざあーッと云う松風の音の間から、カサカサと鳴る声がいよいよ繁《しげ》く私の耳を脅《おびや》かして居る。すると、そのうちに左の松原の向うの遠いところから、ど、ど、どどん――と云うほんとうの海の音が聞えて来た。あれこそたしかに波の音だ。海が鳴って居るのだ、と私は思った。その海の音は、離れた台所で石臼《いしうす》を挽《ひ》くように、微《かす》かではあるが重苦しく、力強く、殷々《いんいん》*と轟《とどろ》いて居るのである。

浪《なみ》の音、松風の音、カサカサと鳴るえたいの知れぬ物の音、――私は時々ぴったりと立ち止まって、身に沁《し》み渡るそれ等の音に耳を傾けては、又とぼとぼと歩いて行った。折々、田圃《たんぼ》の肥料《こやし》の臭《にお》いのようなものが何処からともなく匂《にお》って来るのが感ぜられた。過ぎて来た路を振り返ると、やはり行く手と同じような松の縄手《なわて》*が果てしもなくつづいて居る。孰方を向いても人家の灯《ひ》らしいものは一点も認められない。それに、先《さっき》からもう一時間以上も歩いて居るのに人通りが全くない。たまたま出会うのは左側の松原に並行して二十間*置きぐらいに立って居る電信柱だけである。そうしてその電信柱も、あの波の音と同じようにゴウゴウと鳴って居る。私はしょざいなさに一本の電信柱を追い越すと、今度は次の電信柱を目標にして、一本、二本、三本、……と云う風に数えながら歩いて行くのであった。

三十本、三十一本、三十二本、……五十六本、五十七本、五十八本、……こう云うようにして、私が多分七十本目の電信柱を数えた時分であったろう、遠い街道の彼方《かなた》に始めて一点の灯影が、ぽつりと見え出したのである。自然と私の目標は電信柱からその灯の方へ転じたが、灯は幾度か松並木の間にちらちらと隠れては又現れる。灯と私との間隔は電信柱の数にして十本ぐらい離れて居るらしく思われたけれど、歩いて見るとなかなかそんなに近くではない。十本どころか、二十本目の柱を追い越しても、灯は依然として遠くの方でちらちらして居る。提灯《ちょうちん》の火ほどの明るさで、じっと一つ所に停滞して居るようであるが、しかし或《あるい》は私と同じ方角に向って同じような速力で一直線に動きつつあるのかも知れない。………

私が、ようようその灯のある所から半町ほど手前までやって来たのは、それから何分ぐらい、或は何十分ぐらい後であったろう。*提灯の明るさほどに鈍く見えて居たその光は、やがてだんだん強く鮮かになって、その附近の街道の闇を昼間のようにハッキリと照して居る。ほの白い地面と、黒い松の樹《き》とを長い間見馴《みな》れて来た私は、その時やっと、松の葉と云うものが緑色であったことを想い出した。その灯はとある電信柱の上に取り附けられたアーク燈であったのである。ちょうどその真下へ来た時に、私は暫《しばら》く立ち止まって、影をくっきりと地面に映して居る自分の姿を眺《なが》め廻《まわ》した。ほんとうに、松の葉の色をさえ忘れて居たくらいなのだから、若《も》しもこの辺でアーク燈に出遇わなかったら、私は自分の姿までも忘れてしまったかも知れない。こうして光の中に這入《はい》って見ると、今通って来た松原も、これから行こうとする街道も、私の周囲五六間ばかりの圏の内を除いては、総《す》べて真黒な闇の世界である。あんな暗い処《ところ》を自分はよく通って来たものだと思われる。恐らくあの暗闇を歩いた折には自分は魂ばかりになって居たかも分らない。そうして、この明るみへ出ると共に肉体が魂の所へ戻って来たのかも分らない。

その時私はふっと、例のカサカサと云う皺嗄《しわが》れた物の音が未《いま》だに右手の闇の中から聞えて居るのに心付いた。白いヒラヒラしたものが、アーク燈の光を受けて、先よりは余計まざまざと暗中に動いて居るようである。その動くのが薄ぼんやりとした明りを帯びているだけに、却《かえ》って一層気味悪く感ぜられる。私は思い切って、松並木の間から暗い方へ首を出して、そのヒラヒラした物をじっと視詰めた。一分……二分……暫く私はそうして視詰めていたけれど、矢張正体は分らなかった。白い物がつい私の足の下から遠い向うの真暗な方にまで無数の燐《りん》が燃えるようにぱっと現れては又消えてしまう。私はあまり不思議なので、ぞっと総身に水を浴びたようになりながらも、猶《なお》暫くは凝視を続けていた。そうしているうちに次第々々に、ちょうど忘れかかっていたものが記憶に蘇生《よみがえ》ってくるような工合に、或は又ほのぼのと夜が明けかかるような塩梅《あんばい》に、その不思議な物の正体がふいっと分って来たのである。その真暗な茫々《ぼうぼう》*たる平地は一面の古沼であって、其処《そこ》に沢山の蓮《はす》が植わっていたのである。蓮はもう半分枯れかかって、葉は紙屑《かみくず》か何ぞのように乾涸《ひから》びている。その葉が風の吹く度にカサカサと云う音を立てて、葉の裏の白いところを出しながら戦《そよ》いでいるのであった。

それにしてもその古沼は非常に大きなものに違いない。もう余程前から私を脅かしているのである。全体これから先何処まで続いているのかしらん。――そう思って、私は沼の向うの行く手の方を眺めやった。沼と蓮とは眼の届くかぎり何処までも何処までも横《よこた》わっていて、遥かにどんよりと曇った空に連なっている。まるで暴風雨の夜の大海原を見渡すようである。が、その中にたった一点、沖の漁《いさ》り火《び》*のように赤く小さく瞬《またた》くものがある。

「あ、彼処《あすこ》に灯が見える。彼処に誰かが住んでいるのだ。あの人家が見え出したからには、もう直《じ》き町へ着くだろう」

私は何がなしに嬉《うれ》しくなって、アーク燈の光の中から暗い方へと、更に勇を鼓して道を急いだ。

五六町ばかり行くうちに、灯はだんだん近くなって来る。其処には一軒の茅葺《かやぶき》の百姓家があって、その家の窓の障子《しょうじ》から灯が洩《も》れて来るらしい。彼処には誰が住んでいるのだろう。事によると、あのわびしい野中の一軒家には、私のお父さんとお母さんがいるのではないかしら。彼処が私の家なのではないかしら。あの灯の点《とも》っている懐《なつ》かしい窓の障子を明けると、年をとったお父さんとお母さんとが囲炉裏《いろり》の傍《そば》で粗朶《そだ》*を焚《た》いていて、

「おお潤一か、よくまああお使いに行って来てくれた。さあ上って火の傍にお出《い》で。ほんとうに夜路は淋しかったろうに、感心な子だねえ」

そう云って、私をいたわって下さるのではないかしら。

街道の一と筋路は百姓家のあたりで少しく左の方へ折れ曲っているらしく、右側にあるその家の明りが、ちょうど松並木のつきあたりに見えている。家の表には四枚障子が締め切ってあって、障子の横の勝手口には、縄暖簾《なわのれん》が下っているらしい。暖簾を洩れる台所の火影が街道の地面をぼんやりと照して、向う側の大木の松の根本にまで微かにとどいている。………もうその家の一間ばかり手前まで私はやって来た。暖簾の蔭《かげ》の流し元で何かを洗っているらしい水の音が聞える。軒端《のきば》の小窓からは細い煙がほのぼのと立ち昇って、茅葺の軒先に燕《つばめ》の巣のようにもくもくと固まっている。今時分何をしているのだろう。こんな遅い時刻に夕餉《ゆうげ》の支度をしているのだろうか。そう思ったとたんに、嗅《か》ぎ馴れた味噌汁《みそしる》の匂がぷーんと私の鼻をおそって来た。それから魚を焼くらしいじくじくと脂《あぶら》の焦げる旨《うま》そうな匂がした。

「ああお母さんは大好きな秋刀魚《さんま》を焼いているんだな。きっとそうに違いない」

私は急に腹が減って来た。早く彼処に行って、お母さんと一緒に秋刀魚と味噌汁で御膳《おぜん》を喰《た》べたいと思った。

もう私はその家の前まで来た。縄暖簾の中を透かして見ると、やっぱり私の思った通り、お母さんが後向きになって手拭《てぬぐい》を姐《ねえ》さん冠《かぶ》りにして竈《へっつい》の傍にしゃがんでいる。そうして火吹竹を持って、煙そうに眼をしばたたきながら、頻《しき》りに竈の下を吹いている。其処には二三本の薪《まき》がくべてあって、火が蛇《へび》の舌のように燃え上る度毎《たびごと》に、お母さんの横顔がほんのりと赤く照って見える。東京で何不足なく暮していた時分には、ついぞ御飯なぞを炊《た》いたことはなかったのに、さだめしお母さんは辛いことだろう。……ぶくぶくと綿の這入った汚れた木綿の二子《ふたこ》の上に、ぼろぼろになった藍微塵《あいみじん》のちゃんちゃんを着ているお母さんの背中は、一生懸命に火を吹いているせいか、傴僂《せむし》のように円くなっている。まあいつの間にこんな田舎のお媼《ばあ》さんになってしまったんだろう。

「お母さん、お母さん、私ですよ、潤一が帰って来たんですよ」

私はこう云って門口のところから声をかけた。するとお母さんは徐《しず》かに火吹竹を置いて、両手を腰の上に組んで体を屈《かが》めながらゆっくりと立ち上った。

「お前は誰だったかね。お前は私の悴だったかね」

私の方をふり向いてそう云った声は、あの古沼の蓮の音よりももっと皺嗄れて微かである。

「ええそうです、私はお母さんの悴です。悴の潤一が帰って来たんです」

が、母はじーっと私の姿を見詰めたきり黙っている。姐さん冠りの下から見える白毛交りの髪の毛には竈の灰が積っている。頰《ほお》にも額にも深い皺が寄って、もうすっかり耄碌《もうろく》してしまったらしい。

「私はもう長い間、十年も二十年もこうして悴の帰るのを待っているんだが、しかしお前さんは私の悴ではないらしい。私の悴はもっと大きくなっている筈《はず》だ。そうして今にこの街道のこの家の前を通る筈だ。私は潤一などと云う子は持たない」

「ああそうでしたか。あなたは余所《よそ》のお媼さんでしたか」

そう云われて見れば成程そのお媼さんは確に私の母ではない。たといどんなに落ちぶれたにしても、私のお母様はまだこんなに年を取っては居ない筈である。――だがそうすると、一体私のお母様の家は何処にあるのだろう。

「ねえお媼さん、私は又わたしのお母さんに会いたさに、こうしてこの街道を先から歩いて居るんですが、お媼さんは私のお母さんの家《うち》が何処にあるか知らないでしょうか。知っているなら後生だから教えて下さい」

「お前さんのおふくろの家かい？」

そう云って、お媼さんは眼脂《めやに》だらけな、しょぼしょぼとした眼を見張った。

「お前さんのおふくろの家なんぞを私が何で知るもんかね」

「そんならお媼さん、私は夜路を歩いて来て大変お腹《なか》が減っているんですが、何か喰べさしてくれませんか」

するとお媼さんはむっつりとした顔つきで、私の姿を足の先から頭の上までずっと見上げた。

「まあお前さんは、年も行かない癖に、何と云うずうずうしい子供だろう。お前はおふくろがいるなんて、大方譃《うそ》を云うのだろう。そんな穢《きたな》いなりをして、お前は乞食《こじき》じゃないのかい？」

「いいえお媼さん、そんなことはありません。私にはちゃんとお父《とッ》つぁんもあればおッ母《か》さんもあるのです。私の家《うち》は貧乏ですから、穢いなりをしていますけれど、それでも乞食じゃないんです」

「乞食でなければ自分の家へ帰っておまんまを喰べるがいい。私のところにはなんにも喰べるものなんかありゃしないよ」

「だってお媼さん、其処にそんなに喰べるものがあるじゃありませんか。お媼さんは今御飯を炊いていたんでしょう。そのお鍋《なべ》の中にはおみおつけも煮えているし、その網の上にはお魚も焼けているじゃありませんか」

「まあお前は厭《いや》な児《こ》だ。家の台所のお鍋の中にまで眼を付けるなんて、ほんとうに厭な児だ。このおまんまやお魚やおみおつけはね、お気の毒だがお前さんにはやれないのだよ。今に悴が帰って来たらば、きっとおまんまを喰べるだろうと思って、それで拵《こしら》えているのだよ。可愛《かわい》い可愛い悴のために拵えたものを、どうしてお前なんかにやれるもんか。さあさあ、こんなところにいないで早く表へ出て行っておくれ。私は用があるんだよ。お釜《かま》の御飯が噴いているのに、お前のお蔭で焦《こ》げ臭くなったじゃないか」

お媼さんは面を膨《ふく》らせてこんな事を云いながら、そっけない風で竈の傍へ戻って行った。

「お媼さんお媼さん、そんな無慈悲な事を云わないで下さい。私はお腹が減って倒れそうなんです」

そう云って見たけれど、もうお媼さんは背中を向けたきり返辞もせずに働いている。

………

「仕方がない。お腹が減っても我慢をするとしよう。そうして早く家のおッ母さんの処へ行こう」

私は独りで思案をして縄暖簾の外へ出た。

そこで左へ曲っている街道の五六町先には、一つの丘があるらしい。路《みち》はその丘の麓《ふもと》までほの白く真直ぐに伸びているけれど、丘に突き当ってそれから先はどうなるのだか、此処《ここ》からはよく分らない。丘にはこの街道の松並木と同じような真黒な大きな松の木の林が頂上までこんもりと茂っているようである。暗いのでハッキリは見えないが、さあッさあッと云う松風の音が丘全体を揺がしているので、それと想像がつくのである。だんだん近づくに随《したが》って、路は丘の裾《すそ》を縫って松の間を右の方へ迂廻《うかい》している。私の周囲には木の下闇《やみ》がひたひたと拡《ひろ》がって、あたりは前よりも一層暗さが濃くなっている。私は首を上げて空を仰いだ。が、鬱蒼《うっそう》とした松の枝に遮《さえぎ》られて空は少しも見えない。頭の上では例の松風の音が颯々《さっさつ》*と聞えている。私はもう、腹の減っていることも何も忘れて、ひたすら恐ろしいばかりであった。電信柱のごうごうと云う唸《うな》りも蓮沼のカサカサと云う音も聞えなくなって、ただ海の轟《とどろ》きばかりが未《いま》だに地響きをさせて鳴っている。何だか足の下が馬鹿に柔かになって、歩く度毎にぼくりぼくりと凹《へこ》むような心地がする。きっと路が砂地になったのであろう。そうだとすれば別に不思議はない訳だが、しかしやっぱり気持が悪い。いくら歩いても一つ所を蹈《ふ》んでいるようである。砂地と云うものがこんなに歩きにくいとは今迄《いままで》嘗《かつ》て感じなかった。おまけに、前とは違って僅《わず》かの間に路が何遍も左へ曲ったり右へ折れたりする。うっかりすると松林へ紛れ込んでしまいそうである。私は次第に興奮して来た。額にはじいッと冷汗が滲《にじ》み出て、胸の動悸《どうき》と息づかいの激しさを自分の耳で明瞭《めいりょう》に聞き取ることが出来た。

うつむいて、足下を見詰めながら歩いていた私はその時ふと、洞穴《どうけつ》のような狭い所からひろびろした所へ出かかっているような気がしたので、何気なく顔を擡《もた》げた。まだ松林は尽きないけれど、そのずっと向うに、遠眼鏡を覗《のぞ》いた時のように、円い小さい明るいものがある。尤《もっと》もそれは燈火《ともしび》のような明るさではなく、銀が光っているような鋭い冷たい明るさである。

「ああ月だ月だ、海の面に月が出たのだ」

私は直ぐとそう思った。ちょうど正面の松林が疎《まば》らになって、窓の如《ごと》く隙間《すきま》を作っている向うから、その冴《さ》え返った銀光がピカピカと、練絹《ねりぎぬ》*のように輝いている。私の歩いている路は未だに暗いけれど、海上の空は雲が破れて、其処から皎々《こうこう》たる月がさしているのだろう。見ているうちに海の輝きはいよいよ増して来て、この松林の奥へまでも眩《まぶ》しいほどに反射する。何だかこう、きらきらと絶え間なく反射しながら、水の表面がふっくらと膨れ上って、澎湃《ほうはい》*と湧《わ》き騒いでいるように感ぜられる。海の方から晴れて来る空は、だんだんとこの山陰の林の上にも押し寄せて、私の歩く路の上も刻一刻に明るくなって来る。しまいには私自身の姿の上にも、青白い月が松の葉影をくっきりと染め出すようになる。丘の突角は次第に左の方へ遠退《とおの》いて行って、私は知らず識《し》らずの間に、殆《ほと》ど不意に林の中から渺茫《びょうぼう》*たる海の前景のほとりに立たされてしまった。

ああ何と云う絶景だろう。――私は暫《しばら》く恍惚《こうこつ》として其処に彳《たたず》んでいた。私の歩いて来た街道は、白泡《しらあわ》の砕けている海岸に沿うて長汀曲浦《ちょうていきょくほ》*の続く限り続いている。此処は三保の松原か、田子の浦か、住江《すみのえ》の岸か、明石の浜か、――兎《と》にも角《かく》にも、それ等の名所の絵ハガキで見覚えのある枝振りの面白い磯馴松《そなれまつ》*が、街道のところどころに、鮮かな影を斜に地面へ印している。街道と波打ち際《ぎわ》との間には、雪のように真白な砂地が、多分凸凹しているのであろうけれど、月の光があんまり隈《くま》なく照っているために、その凸凹が少しも分らないで唯《ただ》平べったくなだらかに見える。その向うは、大空に懸《かか》った一輪の明月と地平線の果てまで展開している海との外に、一点の眼を遮るものもない。先刻松林の奥から見えたのは、ちょうどその月の真下に方《あた》って、最も強く光っている部分なのである。その海の部分は、単に光るばかりでなく、光りつつ針金を捩《ね》じるように動いているのが分る。或《あるい》は動いているために、一層光が強いのだと云ってもよい。其処が海の中心であって、其処から潮が渦巻《うずま》き上るために、海が一面に膨れ出すのかも知れない。何しろその部分を真中《まんなか》にして、海が中高に盛り上って見えるのは事実である。盛り上った所から四方へ拡がるに随って、反射の光は魚鱗《ぎょりん》の如く細々と打ち砕かれ、さざれ波のうねりの間にちらちらと交り込みながら、汀《みぎわ》の砂浜までしめやかに寄せて来る。どうかすると、汀で崩れてひたひたと砂地へ這《は》い上る水の中にまでも、交り込んで来るのである。

その時風はぴったりと止《や》んで、あれほどざわざわと鳴っていた松の枝も響きを立てない。渚《なぎさ》に寄せて来る波までがこの月夜の静寂を破ってはならないと力《つと》めるかの如く、かすかな、遠慮がちな、囁《ささや》くような音を聞かせているばかりである。それは例えば女の忍び泣きのような、蟹《かに》が甲羅《こうら》の隙間からぶつぶつと吹く泡のような、消え入るようにかすかではあるが、綿々として尽きることを知らない、長い悲しい声に聞える。その声は「声」と云うよりも、寧《むし》ろ一層深い「沈黙」であって、今宵《こよい》のこの静けさを更に神秘にする情緒的な音楽である。………

誰でもこんな月を見れば、永遠と云うことを考えない者はない。私は子供であったから、永遠と云うはっきりした観念はなかったけれども、しかし何か知ら、それに近い感情が胸に充《み》ち満ちて来るのを覚えた。――私は前にもこんな景色を何処《どこ》かで見た記憶がある。而《しか》もそれは一度ではなく、何度も何度も見たのである。或は、自分がこの世に生れる以前の事だったかも知れない。前世の記憶が、今の私に蘇生《よみがえ》って来るのかも知れない。それとも亦《また》、実際の世界でではなく、夢の中で見たのだろうか。夢の中で、これとそっくりの景色を、私は再三見たような心地がする。そうだ、確かに夢に見た事があるのだ。二三年前にも、ついこの間も見た事があった。そうして実際の世界にも、その夢と同じ景色が、何処かに存在しているに違いないと思っていた。この世の中で、いつか一度はその景色に出遇《であ》うことがある。夢は私にそれを暗示していたのだ。その暗示が今や事実となって私の眼の前に現れて来たのだ。――波さえ遠慮がちに打ち寄せているのだから、私も成る可《べ》くなら静かな足取りで、ゆっくりと、盗むが如く歩いて行きたかった。が、どう云う訳か私は妙に興奮して、海岸線に沿うた街道を、急ぎ足で逃げるが如く歩を運んだ。周囲の物象があまりしーんとしているので、何だか恐ろしかったのでもあろう。うっかりしていると、自分もあの磯馴松や砂浜のように、じっとしたきり凍ったようになって、動けなくなるかも知れない。そうしてこの海岸の石と化して、何年も何年も、あの冷たい月光を頭から浴びていなければなるまい。実際今夜のような景色に遇うと、誰でもちょいと死んで見たくなる。この場で死ぬならば、死ぬと云う事がそんなに恐ろしくはないようになる。――多分この考《かんがえ》が、私を興奮させるのであったろう。

「隈《くま》ない月の光が天地に照り渡っている。そうしてその月に照される程の者は、悉《ことごと》く死んでいる。ただ私だけが生きているのだ。私だけが生きて動いているのだ」

そう云う気持が私を後から追い立てるようにした。追い立てられれば追い立てられるほど私はいよいよ急《せ》き込んで歩いた。すると今度は、私独りが急き込んでいると云う事が、それが恐怖の種になった。息切れがして苦しいので、ひょいと立ち止まると、否《いや》でも応でもあたりの景色が眼に這入って来る。総《す》べての物は依然として閑寂に、空も水も遠い野山も、漂渺*たる月の光に蕩《とろ》け込んで、その青白い静かさと云ったら、活動写真のフイルムが中途で止まったようである。街道の地面は、さながら霜が降った如く真白で、その上に鮮かな磯馴松の影が、路端から這い出した蛇《へび》のように横《よこた》わっている。松と影とは根元のところで一つになっているが、松は消えても影は到底消えそうもないほど、影の方がハッキリしている。影が主で、松は従であるかのように感ぜられる。その関係は私自身の影に於《お》いても同じであった。じっと彳《たたず》んで自分の影を長く長く視詰《みつ》めていると、影の方でも地べたに臥転《ねころ》んでじっと私を見上げている。私の外に動くものはこの影ばかりである。

「私はお前の家来ではない。私はお前の友達だ。あんまり月が好いもんだから、ついうかうかと此処へ遊びに出て来たのだ。お前も独りで淋《さび》しかろうから、道連れになって上げよう」

と、影はそんな事を話しかけているようにも思われる。

私はさっき電信柱を数えたように、今度は松の影を数えながら歩いて行った。街道と波打際《なみうちぎわ》との距離は、折々遠くなったり近くなったりする。或《あ》る時は浜辺をひたひたと浸蝕《しんしょく》する波が、もう少しで松の根方《ねかた》を濡《ぬ》らしそうに押し寄せて来る。遠くを這っている時はうすい白繻子《しろじゅす》を展《の》べたように見えるが、近くに寄せて来る時は一二寸の厚みを持って、湯に溶けたシャボンの如くに盛上っている。月はその一二寸の盛上りに対してさえも、ちゃんと正直にその波の影を砂地へ写して見せている。実際こんな月夜には、一本の針だって影を写さずにはいないだろう。

遥《はる》かな沖の方からか、それとも行くての何本も何本も先の磯馴松の奥の方からか、孰方《どっち》だかよく分らないが、ふと、私の耳に這入って来た不思議な物の音があった。或は私の空耳《そらみみ》であるかも知れないけれど、兎《と》に角《かく》それは三味線《しゃみせん》の音のようであった。ふっと跡絶《とだ》えては又ふっと聞えて来る音色の工合が、どうも三味線に違いない。日本橋にいた時分、乳母《ばあや》の懐《ふところ》に抱かれて布団《ふとん》の中に睡《ねむ》りかけていると、私はよくあの三味線の音を聞いた。――

「天ぷら喰《く》いたい*、天ぷら喰いたい」

と、乳母はいつもその三味線の節に合わせて吟《くちずさ》んだ。

「ほら、ね、あの三味線の音を聞いていると、天ぷら喰いたい、天ぷら喰いたい、と云っているように聞えるでしょ、ねえ、聞えるでございましょ」

そう云って乳母は、彼女の胸に手をあてて乳首をいじくっている私の顔を覗《のぞ》き込むのが常であった。気のせいか知らぬが、成る程乳母の云うように「天ぷら喰いたい、天ぷら喰いたい」と悲しい節で唄《うた》っている。私と乳母とは、長い間眼《め》と眼を見合わせて、猶《なお》も静かにその三味線の音に耳を澄ましている。人通りの絶えた、寒い冬の夜の凍った往来に、カラリ、コロリと下駄《げた》の歯を鳴らしながら、新内語《しんないがた》りは人形町の方から私の家の前を通り過ぎて、米屋町の方へ流して行く。三味線の音が次第々々に遠のいて微《かす》かに消えてしまいそうになる。「天ぷら喰いたい、天ぷら喰いたい」と、ハッキリ聞えていたものが、だんだん薄くかすれて行って、風の工合で時々ちらりと聞えたり全く聞えなくなったりする。………

「天ぷら………天ぷら喰いたい。………喰いたい。天ぷら………天ぷら………天………喰い………ぷら喰い………」

果てはこんな風にぽつりぽつりとぼやけてしまう。それでも私は、トンネルの奥へ小さく小さく隠れて行く一点の火影を視詰めるような心持で、まだ一心に耳を澄ましている。三味線の音が途切れても、暫《しばら》くの間はやっぱり「天ぷら喰いたい、天ぷら喰いたい」と、囁《ささや》く声が私の耳にこびり附いている。

「おや、まだ三味線が聞えているのかな。………それとも自分の空耳かな」

私はひとりそんな事を考えながら、いつとはなしにすやすやと眠りの底へ引き込まれて行く。

その覚えのある新内の三味線が、今宵《こよい》も相変らず「天ぷら喰いたい、天ぷら喰いたい」と悲しい音色を響かせつつ、この街道へちらほらと聞えて来るのである。カラリコロリと云う下駄の音を伴わないのが、いつもと違っているけれど、その音色だけはたしかに疑う余地がない。初めのうちは「天ぷら………天ぷら………」と、「天ぷら」の部分ばかりが明瞭であったが、少しずつ近づいて来るのであろう、やがて「喰いたい」の部分の方も正しく聞き取れるようになった。しかし、地上には私と松の影より外に、新内語りらしい人影は何処にも見えない。月の光のとどく限りを、果から果までずっと眺《なが》め渡しても、私の外にこの街道を行く者は小犬一匹いないのである。事に依《よ》ったら、月の光があんまり明る過ぎるので、却《かえ》って物が見えないのではないだろうか。――――私はそう思ったりした。

私がとうとう、その三味線を弾く人影を一二町先に認めたのは、あれからどのくらい過ぎた時分だったろう。其処へ辿《たど》り着くまでの長い間、私はどんなに月の光と波の音とに浸されただろう。「長い間」と云っただけでは、実際その長さの感じを云い現わす事は出来ない。人はよく夢の中で、二年も三年もの長い間の心持を味わう事がある。私のその時の感じはちょうどそれに似ていた。空には月があって、路には磯馴松《そなれまつ》があって、浜には波が砕けている街道を、二年も三年も、ひょっとしたら十年も、私は歩いて行ったのかも知れない。歩きながら、私はもうこの世の人間ではないのかと思った。人間が死んでから長い旅に上る、その旅を私は今しているのじゃないかとも思った。兎に角そのくらいに長い感じがした。

「天ぷら喰いたい、天ぷら喰いたい」

今やその三味線の音は間近くはっきりと聞えている。さらさらと砂《いさご》を洗う波の音の伴奏に連れて、冴《さ》えた撥《ばち》のさばきが泉の涓滴《けんてき》*のように、銀の鈴のように、神々《こうごう》しく私の胸に沁《し》み入るのである。三味線を弾いている人は、疑いもなくうら若い女である。昔の鳥追い*が被《かぶ》っているような編笠《あみがさ》を被って、少し俯向《うつむ》いて歩いているその女の襟足《えりあし》が月明りのせいもあろうけれど、驚くほど真白である。若い女でなければあんなに白い筈《はず》がない。時々右の袂《たもと》の先からこぼれて出る、転軫《てんじん》*を握っている手頸《てくび》も同じように白い。まだ私とは一町以上も離れているので、着ている着物の縞柄《しまがら》などは分らないのに、その襟足と手頸の白さだけが、沖の波頭が光るように際立っている。

「あ、分った。あれは事に依ると人間ではない。きっと狐《きつね》だ。狐が化けているのだ」

私は俄《にわか》に臆病風《おくびょうかぜ》に誘われて、成る可く跫音《あしおと》を立てないように恐る恐るその人影に附いて行った。人影は相変らず三味線を弾きながら、振り向きもせずにとぼとぼと歩いている。が、それが若《も》しも狐だとすれば、私がうしろから歩いて行くのをよもや知らない筈はなかろう。知っている癖にわざと空惚《そらとぼ》けているのだろう。そう云えば何だか、あの真白な肌《はだ》の色が、どうも人間の皮膚ではなくて、狐の毛のように思われる。毛でない物が、あんなに白くつやつやとねこ柳のように光る訳がない。

私がゆっくりと歩いて行くにも拘《かか》わらず、女の後姿は次第々々に近づいて来る。二人の距離は既に五間とは隔たっていない。もう少しで地面に映っている私の影が彼女の踵《かかと》に追い着きそうである。私が一尺も歩く間に影はぐいぐいと二尺も伸びる。影の頭と女の踵とは見る見るうちに擦れ擦れになる。女の踵は、——この寒いのに女は素足で麻裏草履《あさうらぞうり》を穿《は》いている。——これも襟足や手頸と同じように真白である。それが遠くから見えなかったのは、大方長い着物の裾《すそ》に隠されていたためであろう。何しろ恐ろしく長い裾である。それはお召とか縮緬《ちりめん》とか云うものでもあろうか、芝居に出て来る色女や色男の着ているようなぞろりとした裾が、足の甲を包んで、ともすると砂地へべったりと引き摺《ず》るほどに垂れ下っている。けれども、砂地がきれいであるせいか足にも裾にも汚れ目はまるで附いていない。ぱたり、ぱたりと、草履を挙げて歩く度毎《たびごと》に、舐《な》めてもいいと思われるほど真白な足の裏が見える。狐だか人間だかまだ正体は分らないが、肌は紛《まご》うべくもない人間の皮膚である。月の光が編笠を滑り落ちて寒そうに照らしている襟足から、前屈《まえかが》みに屈んでいる背筋の方へかけて、きゃしゃな背骨の隆起しているのまでがありありと分る。背筋の両側には細々とした撫肩《なでがた》が、地へ曳《ひ》く衣と共にすんなりとしている。左右へ開いた編笠の庇《ひさし》よりも狭いくらいに、その肩幅は細いのである。折々ぐっと俯《うつむ》向く時に、びっしょり水に濡れたような美しい髱《たぼ》の毛と、その毛を押えている笠の緒の間から、耳朶の肉の裏側が見える。しかし、見えるのはその耳朶までで、それから先にはどんな顔があるのだか、笠の緒が邪魔になってまるっきり分らない。なよなよとした、風にも堪えぬ後姿を、視詰めれば視詰めるほど、ますます人間離れがしているように感ぜられて、やっぱり狐の化けているのではないかと訝《あや》しまれる。いかにも優しい、か弱い美女の後姿を見せて置いて、傍《そば》へ近寄ると、「わっ」と云って般若《はんにゃ》のような物凄《ものすご》い顔を此方《こちら》へ向けるのじゃないか知らん。………

もう私の跫音は、明かに彼女の耳に聞えているに違いない。私がうしろにいると知ったら、一遍ぐらい振り向いてもよさそうなものだのに、知らん顔をしているところを見るといよいよ怪しい。嚇《おど》かされてもいい積りで用心して行かないと、どんな目に遇《あ》うか分らない。………地に伸びて行く私の影はもう彼女の踵に追い着いて、着物の裾を一尺二尺と這い上っている。ちょうど彼女の腰のあたりに映っている私の首が、だんだんと帯の方へ移って行って、今や背筋を伝わろうとしている。私の影の向うには、女の影が倒れている。私は思い切ってちょいと横路へ外《そ》れて見た。すると私の影は忽《たちま》ち女の腰を離れて、彼女の影と肩を並べつつ前の地面にくっきりと印せられた。最早何と云っても、それが女に見えないと云う筈はない。が、依然として女は此方を振り向きもしない。ただ一生懸命に、とは云え極めてしとやかに、落ち着き払って新内の流しを弾いている。

影と影とはいつの間にやら一寸《いっすん》*の出入りもなく並び合った。私は始めて、ちらりと女の横顔を覗き込んだ。笠の緒の向うにやっと彼女のふっくらとした頬《ほお》の線の持ち上りが見えた。頬の線だけはたしかに般若の相ではない。般若の頬ぺたがあんなに膨らんでいる訳はない。

膨らんだ頬ぺたの蔭《かげ》から、少しずつ、実に少しずつ、鼻の頭の尖《とが》りが見えて来る。ちょうど汽車の窓で景色を眺めている時に、とある山の横腹から岬《みさき》が少しずつ現れて来るような工合である。私はその鼻が、高い、立派な、上品な鼻であってくれればいいと思った。こんな月夜にこんな風流な姿をして歩いている女を、醜い女だとは思いたくなかった。そう思っているうちに、鼻の頭はだんだん余計に頰の向うから姿を現わして来る。尖った部分の下につづく小鼻の線のなだらかなのが窺《うかが》われる。もうそれだけでも、鼻の形の大体は想像することが出来る。たしかにそれは高い鼻に違いない。高い、而《しか》も立派な鼻に違いない。もう大丈夫だ。……

私はほんとうにうれしかった。殊《こと》にその鼻が、私の想像したよりも遥かに見事な、絵に画いたように完全な美しさを持っていることが明かになった時、私のうれしさはどんなであったろう。今や彼女の横顔は、その端厳な鼻梁《びりょう》の線を始めとして、包むところなく現れ出《い》でつつ、私の顔とぴったり並んでいるのである。それでも女は、やっぱり私の方を振り向かない。横顔以上のものを私に見せようとしない。鼻の線を境にした向う側の半面は、山陰に咲く花のように隠れているのである。女の顔は絵のように美しいと共に、「絵のように」表ばかりで裏がないかの如《ごと》く感ぜられる。

「小母《おば》さん、小母さん、小母さんは何処まで歩いて行くのですか」

私はこう云って女に尋ねたが、そのおずおずした声は、冴えた撥音に掻《か》き消されて彼女の耳へは這入らなかった。

「小母さん、小母さん、……」

私はもう一遍呼んで見た。「小母さん」と云うよりは、私は実は「姉さん」と呼んで見たかった。姉と云う者を持たない私は、美しい姉を持ちたいと云う感情が、始終心の中にあった。美しい姉を持っている友達の境遇が、私には常に羨《うらやま》しかった。で、この女を呼びかける時の私の胸には、姉に対するような甘い懐《なつか》しい気持が湧《わ》き上っていた。「小母さん」と呼ぶのは何だか嫌《いや》であった。けれど、いきなり「姉」と呼んでは余り馴れ馴れしいように思われたので、拠《よ》んどころなく「小母さん」にしてしまったのである。

二度目には大きな声を出したつもりであったが、女はそれでも返辞をしない。横顔を動かさない。ひたすら新内の流しを弾いて、さらり、さらり、と長い着物の裾を砂に敷きながら俯向いて真直に歩いて行く。女の眼は偏《ひとえ》に三味線の糸の上に落ちているようである。恐らく彼女は、自分の奏《かな》でている音楽を、一心に聞き惚《ほ》れているのでもあろう。

私は一歩前に蹈《ふ》み出して、横顔だけしか見えなかった女の顔を、今度は正面からまともに覗き込んだ。顔は暗い編笠の蔭になっているのだけれど、それだけに一層色の白さが際だって感ぜられる。蔭は彼女の下唇《したくちびる》のあたりまでを蔽《おお》っていて、笠の緒の喰い入っている頤《あご》の先だけが、纔《わず》かにちょんびりと月の光に曝《さら》されている。その頤は花びらのように小さく愛らしい。そうして、唇には紅がこってりとさされている。その時まで私は気が付かなかったが、女はたしかに厚化粧をしているのである。あんまり色が白すぎると思ったのも道理、顔にも襟にも濃いお白粉《しろい》がくっきりと毒々しいまでに塗られている。——けれど、そのために彼女の美貌《びぼう》が少しでも割引されると云うのではない。度強《どぎつ》い電燈の明りや太陽の光線の下でこそ、お白粉の濃いのは賤《いや》しく見える事もあろうが、今夜のような青白い月光の下に、飽くまで妖艶《ようえん》な美女の厚化粧をした顔は、却って神秘な、魔者のような物凄さを覚えさせずには措《お》かないのであった。まことにそのお白粉は、美しいと云うよりも、若しくは花やかと云うよりも、寒いと云う感じの方が一層強かったのである。

どうしたのか、女はふと立ち止まって、俯向いていた顔を擡《もた》げて、大空の月を仰いだ。暗い笠の影の中でほの白く匂っていた頰は、その時急にあの沖合の海の潮の如く銀光を放つかと疑われた。すると、その皎々《こうこう》たる頰の上からきらりきらりと閃《ひらめ》きながら、蓮《はす》の葉をこぼれる露の玉のように転がり落ちるものがあった。きらりと輝いて何処かへ消えてしまったかと思うと、又きらりと輝いては消える。

「小母さん、小母さん、小母さんは泣いているんですね。小母さんの頰ぺたに光っているのではありませんか」

私がこう云うと、女は猶《なお》も大空を見上げながら答えた。

「涙には違いないけれど、私が泣いているのではない」

「そんなら誰が泣いているのですか。その涙は誰の涙なのですか」

「これは月の涙だよ。お月様が泣いていて、その涙が私の頰の上に落ちるのだよ。あれ御覧、あの通りお月様は泣いていらっしゃる」

そう云われて、私も同じように大空の月を仰いだ。しかし、果してお月様が泣いているのかどうかよくは分らなかった。私は多分、自分は子供であるからそれが分らないのであろうと思った。それにしても、月の涙が女の頰の上にばかり落ちて来て、私の頰に降りかからないのは何故であろう。

「あ、やっぱり小母さんが泣いているんだ。小母さんは譃《うそ》を云ったのだ」

私は突然、そう云わずにはいられなかった。なぜかと云うのに、女は首を擡げたまま、その泣き顔を私に悟られないようにして、しきりにしくしくとしゃくり上げていたのである。

「いいえ、いいえ、何で私が泣いているものか。私はどんなに悲しくっても泣きはしない」

そう云いながらも、女は明かにさめざめと泣いているのである。項《うなじ》を上げている顔の、眼瞼《まぶた》の蔭から湧き出る涙が、鼻の両側を伝わって頤の方へ縷《いと》を引きながら流れている。声を殺してしゃくり上げるたびごとに、咽喉《のど》の骨が皮膚の下から傷々《いたいた》しく現れて、息が詰まりはしないかと思われる程切なげにびくびくと凹《へこ》んでいる。初めは露の玉の如く滴々とこぼれていたものが、見るうちに頬一面を水のように濡《ぬ》らして、鼻の孔へも口の中へも容赦なく侵入して行くらしい。と、女は水洟《みずばな》をすると一緒に唇から沁《し》み入る涙をぐっと嚥《の》みこんだらしかったが、同時に激しくごほんごほんと咳《せき》に咽《むせ》んだ。

「それ御覧なさい。小母さんはその通り泣いているじゃありませんか。ねえ小母さん、何がそんなに悲しくって泣いているんです」

私はそう云って、身を屈めて咳き入っている女の肩をさすってやった。

「お前は何が悲しいとお云いなのかい？　こんな月夜にこうして外を歩いて居《お》れば、誰でも悲しくなるじゃないか。お前だって心の中ではきっと悲しいに違いない」

「それはそうです。私も今夜は悲しくって仕様がないのです。ほんとうにどう云う訳でしょう」

「だからあの月を御覧と云うのさ。悲しいのは月のせいなのさ。――お前もそんなに悲しいのなら、私と一緒に泣いておくれ。ね、後生だから泣いておくれ」

女の言葉はあの新内の流しにも劣らない、美しい音楽のように聞えた。不思議なことには、こんな工合に語りつづけている間にも、女は三味線の手を休めず弾いているのである。

「それじゃ小母さんも泣き顔を隠さないで、私の方を向いて下さい。私は小母さんの顔が見たいのです」

「ああそうだったね、泣き顔を隠したのはほんとに私が悪かったね。いい子だから堪《かん》忍《にん》しておくれよ」

空を仰いでいた女は、その時さっと頭を振り向けて、編笠を傾けながら私の方を覗き込んだ。

「さあ、私の顔を見たければとっくりと見るがいい。私はこの通り泣いているのだよ。私の頬ぺたはこんなに涙で濡れているのだよ。さあお前も私と一緒に泣いておくれ。今夜の月が照っている間は、何処までも一緒に泣きながらこの街道を歩いて行こう」

女は私に頬を擦り寄せて更にさめざめと涙に掻きくれた。悲しいには違いなかろうけれど、そうして泣いている事が、いかにも好い心持そうであった。その心持は私にもはっきりと感ぜられた。

「ええ、泣きましょう、泣きましょう。小母さんと一緒にならいくらだって泣きましょう。私だって先《さっき》から泣きたいのを我慢していたんです」

こう云った私の声も、何だか歌の調《しらべ》のように美しい旋律を帯びて聞えた。この言葉と共に、私は私の頬を流れる涙を感じた。私の眼の球の周りは一時に熱くなったようであった。

「おお、よく泣いておくれだねえ。お前が泣いておくれだと、私は一層悲しくなる。悲しくって悲しくってたまらなくなる。だけど私は悲しいのが好きなんだから、いっそ泣けるだけ泣かしておくれよ」

そう云って、女は又私に頬擦りをした。いくら涙が流れても、女の顔のお白粉は剝《は》げようともしなかった。濡れた頬ぺたは却《かえ》って月の面のようにつやつやと光っていた。

「小母さん、小母さん、私は小母さんの云う通りにして、一緒に泣いているんです。だからその代り小母さんの事を姉さんと呼ばしてくれませんか。ねえ、小母さん、これから小母さんの事を姉さんと云ったっていいでしょう」

「なぜだい？　なぜお前はそんな事を云うのだい？」

その時女は、すすきの穂のように細い眼をしみじみと私の顔に注いで云った。

「だって私には姉さんのような気がしてならないんですもの。きっと小母さんは私の姉さんに違いない。ねえ、そうでしょう？　そうでなくっても、これから私の姉さんになってくれてもいいでしょう」

「お前には姉さんがある訳はないじゃないか。お前には弟と妹があるだけじゃないか。――お前に小母さんだの姉さんだのと云われると、私は猶更悲しくなるよ」

「それじゃ何と云ったらいいんです」

「何と云うって、お前は私を忘れたのかい？　私はお前のお母様《ツかさん》じゃないか」

こう云いながら、女は顔を出来るだけ私の顔に近づけた。その瞬間に私ははっと思った。云われて見れば成る程母に違いない。母がこんなに若く美しい筈はないのだが、それでもたしかに母に違いない。どう云う訳か私はそれを疑うことが出来なかった。私はまだ小さな子供だ。だから母がこのくらい若くて美しいのは当り前かも知れない、と思った。

「ああお母さん、お母さんでしたか。私は先からお母さんを捜していたんです」

「おお潤一や、やっとお母さんが分ったかい。分ってくれたかい。――」

母は喜びに顫《ふる》える声でこう云った。そうして私をしっかりと抱きしめたまま立ちすくんだ。私も一生懸命に抱き附いて離れなかった。母の懐《ふところ》には甘い乳房の匂《におい》が暖かく籠《こも》っていた。………

が、依然として月の光と波の音とが身に沁み渡る。新内の流しが聞える。二人の頬には未《いま》だに涙が止めどなく流れている。

私はふと眼を覚ました。夢の中でほんとうに泣いていたと見えて、私の枕《まくら》には涙が湿っていた。自分は今年三十四歳になる。そうして母は一昨年の夏以来この世の人ではなくなっている。——この考が浮かんだ時、更に新しい涙がぽたりと枕の上に落ちた。

「天ぷら喰いたい、天ぷら喰いたい。………」

あの三味線の音が、まだ私の耳の底に、あの世からのおとずれの如く遠く遥けく響いていた。

注解

刺青

ページ
八

*御殿女中　江戸時代に、宮中・将軍家・大名家・大名の江戸屋敷などの奥向きに仕えた女中。

*華魁《おいらん》　位の高い遊女の称。

*お茶坊主　江戸城中で、茶の湯や給仕などを勤めた僧体のもの。

*幇間《ほうかん》　遊客の機嫌《きげん》を取り、酒興を助けることを業とする男。たいこもち。谷崎には幇間を主人公とした小説『幇間』（本文庫に収録）がある。

*女定九郎《おんなさだくろう》　河竹黙阿弥《もくあみ》作、慶応元年（一八六五）初演の歌舞伎『忠臣蔵後日建前《ごにちのたてまえ》』の通称。歌舞伎『仮名手本忠臣蔵』五段目に出る山賊斧《おの》定九郎の女房で毒婦蝮《まむし》のお市を中心とする忠臣蔵後日談。

*女自雷也《じらいや》　中国にあった神出鬼没の怪盗「我来也」の物語に取材し、文政三年（一八二〇）に出版された東里山人作の草双紙『聞道女自来也《きくならくおんなじらいや》』のこと。

*女鳴神《なるかみ》　歌舞伎『鳴神』の鳴神上人を尼に書き換えた作品。元禄九年以来、種々の脚本

で上演されてきた。

＊草双紙《くさぞうし》　江戸時代の通俗的な絵入り読物。

＊天稟《てんぴん》　天から稟《う》けるということ。生まれつき。

＊馬道《うまみち》　浅草寺の東側沿いを北に向かう道で、吉原へ通う遊客が頻繁に利用した。

＊刺青《ほりもの》　元来は中国の風俗で、文政十年（一八二七）に歌川国芳が、精巧華麗な刺青のある『水滸伝《すいこでん》』の豪傑百八人の錦絵を売り出し、江戸の俠客《きょうかく》を中心にブームになった。

＊吉原《よしわら》、辰巳《たつみ》　吉原は、娼婦《しょうふ》たちを集めた江戸で唯一の幕府公認の遊廓《ゆうかく》。辰巳は、江戸城から見て辰巳、即ち東南にあったことから、芸者と私娼の町深川に付けられた呼び名。

＊博徒、鳶《とび》の者　博徒は博奕打《ばくち》ち。鳶の者は、普段は土木建築などに従事していて、火事の際には町火消しとして活躍する人足。ともに男伊達《だて》と言われ、特に鳶の者は江戸っ子の代表とされた。

九

＊浅草のちゃり文、松島町の奴平《やっぺい》、こんこん次郎　後出の達磨金《だるまきん》・唐草権太《ごんた》と共に天保・嘉永の頃（一八三〇～五〇年頃）に実在した刺青師。

＊絖地《ぬめじ》　絹織物の一種。日本画の画布にも用いられた。

＊豊国国貞　江戸後期の浮世絵師の初代歌川豊国（一七六九～一八二五）・歌川国貞（一七八六～一八六四）を指す。豊国は美人画や役者絵の名手。国貞は豊国の高弟で美人画・風景画に数多くの傑作を残した。

一〇

＊知死期《ちしご》　「生年月日の干支などによって決まっている死期」の意味から転じて、ここで

は単に死に際《ぎわ》のこと。

一　*突《つ》っ張《ぱり》者　強情な人、頑固者。

一　*房楊枝《ふさようじ》　端を打ち砕いて房のようにした楊枝で、今日の歯ブラシに当たるもの。

*錆竹《さびたけ》　表皮に錆のような斑点の生じた竹。

*袖垣《そでがき》　建物の脇から突出した短い垣。

*辰巳の芸妓《はおり》　深川の芸者。売春もしたが、客を選び、金だけでは体を売らぬという粋と張りと意気地を生命とした。色よりも芸を重んじ、化粧も衣裳《いしょう》も華美を嫌《きら》った。男が着るものとされていた羽織を着て客席に出たので、羽織と言えば、深川芸者を指すようになった。

*裏地へ絵模様を画《か》いて　贅沢を禁じた寛政の改革（一七八七〜九三）の頃から、外からは見えない着物の裏側に華麗な絵模様を付けることが流行《はや》り出した。『幇間』の三平も、裏地に絵模様のある羽織を着ている。

二　*鬱金《うこん》　鮮やかな黄色。

*岩井杜若《いわいとじゃく》　歌舞伎役者五世岩井半四郎（一七七六〜一八四七）。杜若は俳名。毒婦・妖婦の役を得意とした女方の名優。

、、、

*たとう　たとう紙の略。厚紙に渋や漆を塗って折目を付け、四つに畳むように作った丈夫な包み紙で、主に和服を包むのに使う。

*備後表《びんごおもて》の台に乗った巧緻《こうち》な素足　備後表の台とは、備後地方産のトウシングサを用いて

織った上質の畳表を上に用いた履き物を言う。深川芸者は足袋を用いず、素足だった。

一三　＊大川《おおかわ》　隅田川下流の通称。

＊紂王《ちゅうおう》の寵妃《ちょうひ》、末喜《ばっき》　紂王は古代中国殷《いん》王朝最後の国王で、寵妃妲己《だっき》への愛に溺れ、周の武王に滅ぼされた悪王。末喜は、古代中国夏王朝最後の桀王《けつおう》の寵妃。谷崎は妲己と末喜を混同している。

一六　＊メムフィス　カイロの南方にあった古代エジプトの都市。

＊無名指　薬指のこと。

＊箱屋　客席に出る芸者の供をして、箱に入れた三味線などを持って行く男。

＊土州《としゅう》屋敷　土佐藩主山内家の下屋敷。

一七　＊蠕動《ぜんどう》　うごめくこと。

一九　＊半時　一時《いっとき》の半分、現在の約一時間。

少年

二一　＊尋常四年　現在の小学校四年に当たる。当時の小学校は、尋常小学校（四年間、義務教育）と高等小学校（四年間）に分かたれていた。

二三　＊お稲荷《いなり》様のお祭　旧暦二月の初午《はつうま》の日に行われることが多い稲荷神の祭。ありふれたものを「伊勢屋稲荷に犬の糞」と言うくらい、東京では江戸以来、稲荷信仰が盛んだった。

＊雪駄《せった》　竹皮草履の裏に革を張り、踵《かかと》に尻鉄《しりかね》を打った草履。

二四　＊浜町《はまちょう》の岡田　日本橋の浜町三丁目にあり、維新後栄えた有名な料亭。

二五　＊名代の　有名な。

＊日本館……西洋館　明治二十年代ごろから昭和初期にかけて、皇族・高級官僚・豪商など富豪たちの中から、この様に広大な敷地内に日本館と西洋館を別々に建てる者が現われた。その場合、西洋館は純ヨーロッパ風で専ら接客用に使われ、普段の生活は日本館で行われた。

＊横町の裏木戸　表通りに面した表門に対して、横町に面した裏口の木戸。使用人や御用聞きなどが用いるもので、正式の客が入るべき入口ではない。

＊周延《ちかのぶ》が描いた千代田の大奥と云う三枚続きの絵　橋本周延（号は楊洲斎　一八三八〜一九一二）は、明治浮世絵界の代表者の一人で、千代田城即ち江戸城の、大奥の美人たちを描くのを得意にした。

二九　＊地袋《じぶくろ》　床の間の脇の違い棚の下などにつけた小さい袋戸棚。

＊絵双紙《えぞうし》　前出、草双紙の別名。

＊半四郎や菊之丞《きくのじょう》　歌舞伎役者岩井半四郎と瀬川菊之丞。数代あるが、いずれも女方の名優である。

三一　＊椎茸髱《しいたけたぼ》　江戸時代、御殿女中が結った髷の名。形が椎茸に似ているので言う。

＊ピアノ　日本には、明治十三年に初めて渡来した。グランド・ピアノは、明治時代には千円前後、今のお金に直すと一千万円前後もする超高級品であり、アップライト型でも

その半額程度。オルガンは、安いものは今の十万円台で買えた。

*肉色の布　ピンクのカーテンのこと。

三三

*馬丁　馬の世話係。御者よりも格は下。金持ちの塙家には、自家用馬車があるのだろう。

三四

*チャリネ　明治十九年に来日して、軽業や猛獣使いなどで大評判になったサーカス団の名であるが、後にはサーカス一般を言うようになった。

三五

*用心籠《ようじんかご》　火事などの際、家財を入れて運ぶために用意して置く大きな籠。

*白木屋《しろきや》　元禄《げんろく》時代以来、日本橋の大呉服店として栄えた老舗《しにせ》。大正八年からは百貨店に転じ、昭和四十二年から東急百貨店となって現在に至る。

*にんべん　日本橋にある宝永元年（一七〇四）創業の老舗伊勢屋。商標「イからにんべんと呼ばれるようになった。鰹節《かつおぶし》と言えばにんべん、にんべんと言えば鰹節と言われるほど、有名な店である。

三六

*熊谷《くまがい》土手　中仙道の途中、埼玉県熊谷附近の荒川土手。江戸時代にはよく追《お》い剝《は》ぎなどが出没し、物騒な所として有名だった。

*緞帳芝居《どんちょうしばい》　引き幕の使用が許されず、垂れ幕を用いた格式の低い劇場で演じられた下等な芝居。

*覗き機巧《からくり》　大きな箱の中に入れた絵を、箱の前面のレンズから客に覗かせながら、箱の両側に立った人が綱を引いて絵を変えつつ、物語を語って聞かせるという見世物。

*雛妓《おしゃく》　十三歳から十五、六歳くらいで、まだ一人前になる前の芸者。御座敷には出るが、

料金は半額。

三七　＊意趣返し　復讐。

四一　＊傀儡《かいらい》　他人の手先になって思いのままに使われる者。操り人形。

四五　＊弥造《やぞう》　着物の中で握りこぶしにした手を、胸のあたりに置いて、着物を突き上げるようにした様を言う。

四七　＊お嬢吉三《じょうきちざ》　河竹黙阿弥作の歌舞伎『三人吉三廓初買《さんにんきちさくるわのはつがい》』に登場する女装の盗賊。

四八　＊仲間《ちゅうげん》　江戸時代、武士に仕えて雑務をした者。

　　　＊髱《たぼ》　日本髪の背中の方に張り出した部分。

　　　＊金閣寺の雪姫　歌舞伎『祇園祭礼信仰記』四段目で、金閣寺に居を構える松永大膳に横恋慕された絵師雪舟の孫娘雪姫は、その意に従わないために桜の木に縛られるが、つま先で桜の花びらをかき集めてネズミを描くと、魂が入って縄を食い切るので助かる。

四九　＊百物語　夜、数人が集まって交代で怪談を語り合う催し。百のあかりをともし、話が一つ終わるごとに一つ消し、すべて消し終わった時に妖怪が現れるとされた。

五四　＊洋行　西洋に行くことだが、明治時代には、余程優秀で国家から留学生として派遣されるか、余程の金持ちでなければ容易でなく、また帰国後は高い社会的地位を得られることが多かったので、羨望の対象だった。

五八　＊水天宮　日本橋にある神社。水難除けと安産の神として知られ、その祭日は毎月五日、縁日は毎月一・五・十五・二十八日で、東京でも一、二を争う賑《にぎ》わいを見せた。

五九　＊七十五座のお神楽《かぐら》　座は、里神楽などで曲数を数える単位。谷崎の『幼少時代』によれば、普通の神楽は二十五座だが、水天宮の神楽堂では、毎年五月五日に七十五座の神楽を行ったという。ただし、ここでは四月五日の事になっている。

＊永井兵助の居合い抜き　居合い抜きは、一本歯の高下駄を履いて三方の上に乗ったまま、体より長い刀を抜いて見せる大道芸。永井兵助は、代々居合い抜きで客寄せをして、歯磨き粉などを売る浅草の大道商人であった。

＊矢場《やば》　表向きは楊弓を射させる遊戯場で、実は売春を営む家。

六一　＊蝦色《えびいろ》　エビはエビカズラ、即ち葡萄《ぶどう》で、蝦色は熟した葡萄の実の様な紫がかった濃い赤色を言う。

六二　＊鏗然《こうぜん》　金属や石の鳴り響く様。

＊お納戸《なんど》色《いろ》　ねずみ色がかった藍色。

＊下げ髪　髷《まげ》に結わず、毛を背中に垂れ下げた髪型。普段の日本髪とは違って、西洋風にしているということ。

六三　＊裳裾《もすそ》　スカートのこと。日本で女性が洋服を普段着るようになるのは、昭和になってからのことである。

六六　＊舶来《はくらい》　外国、特に西洋から船舶で輸入された品物。貴重なもの・高級品と決まっていた。

六七　＊婆羅門《ばらもん》の行者《ぎょうじゃ》　婆羅門教は、古代インドでバラモンが伝持した宗教で、ベーダ経典を奉じ、祭祀を重んじる汎神論的多神教。

六九　＊「浮かれ胡弓《こきゅう》」　スウェーデンの昔話で、聞くと踊り出さずには居られなくなる胡弓即ちバイオリンが出てくる。

七〇　＊吐月峰《はいふき》　タバコ盆についていて、タバコのすいがらを叩き入れる筒。

＊Urine　英語。尿。

幇間

七二　＊新華族　明治時代、旧大名・公卿などの家柄によらず、特別の功労によって華族に列せられたもの。日露戦争の功績によって新たに華族に列せられたものは、七十名以上にのぼった。

＊艇庫《ていこ》　ボートをしまう倉庫。

＊十二階　浅草にあった十二階建ての凌雲閣《りょううんかく》の俗称。当時、日本随一の高層建築だった。

七三　＊亀清楼《かめせいろう》　柳橋の有名な料亭で、一方は神田川の川口、一方は隅田川に臨んだ壮麗な店構えをしていた。

＊大伝馬《おおてんま》　大きな伝馬船。

＊代地《だいち》　代地河岸。柳橋の北側にある隅田川の河岸。ここの芸者とは、柳橋芸者を指す。

＊兜町《かぶとちょう》　日本橋にある地名。東京株式取引所があり、明治以来、日本の代表的な証券街。

＊末社《まっしゃ》　本来は本社に付属する小さな神社のことだが、遊里で客を大尽《だいじん》と言うのを大神《だいじん》にかけ、それを取り巻く末社の意から、客の取り持ちをする幇間を言う。

七五　＊絃歌《げんか》　三味線に合わせて歌う唄。

＊湧然《ゆうぜん》　盛んにわきおこる様。

＊赤や青の小旗を振ってボートの声援をして居る学生達　四月十日前後には、隅田川で帝国大学のボートレースが行われた。赤が医科、青が法科、白が工科で、女学生を始めとして多数の見物客が、贔屓《ひいき》の組の色の小旗を振って声援した。当時は他に見るべきスポーツが少なく、ボートレースはスポーツ界の花形であった。

＊河上《かじょう》の人気　「上」は「ほとり」を意味するので、河の上流でも、水の上でもなく、河の周辺の意味である。

＊中の植半　向島の料理屋植半。木母寺境内の本店を「奥の植半」と呼ぶのに対し、隅田堤中ほどの分店を「中の植半」と称した。

＊花月華壇　向島寺島村にあった料亭。

七六　＊河岸を換えて　飲食したり、遊んだりする場所を変えること。

＊蹴出《けだ》し　婦人用和装下着で、腰巻の上に巻きつけるもの。

＊「由良《ゆら》さん」　歌舞伎『仮名手本忠臣蔵』七段目の祇園《ぎおん》一力茶屋の場で、酒に酔った大星由良之助が、鬼ごっこで目隠しをして、両手を広げて芸者たちを捕まえようとする場面を指して言う。

七七　＊柳橋　柳橋周辺の花街。天保の改革で深川遊廓が取り潰《つぶ》され、深川芸者がこの地に移転したため、栄えるようになった。明治時代、新政府高官が新橋を贔屓にしたのに対し、旧幕臣などに愛され、新橋と並び称された。

八〇　＊開き直って　急に真面目《まじめ》な態度になって、いずまいを正すこと。

＊紙を丸めて投げてやる　御祝儀などとして、小銭を紙に包んでひねった「お捻《ひね》り」というものを与える。ここではそれに見立てたもの。

八一　＊茶屋の附合い　料亭や遊廓などで酒色の遊興をする茶屋遊びのつきあい。

＊役者買い　女が金を払って男の役者と遊ぶこと。

八二　＊直屋《じきや》　仲買人をよそおって、取引所の相場を目安に賭博をする者。

＊端唄《はうた》　江戸の流行唄の一つ。単純素朴な旋律で、唄いやすく内容も分りやすい。明治時代になっても、寄席《よせ》や花柳界で唄い継がれた。

八三　＊待合　待合茶屋。男女の密会や芸者遊びのための席を貸す茶屋。

＊内芸者　外から呼ぶ芸者ではなく、料理屋などで抱えておく芸者。

八四　＊奥　奥の間。仕事の場である表の店に対して、妻子など家族がいる所。

＊常磐津《ときわず》、清元《きよもと》　ともに江戸浄瑠璃節《じょうるりぶし》の一流派。

＊歌舞伎座《かぶきざ》の狂言　歌舞伎座は、明治二十二年、現在の東銀座に建てられた大劇場で、歌舞伎界最高の舞台。狂言は歌舞伎の脚本・演目のこと。

＊立ち見　劇場で、一幕分の料金を払い、立ったまま見物すること。立ち見の場所は、舞台正面後方のいわゆる大向うにあり、芝居好きで目の肥えた観客が多かった。

八五　＊芝翫《しかん》や八百蔵《やおぞう》　歌舞伎役者五世中村芝翫（一八六五〜一九四〇　明治四十四年からは五

世歌右衛門）は、九世団十郎、五世菊五郎の死後、女方であるにもかかわらず、歌舞伎界の頭領的存在となった名優。歌舞伎役者七世市川八百蔵（一八六〇～一九三六　大正七年からは七世中車）も、団十郎没後、時代物の立役者として歌舞伎界の重鎮となった。

＊小唄　江戸末期に江戸端唄から派生し、明治になって盛んになった流行唄。三味線を爪弾きながら唄う粋なもの。

＊天《あま》の窟戸《いわと》……夜の明けぬ国』　日の神である天照大神が、素《す》戔嗚尊《さのおのみこと》の乱暴に怒り、天の岩屋に閉じこもって、天地が常闇《とこやみ》になったので、天児屋根命《あまのこやねのみこと》が祝詞を奏し、天鈿女命《あめのうずめのみこと》が舞ったところ、天照大神が出てきて天地が再び明るくなったという神話に引っ掛けた洒落《しゃれ》。「夜が明けない」は、「それがないと暫くも過せない」ということだが、女（天照）が居ないと実際に夜が明けないことと掛けた。

八六

＊都《ど》々《ど》逸《いつ》、三下り《さんさがり》、大津絵《おおつえ》　都々逸節は、主に男女の愛情を口語で歌う俗曲。三下りは、名古屋地方で行われた三下り（三味線において本調子の第三弦を一全音下げたもの）の潮来節《いたこぶし》。大津絵節は、大津絵の戯画を題材とした歌詞を元唄とする俗謡。

＊新内《しんない》の流し　江戸浄瑠璃の一流派である新内節の三味線の、地と高音を二人で合奏しながら街を歩き、客がいれば新内節の一節を語って御祝儀をもらうもの。

＊お座附　芸者が客の座敷に呼ばれて、最初に三味線を弾いて御祝儀の歌を歌うこと。

九二

＊車夫　人力車をひく仕事をしている人。

＊ぞろりとした　玄人《くろうと》の女のような、あるいは通ぶったくずれた感じに、派手な衣服で着

飾っている様を表す語。

＊掃き出し　部屋の中の塵《ちり》やごみを掃き出すために、外に向って畳や床などに接して作った窓。

秘密

九八　＊真言宗《しんごんしゅう》　高野山を開いた空海を祖とし、真言呪法《じゅほう》の加持力によって即身成仏《じょうぶつ》を期す宗派。大日如来を本尊とし、護摩・念誦などの真言秘法を行う。

＊庫裡　寺で住職や家族などの住む建物。

＊門跡《もんぜき》　浄土真宗東本願寺の関東における出張所である浅草本願寺の俗称。皇族・貴族などが出家して住職などを務める寺を門跡と言うが、本願寺は門跡に准《じゅん》ずる扱いを受けていたので、このように呼ぶ。

＊Obscure　英語。世に知られない、見つけにくい。

九九　＊荷足り　荷足り船。小型の和船で、河川での運送や渡し船に使われた。

一〇〇　＊パノラマ　円形ドームの中央に展望台を設け、近景には実物や人形を配し、遠景は壁面に絵画で描き、照明と遠近法を利用して、広大な風景をまのあたりにしているような臨場感を与える見世物。上野と浅草にパノラマ館があって、日清・日露の戦場の光景などを見せていた。

＊仲店《なかみせ》　浅草寺の雷門から観音堂までの参道の両側に続く商店街。

一〇一

*究竟《くっきょう》　大変都合のいいこと。

*六区　浅草寺の境内が、明治になって公園に指定された際、七区に分かたれた内の第六区で、様々な見世物小屋が集り、娯楽街として栄えていた。

*仁左衛門《にざえもん》　歌舞伎役者十一世片岡仁左衛門（一八五七〜一九三四）。後出鴈治郎と関西歌舞伎の担《にな》い手として人気を二分したが、明治四十年仁左衛門を襲名後、上京して東京歌舞伎の重鎮となった。

*鴈治郎《がんじろう》　歌舞伎役者初世中村鴈治郎（一八六〇〜一九三五）。明治十一年より鴈治郎を名乗る。仁左衛門の上京後、関西歌舞伎の代表者となった。

*旧套《きゅうとう》を擺脱《はいだつ》した　昔のままの在り来たりのやり方から脱却した。

*アーティフィシャルな、Mode of life　技巧的（artificial）な生活様式。

一〇二

*コナンドイル　イギリスの探偵小説家Conan Doyle（一八五九〜一九三〇）。名探偵シャーロック・ホームズを生み出した。

*涙香《るいこう》　黒岩涙香（一八六二〜一九二〇）。外国の探偵小説の優れた翻訳者だった。ユゴーの『噫《ああ》無情』の翻訳や新聞「万朝報《よろずちょうほう》」の創刊などでも知られる。

*韜晦《とうかい》　他人の目をくらますこと。

*お茶坊主《ちゃぼうず》　鬼になった者が目隠しをし、盆に茶碗を載せて、他の者たちが作った輪の中に入り、「〇〇さんお茶を召し上がれ」と言って、誰か一人の前に盆を差出し、当たっていたら当てられた人が鬼になるという遊び。

*観音開き　左右の扉を中央で合わせるように造った門戸で、仏壇・倉・門などに用いる。ここは倉であろう。

一〇三　*土用干《どようぼし》　土用（立秋の前十八日間）の間に、着物や本などを取り出して、日にあてたり風を通したりして虫を追い払うこと。

*The Sign of Four　シャーロック・ホームズものの一つ『四つの署名』。

*ドキンシイ　イギリスの批評家・随筆家 De Quincey（一七八五〜一八五九）。『アヘン常用者の告白』が有名。

*Murder, Considered as one of the fine arts　谷崎は、後年『芸術の一種として見たる殺人に就いて』という題で翻訳している。

*アラビアンナイト　アラビア語で書かれた大説話集。千夜一夜物語。

*Sexuology　英語。正しくは、"Sexology" 性科学。

*須弥山《しゅみせん》図　仏教の世界観において世界の中心に聳《そび》えるという高山須弥山の絵図。

*涅槃像《ねはんぞう》　涅槃、即ち釈迦の死を描いた絵。

一〇四　*羅漢《らかん》、比丘《びく》、比丘尼《びくに》、優婆塞《うばそく》、優婆夷《うばい》　羅漢は、小乗仏教の最高の悟りに達した聖者。比丘・比丘尼は出家して具足戒を受けた男子・女子。優婆塞・優婆夷は三宝に帰依して五戒を受けた男子・女子。

*麒麟《きりん》　古代中国で、聖人が現れて良い政治が行われる時に、この世に現れるとされる霊獣。体は鹿、蹄《ひづめ》は馬、尾は牛、額は狼で、角が一本生えていると言う。谷崎には、『麒

鱗』という小説もある。

*爪紅《つまべに》　手や足の爪に塗る紅。

*二重廻《にじゅうまわ》し　和服の上に着る男性用の外套。

一〇五 *とのこ　砥石を切出す際に生じた砥石の粉末で、厚化粧の下塗りに用いる。

一〇六 *弁天小僧　弁天小僧菊之助。歌舞伎『青砥稿花紅彩画《あおとぞうしはなのにしきえ》』に出てくる泥棒で、女装をする。

一〇七 *アーク燈　炭素の電極二つの間に電圧をかけた際に起こる放電による光を用いた電燈で、明治時代には街燈によく用いられた。

*へんのう　樟脳を精製して透明にしたもの。特殊な芳香があり、防臭用・殺虫用などに用いる。

一〇八 *活動写真　"motion picture"の訳。次第に映画という言い方に押されて使われなくなった。

*空気ランプ　石油ランプの一つで、芯を円筒形にし、口金の下部に多くの穴をあけて空気の通りをよくしたもの。よく燃焼して光が明るい。

*遊女　売春を職業とする女。

一一〇 *Arrested at last.　とうとう、つかまった。無声映画では、時折、画面にこの様な説明の文字（字幕）が出る。恐らく、犯罪映画で犯人が逮捕された場面であろう。もちろんこの女は、あなたをやっと捕まえたという意味を含ませて使っているのである。

*太棹《ふとざお》　元来は義太夫節などに用いる棹の太い三味線のことだが、ここでは義太夫節のこ

と。
一一三 ＊竦然《しょうぜん》 恐れてぞっとする様。
一一四 ＊玉甲《たまか》斐絹《いき》 玉虫甲斐絹。違った色のたて糸とよこ糸で平織にした布地で、玉虫の羽のような色合いを見せる。
＊手 筆跡。
一一五 ＊街鉄《がいてつ》 明治三十六年設立の東京市街鉄道株式会社のこと。
＊相乗りの俥《くるま》 二人で乗ることの出来る人力車。
一一六 ＊Labyrinth 英語かドイツ語。迷路。
一一七 ＊妾宅《しょうたく》 妾をかこっておく家。
一二四 ＊洗い出しの板塀 ブラシ等をかけ、水洗いをして、木目を特に目立つようにした板でこしらえた塀。

異端者の悲しみ

一三〇 ＊蒼穹《そうきゅう》 青空。
一三一 ＊陋巷《ろうこう》 陋は狭苦しい、巷は町の意から、狭く汚い町を言う。後出の陋屋は、狭くむさ苦しい家のこと。
＊僥倖《ぎょうこう》 思いがけない幸せ。
一三二 ＊華胥《かしょ》の国 古代中国の黄帝が、昼寝の夢に見たという理想郷。

＊文学士　大学の文学部の卒業生に与えられる称号。明治末年の段階では、文学士の称号を授与できる正規の大学は、東京帝国大学と京都帝国大学しかなかった。従って、章三郎は東京帝国大学に在学中であることが分る。

一三三　＊“passing whim”　英語。一時の気紛れ。

一三五　＊九州の高等学校の三部　熊本にあった第五高等学校の医科大学志望者クラス。

一三六　＊宿業　ここでは前世からの因縁・約束事・運命の意味。

一三七　＊毫末《ごうまつ》　毫は細かい毛。毫末は、更にその先端のことから、ほんのわずかであること。

＊神経衰弱　身体・精神の過労によって神経質な人に起こる症状で、疲労感・不眠・めまいなどを誇張して訴える。今日のノイローゼに当たるもので、明治末期には流行語となっていた。谷崎自身も重い神経衰弱になったことがある。

一三八　＊夜着　大形の着物のような形で、厚く綿を入れた夜具。

一三九　＊白楽天　中国中唐期の詩人（七七二〜八四六）。後出『長恨歌』は彼の代表作。

＊曾遊《そうゆう》　曾はかつて、遊は出掛けるで、かつて訪れたことがあるの意。

＊翠嵐《すいらん》　翠は緑、嵐は山の清らかな風や空気で、緑に包まれた山の清らかな空気のこと。

一四〇　＊ベルグソン　フランスの哲学者 Bergson（一八五九〜一九四一）。生の創造的進化を説いて世界的反響を呼んだ。彼の哲学は、日本でも明治末から大正にかけてかなり評判になった。

＊純粋持続　ベルグソン哲学の根本概念。ベルグソンは、意識に直接与えられている内的

時間は、空間化されえない純粋持続であり、それこそは生命であり自由であると説き、十九世紀の唯物論的機械論に反対した。

*「時と自由意志」 ベルグソンの博士論文『意識に直接与えられているものについての試論』の英訳題名。

一四四 *蓄音機 レコードの音を再生する装置。電動ではなく、ゼンマイを手で巻いて動かした。

一四五 *音譜 レコード盤。日本では、明治三十六年に初めて売り出された。当時は録音時間の短いSPで、一枚一円二十五銭（今の七、八千円）だった。

一四六 *文科大学 文学部の旧称。

*小三郎の綱館《つなやかた》 四世吉住小三郎（一八七六〜一九七二）による長唄『渡辺綱館《わたなべのつなやかた》の段』。

*林中の乗合船 初世常磐津林中（一八四二〜一九〇六）による常磐津『乗合船恵《のりあいぶねえ》方万《ほうまん》歳《ざい》』。

一四九 *快哉《かいさい》を叫ぶ 「快いこと哉《かな》！」という叫び声から、痛快だと思うこと。

*一閑張《いっかんばり》 紙で貼ったものを漆塗りにした細工物。飛来一閑の創案と言う。

*呂昇《ろしょう》の壺坂《つぼさか》 女太夫豊竹呂昇（一八七四〜一九三〇）による義太夫節『壺坂霊験記』。

一五〇 *伊十郎 江戸長唄の六世芳村伊十郎（一八五八〜一九三五）。

*音蔵 江戸長唄の五世富士田音蔵（一八七四〜一九二八）。

一五三 *北洲 清元の祝儀物の代表曲『北洲千年寿《ほくしゅうせんねんことぶき》』。北洲は、江戸城から見て北の方にある吉原遊廓を言う。歌詞の「初買ひ」は、新年初めて遊女を買うこと。

一五八　＊「千早振る」　在原業平の歌「千早振《ちはやぶ》る神代《かみよ》も聞かず竜田川《たつたがわ》から紅《くれない》に水くくるとは」に、物知りぶっておかしな解釈を付けて教えるという落語。

＊小さん　落語家の三世柳家小さん（一八五七～一九三〇）。夏目漱石《そうせき》の『三四郎』などでも、天才と評されている。

一五九　＊険相《けんそう》な　険はとげとげしい、相は形で、怒って顔つきが険しくなった様。

一六〇　＊総領　一番上の子供。特に嫡出の長男。戦前は、嫡出の長男が一人で全財産と家督を相続することが基本になっていたため、父親に次いで、家族の中で特別に優遇され、期待もされた。

＊畢竟《ひっきょう》　畢も竟も終わるという意味で、詮じ詰めてみると・つまるところ・つまり・結局、ということ。

一六八　＊五円　今の三万円くらい。

＊下谷《したや》の伊予紋《いよもん》　上野の松坂屋裏にあった有名な日本料理店。東京帝国大学から程近い。

一六九　＊深川亭　亀清・柳光亭と共に柳橋を代表する料亭。亀清は前出。

＊口吻《こうふん》を弄《ろう》して　吻は唇、口吻は口振り、弄するはもてあそぶことで、言葉巧みに話すこと。

一七〇　＊影が薄かった　何となく元気がなく、死を予感させること。

一七四　＊一高　本郷向ケ丘にあった第一高等学校。高等学校は男子のみのエリート・コースで、明治時代には全国に八校しかなく、入学定員は八校合わせても二千人程度という狭き門だった。一高はその頂点に立つ最難関校だった。谷崎潤一郎もここの卒業生である。

一七五　*洲崎《すざき》　明治二十一年に深川洲崎の埋立地に作られた遊廓。
一七九　*痼疾《こしつ》　痼は凝り固まる、疾は病いで、凝り固まって直りにくい病気や癖のこと。
　*講釈本　講釈（講談とも言う）は、武勇伝・お家騒動・敵討ちなどを、寄席《よせ》で独特の調子を付けて読み聞かせる演芸。講釈本はそれを本にまとめたもの。大衆の娯楽で、インテリが読むにふさわしいものではない。
一八三　*九天　九は究極の究と同じで、最も高い空のこと。
一八四　*寛宏《かんこう》の君子　寛も宏も広いという意味で、心の広い立派な人のこと。
一八五　*廓落《かくらく》　心が広く、からりとしている様。
一八六　*癇癖《かんぺき》　神経質でおこりっぽい性質。
一八八　*久濶《きゅうかつ》　濶は間があくことで、久しく会わなかったり、便りをしないこと。
　*素封家《そほうか》　素は空しい、封は領地で、爵位や領地はないが、王侯に等しい富を持つ者。ここでは単に大金持ちのこと。
一八九　*忌憚《きたん》　忌み憚ること。
　*擯斥《ひんせき》　擯も斥も退けることで、のけものにすること。
一九三　*廉恥心《れんちしん》　廉は潔いことで、正直で恥《はじ》を知る心。
　*裨益《ひえき》　裨は補うことで、補い役立つこと。
　*センティメント　英語。“sentiment”高尚な感情。
一九四　*屏息《へいそく》　屏は閉じることで、息を殺して恐れ縮こまること。

一九六 ＊面皮《めんぴ》を剝《は》いでやろう　厚かましい者を辱めてやろうの意。

一九八 ＊順天堂　天保九年（一八三八）に蘭学者佐藤泰然によって始められた医学塾が発展して出来たお茶の水の順天堂病院。

一九九 ＊青山さん　青山胤通《たねみち》（一八五九～一九一七）。東京帝国大学医科大学長・帝国学士院会員。明治天皇の診察もした。森鷗外の紹介で、樋口一葉を診察したことは有名。

二〇三 ＊へっつい　かまど。

二〇四 ＊火吹き竹　火を吹き起こすのに用いる竹の筒。

＊漁色　色を漁《あさ》ること、女ぐるい。

＊上野　上野にあった帝国図書館。日本最大の図書館だった。その蔵書の大半は、戦後、国会図書館に移された。現在、国会図書館上野支部となっている。

＊籠居《ろうきょ》　閉じ籠《こも》って居ること。

二〇五 ＊ハシイシュ　英語。"hasheesh" 大麻の葉と若芽を乾燥させた麻薬。ボードレールらが試用したことは有名。

二〇八 ＊蒼惶《そうこう》　あわてていて落着きのない様。

二〇九 ＊火鉢《ひばち》の抽出《ひきだ》し　この火鉢は、長方形の木箱の内側に銅板を張ったいわゆる長火鉢で、火鉢の一端に猫板《ねこいた》を置いて茶器などを載せ、銅壺《どうこ》を入れて湯を沸かし、酒の燗も出来、抽出しを付けて小間物入れとしても使えるようになっていた。江戸を中心に用いられ、居間か茶の間に置かれたものである。

二一〇 ＊十銭銀貨　十銭は一円の十分の一。今の六百円くらい。

＊泡盛《あわもり》　沖縄特産の焼酎《しょうちゅう》。本来は粟《あわ》から作るが、後に米を使うようになった。

＊酒《さか》しお　煮物に入れる料理用の酒。まずくて飲めるものではない。

＊行路病者　飢えや疲れのため、道路上で倒れた引き取り手のない病人。

二一一 ＊掻巻《かいまき》　綿を薄く入れた小さい夜着。

＊瞋恚《しんい》　目をむいて怒ること。

二一二 ＊頭の黒い大きな鼠《ねずみ》　家の中の物がなくなった時に、犯人は鼠ではなく人間だろうとほのめかす時に使う言い方。

二一三 ＊Masochist　ドイツ語か英語。相手から苦痛を与えられて性的満足を感じる異常性欲の持ち主。谷崎潤一郎にも、この様な傾向があった。

＊曖昧宿《あいまいやど》　表向きは料理屋や旅館などに見せながら、売春婦を抱えていて、密かに客をとる家。

二一四 ＊Delirium　ドイツ語か英語。一時的な精神錯乱。ひどい興奮・熱狂。

二一五 ＊霖雨《りんう》　ながあめ。

二一六 ＊どん、　明治・大正時代、正午を知らせるために皇居内で射《う》った空砲。

二人の稚児

二二二 ＊煩悩《ぼんのう》　悟りを妨げる様々な欲望。

二二三　＊観行《かんぎょう》　迷いのもととなる自己の心の本性を見つめる修行。
＊菩提《ぼだい》の果を証する　菩提は悟り、果は悟りの境地、証するは体得すること。
＊浮世　江戸時代以降は、浮き浮きと浮かれ遊ぶ世という意味に使われるが、元は「憂き世」で、つらいことの多い世の中を意味する。
＊先達《せんだち》　修行の先輩。
＊五濁《ごじょく》　五濁とは末世に起きる五つの悪い現象で、劫濁（飢饉・悪疫などの災害）・見濁（正しい教えが衰えること）・命濁（短命）・煩悩濁（愛欲からの争い）・衆生濁（人々が悪事を働くこと）の五種。

二二四　＊鳰海《におのうみ》　琵琶湖《びわこ》の別称。

二二五　＊十善の王位　十善は、十悪（殺生・偸盗《ちゅうとう》・邪淫《じゃいん》・妄語《もうご》・綺語《きご》・悪口《あっく》・両舌・貪欲《とんよく》・瞋《しん》恚《い》・邪見）を行わぬこと。十善を保って死ぬと、来世では天子に生まれ変わるとされていたので、天子の位を十善の王位と呼ぶ。

二二六　＊麿《まろ》　主として平安時代以降に用いられた自称の代名詞。
＊在家《ざいけ》　出家に対して俗人を言う。
＊母者人《ははじゃひと》　子が母を親愛の気持を込めて呼ぶ言葉。おかあさん。

二二九　＊大師《だいし》結界《けっかい》の霊場　大師は比叡山延暦寺の開祖伝教大師（七六七〜八二二）。結界は一定の地域を限って仏道修行の妨げをなすものが入らないようにすること。

二三〇　＊三十二相を具足する　体が金色・眉間《みけん》に白い毛がある・舌が広く長いなど、仏が備えていると言われる三十二の身体的特徴をすべて持っている。
＊紫磨金《しまごん》　紫色を帯びた最上質の黄金。
＊阿鼻地獄《あびじごく》　八大地獄の一つで、現世で最悪の大罪を犯したものが落ちる最も苦しみの激しい地獄。後出、無間地獄はその別称。

二三一　＊観世音　観世音菩薩《ぼさつ》。阿弥陀《あみだ》仏の脇士《わきじ》。衆生がその名を唱える声を観じて、大慈大悲を垂れ、解脱《げだつ》を得させるという菩薩。元来はイラン系の女神とも言う。補陀落山《ふだらくせん》に住む。
＊弥勒《みろく》菩薩　兜率天《とそつてん》に住み、天人のために説法しているが、釈迦入滅から五十六億七千万年後にこの世に下降し、衆生を救うとされている菩薩。

二三二　＊本尊……脇士《わきじ》　中央にまつられ、信仰の主な対象となる仏像を本尊と言い、その左右の脇に立つ仏像を脇士と言う。
＊楣間《びかん》を飛颺《ひよう》する天人の群像　欄間《らんま》に彫刻された天人の群れ。天人は仏教に採り入れられたヒンドゥー教の神々で、我が国では羽衣を着て飛行する美女として表現される。

二三三　＊横川《よかわ》　比叡山延暦寺根本中堂の北方、横川谷の峰にある堂塔及びその地域を言う。
＊六波羅密《ろくはらみつ》　大乗菩薩の六種の実践修行。布施・持戒・忍辱《にんにく》・精進・禅定・智慧《ちえ》。これによって涅槃《ねはん》の境界に到達できると言う。
＊五戒　在家の人の守るべき五種の戒。不殺生戒・不偸盗戒・不邪淫戒・不妄語戒・不飲酒戒。
＊一期《いちご》の障《さわ》り　一期は一生涯、障りは妨げで、一生涯、悟りの妨げとなる煩悩や罪。

*輪廻《りんね》　三界六道の迷いの世界に生まれ変わり、死に変わりし続けること。

二三五　*未の刻　午後二時頃。

二三六　*浄玻璃《じょうはり》　曇りがなく、清らかな水晶・ガラス。

二三八　*機根　仏の教えを受ける能力・素質。

*殿上人《てんじょうびと》　宮中清涼殿《せいりょうでん》の殿上の間《ま》に昇ることを許された公卿《くぎょう》に次ぐ高い身分の貴族。

二三九　*崎《き》嶇《く》たる岨道《そばみち》　険しい山道。

*真如法界《しんにょほっかい》　真如も法界も、宇宙万物のありのままの姿・永久不変の真理。

*妙覚　仏の真の悟り。

二四〇　*蜩《ひぐらし》　夏に鳴くセミの一種。夕方などにカナカナと澄んだ涼しい声で鳴く。

二四一　*弥生《やよい》の花　桜のこと。

*神崎《かんざき》……蟹島《かにじま》、江口《えぐち》　江口は淀川《よどがわ》と神崎川の分岐点、神崎・蟹島は神崎川の河口の地で、いずれも平安時代には遊女で名高かった。謡曲の『江口』は有名。

*二十五菩薩《ぼさつ》　阿弥陀仏を念じて極楽往生を願う者を守護し、臨終には迎えに来るという二十五人の菩薩。

二四三　*一乗のみね……一味のたに……　一乗は世のすべてのものを救って、悟りへと運んで行く仏の教えを乗り物に譬《たと》えた言葉。一味は仏の教えが平等無差別であることを味に譬えた言葉。仏の教えに従う延暦寺も、そのように万人に開かれた場所であるが、掟《おきて》を破った千手丸には、比叡山の山や谷が険しく近付き難《がた》いように、近寄りにくく感じるということ。
＊三途《さんず》八難《はちなん》　地獄・餓鬼・畜生の三悪道に、長寿天・辺地・世智弁聡《せちべんそう》などを加えた八難。
仏法を聞くことが出来ない八種の境界。

二四四　＊一念三千の法門　一念三千とは、人の平常持ち合せている心に、全宇宙の事象が備わっているとする天台宗の基本的な教義で、この理を体得することが、天台宗の修行の極致とされる。法門は真理に至る門。
＊三諦円融《さんたいえんゆう》の観行《かんぎょう》　世界の一切は一面から見れば空（空諦）、一面から見れば仮の存在（仮諦）だが、その実相は、有るのでも空なのでもない（中諦）。これら三つはいずれも諦、即ち真理であり、矛盾対立せずに融け合って一体となるという天台宗の教え（三諦円融）を心に体得する方法。
＊円頓《えんとん》の行者　天台宗の修行者のこと。円頓とは、円満にして偏《かたよ》らず、すみやかに悟りに至ることを言う天台宗の術語。

二四五　＊狐疑《こぎ》　狐は非常に疑い深いということから、疑いためらうことを言う。
＊勇猛精進《ゆうみょうしょうじん》　意志堅固に勇ましく仏道修行に励むこと。
＊随縁起行《ずいえんきぎょう》　随縁は縁に従うこと。起行は仏道修行を実践すること。

二四六　＊せいしぼさち　勢至菩薩。阿弥陀仏の脇士。智慧の光で一切を照し、衆生を三悪道から救い、臨終には来迎して極楽に引導する菩薩。
＊楊柳観世音の仮形《けぎょう》したもうか　楊柳観世音は観音が衆生を救うために三十三体に姿を変

える内の一つで、病を治すことを本願とする。仮形は、神仏などが人の目に見えるように姿を現すこと。

＊催馬楽《さいばら》　平安中期に最も盛んに行われた歌謡で、主に上代の民謡の歌詞をとって雅楽の曲調にあてはめたもの。

＊有漏路《うろじ》　漏は煩悩。煩悩に汚された迷いの世界。

＊無漏路《むろじ》　煩悩に汚されない清浄の境界。

＊羅睺羅《らごら》が母　羅睺羅は出家する以前の釈迦《しゃか》とその妃耶輸陀羅《やしゅだら》の間にできた男子。この和歌の意味は、悟りを開いたあの釈迦でさえ、出家する前には女性への愛欲に身を任せたではないか、まして凡夫の我々なら、それが当然だということ。

二四七　＊十万億土　この世から阿弥陀仏の西方極楽浄土に行くまでにある無数の仏の国・浄土。

＊款待《かんたい》　親切にもてなすこと。

＊迦陵頻伽《かりょうびんが》　西方極楽浄土にいると言われる美女の顔と非常に美しい声を持つ鳥。

＊赤珠《しゃくしゅ》の階道　赤い真珠の階段。迦陵頻伽以下は、『阿弥陀経』の西方極楽浄土の描写に基づいている。

二四九　＊応報　行なったことの善悪に応じて受ける報い。

＊嚠朗《りゅうろう》　音が冴《さ》え渡って朗々としている様。

＊三昧《ざんまい》　雑念を離れて精神を統一し、集中した状態。

二五〇　＊無量劫《むりょうごう》　非常に長い時間。永劫。

二五一　＊卯《う》の刻　午前六時頃。
＊蠱惑《こわく》　女がその色香によって男をたぶらかすこと。
二五二　＊冥護《みょうご》　神仏が人知れず加護すること。
＊水垢離《みずごり》　神仏に祈願する際、冷水を浴びて汚れを除き、心身を清めること。
二五三　＊天竺《てんじく》　インドの古称。
＊尽十方《じんじっぽう》の仏陀の光明　あまねく全世界を照らして妨げるものがないという阿弥陀仏の光明。
＊普賢《ふげん》菩薩　釈迦如来の脇士で、白象に乗っている。慈悲を以《もっ》て衆生を救済するとされる。
二五四　＊三世の宿縁　前世・現世・来世と繋《つな》がった因縁。
＊障礙《しょうげ》　さわり、障害。
＊霏々《ひひ》　雪などが入り乱れてひらひらと降る様。
＊浩蕩《こうとう》　広く大きな様。
＊繽紛《ひんぷん》　花や雪が乱れ散る様。
＊弥陀の称号　南無阿弥陀仏。

母を恋うる記

二五八　＊いにしへに恋ふる鳥かも……　『万葉集』巻二の第一一一歌。天武天皇の皇子である弓《ゆ》削皇子《げのみこ》が、かつて天武天皇に愛された額田王《ぬかたのおおきみ》に贈った天武天皇をしのぶ歌。

二五九　＊寺小屋……涎《よだれ》くり　歌舞伎『菅原伝授手習鑑《すがわらでんじゅてならいかがみ》』四段目の寺小屋の段に登場する十五歳のやや智恵遅れの少年。涎くりは涎を垂らしている人のこと。

二六一　＊殷々《いんいん》　大きな音が重々しくとどろく様。

二六二　＊縄手《なわて》　長く続く真っ直ぐな道。

＊二十間　一間は約一・八メートル。二十間は、約三十六メートル。

二六三　＊半町　一町は約百十メートル。半町は約五十五メートル。

二六四　＊茫々《ぼうぼう》　はてしもなく、うつろに広がった様。

二六五　＊漁《いさ》り火《び》　夜、魚を漁船の方へ集めるために燃やすあかり。

＊粗朶《そだ》　切り取った木の枝。

二七一　＊颯々《さっさつ》　さっと風の吹く音を表す語。

二七二　＊練絹《ねりぎぬ》　練って柔らかにし、光沢を持たせた絹の布。

＊澎湃《ほうはい》　水の漲《みなぎ》り、逆巻《さかま》く様。水や波が音を立てて激しくぶつかりあう様。

二七三　＊渺茫《びょうぼう》　広くはてしない様。

＊長汀曲浦《ちょうていきょくほ》　長い水ぎわと曲がりくねった浦。

＊磯馴松《そなれまつ》　海の強い潮風のために、枝や幹が、低くなびき傾いて生えている松。

二七六　＊漂渺　かすかではっきりしない様。

二七七　＊天ぷら喰《く》いたい　この乳母に限らず、一般に言われた。「チンコロ踏んだ」と聞えるとも言う。

二八〇　*涓滴《けんてき》　水のしたたり。

*鳥追い　江戸時代、江戸で新年に女芸人が、編笠をかぶり、三味線を弾き、鳥追歌を歌って家の門前で金品を貰《もら》った風俗習慣。明治初年まで残っていた。

*転軫《てんじん》　三味線などの棹《さお》の頭部に横から差込んで、弦を巻きつけておく棒。音の調子を定めるのに使う。

二八一　*一尺　約三十センチメートル。

二八三　*一寸《いっすん》　約三センチメートル。

細　江　光

解　説

河　盛　好　蔵

まずこの集におさめられた作品の発表年月を誌《しる》すと次のようになる。

『刺《し》　青《せい》』　明治四十三年十一月　『新思潮』
『少　年』　明治四十四年　六月　『スバル』
『幇《ほう》　間《かん》』　〃　九月　『スバル』
『秘　密』　〃　十一月　『中央公論』
『異端者の悲しみ』　大正六年　七月　『中央公論』
『二人の稚児』　大正七年　四月　『中央公論』
『母を恋うる記』　大正八年　一月十九日～二月二十二日　『大阪毎日新聞』『東京日日新聞』

作者はこれらの作品について自ら次のような解説を施している。(春陽堂版明治大正文学全集第三十五巻)

「作者が始めて発表した作品は第二次『新思潮』の創刊号に寄せた一と幕物の戯曲『誕生』であった。が、事実は『誕生』よりもこの『刺青』の方が先に書けていたので、これがほんとうの処女作である。『刺青』は『新思潮』の第三号に発表され、つづいて『麒麟《きりん》』が第四号に発表された。そう云う訳でこの二作品は作者に取っては思い出の深いものである。同人雑誌であった第二次『新思潮』が廃刊されてから、作者は一時『スバル』の同人に加わっていた。そうして『スバル』の誌上へ載せたのが『少年』『幇間』の二篇である。『少年』は前期の作品のうちでは、一番キズのない、完成されたものであることを作者は信じる。

『秘密』は『中央公論』の当時の主幹故滝田樗蔭《ちょいん》氏の依頼に依《よ》って、始めて同誌上へ掲載し、一枚一円と云うその頃の新進作家としては優遇された原稿料を貰《もら》って、筆の生活の第一歩を踏み出した記念の作品である。

『異端者の悲しみ』これを書き上げたのは大正五年の七月で、発表したのは翌大正六年の九月(実際は六月―河盛)であった。当時この作品も禁止の恐れがあると云うので、一年間中央公論社に保留されていた。(中略)この小説は作者の唯一の自叙伝的作品と云ってよい。これが発表される三四カ月前、その年の五月に作者は母を失った。『母を恋うる記』大正八年の二月、父が脳溢血《のういっけつ》で死ぬ少し前に、その病床に侍《はべ》りながら書いた。母が亡《な》くなってから二年の後である」

この作者の天才を最も早く発見して、これを世の中に持ち出したのは上田敏や永井荷風であるが、とくに荷風は明治四十四年十一月号の『三田文学』に「谷崎潤一郎氏の作品」なる一文を発表して、「当代稀有《けう》の作家」として、『象』『刺青』『麒麟』『少年』『幇間』の作者に絶讃《ぜっさん》の言葉を吝《おし》まなかった。荷風は潤一郎の芸術における三つの顕著な特質として、第一に肉体的恐怖から生ずる神秘幽玄、肉体上の惨忍から反動的に味わい得らるる痛切なる快感をあげ、第二に全く都会的であること、その作品の主材の取扱い方は勿論《もちろん》、説話の順序、形式の整頓《せいとん》、些細《ささい》なる一字一句の選択に至るまで、尽《ことごと》くその特徴が現われ溢《あふ》れていることを云い、第三に文章の完全なことをあげている。

荷風は言う。「小説『少年』の全篇は尽くこの肉体上の惨忍と恐怖とによって作り上げられたものであるが、茲《ここ》に注意すべきは、谷崎氏が描き出す肉体上の惨忍は如何《いか》に戦慄《せんりつ》すべき事件をも、必ず最も美しい文章を以《もっ》て美しい詩情の中に開展させてあるので、丁度吾々《われわれ》が歌舞伎劇の舞台から『殺しの場』を味うと同様、飽くまでも洗練琢《せんれんたく》磨《ま》された芸術的感激しか与えないのである。この点が換言すれば肉体上の記述から直ちに精神的なる神秘幽玄の気味を作り出す所以《ゆえん》にもなり得るのである。自分はかかる肉体上の恐怖から生ずる精霊の不安は、やがて茲に今一歩を進めるならば、容易に谷崎氏をしてボードレールやポーの境域を磨するに至らしめるであろうと信じている。『少年』の一篇にはその次の作『幇間』の殆《ほとん》ど骨子になっているものと同様に、他人から受ける侮蔑《ぶべつ》が極度にまで進んで来た場合には、却《かえっ》て一種痛切な娯楽慰安を感ぜしめるに至る病的の心理状態が、実に遺憾《いかん》なく解剖されている。自分は前述した肉体上の恐怖とこの屈辱に対する病的の狂愛とを合せて、谷崎氏の作品をば靡爛《びらん》の極致に達したデカダンスの芸術の好適例と見做《みな》すのである。已《すで》にデカダンスの芸術と云う。然《しか》らばその作家たる氏の人格感動思想の背面には遺伝的にあらゆる過去の文明の悩みが横わっている事は、改めて説明するまでもない」

既に堂々たる大家であった荷風からこのような絶讃《ぜっさん》を浴びて文壇に送り出された潤一郎のデビューが、いかに華々しいものであったかは容易に想像される。のみならず当時は平板にして無味乾燥な自然主義文学が文壇を窒息させていた時代であったから、潤一郎の絢爛《けんらん》で豪華で清新なロマンチックな文学は人々の異常な歓迎を受けたのであった。「谷崎君の初期の作品は、小説らしい小説であった。栄養不良児みたいな瘦形《やせがた》の作品の多かった中に、くりくりとよく太った悪たれ小僧みたいな小説であった」と正宗白鳥は書いている。

『異端者の悲しみ』は作者自身も云うように事実そのままに近い自叙伝的作品であるらしく、この作者を理解する上に重要な作品である。この小説については佐藤春夫の次の言葉が委曲を尽している。「この中篇は今日ではどうかは知らぬけれども、それを書いて後稍々《やや》長い後にも作者自身愛惜していた作である。志賀直哉の『和解』が名作の評判高かった頃、潤一郎は或日彼が時折りするところの真面目《まじめ》なひた向きな表情をし乍《なが》ら、『異端者の悲しみ』が『和解』に劣るかどうかを僕に尋ねたことがあった。（中略）偽悪者潤一郎は自から異端者と名乗っているが、その作にもその人の中にも一向異端者の面影は乏《とぼ》しいので、寧《むし》ろこの中篇には骨肉に対して懐《いだ》いている彼の暖い深い情愛の方が説かれずして現われているかの観がある。少年期から青年に移る一時代は大抵の人間にとって止《や》むを得ぬ不徳な時代である。沢山の大人としての要求を持ち、しかもその要求を自ら充《みた》す為めには全くの無力者が彼である。そうして凡《すべ》ての人々が得て陥入るところの心情的憂鬱《ゆううつ》のエゴイズムと外面的不拘束の消極的破綻《はたん》とを、正直者なる潤一郎は余りに自責するの結果、そうしてこれをもっと深く突込んで考込むことを逃避して、せっかちに朦朧《もうろう》と、しかも彼自身から是認出来ないことの自暴自棄から、思い切って自分に異端者と云う鬼の面をおっ被《かぶ》せて了ったのではないだろうか」私はこの説に半ば賛成するものではあるが、異端者という言葉に捉《とら》われなければ、この小説はある時代の誠実な青年の魂の記録として潤一郎の作品のなかでも珍重すべき佳作であると信じる。

『母を恋うる記』は美しく暖かいファンテジーであり、この作者のさまざまの作品に形をかえて現われる永遠の女性としての母に対する思慕の情が最も流露として現われた名品である。私は潤一郎を視覚型であるよりも遥《はる》かに聴覚型の作家と考えるものであるが、この作品などには、彼の微妙繊細な耳の鋭さがよく現われている。

『二人の稚児』については佐藤春夫はその都雅な美しさを指摘しているが、後年この作者に谷崎源氏を書かしめた王朝時代に対する好尚《こうしょう》と憧《あこが》れがすでにこの頃より萌芽《ほうが》を見せていたのである。

（昭和二十五年八月、評論家）

表記について

新潮文庫の文字表記については、原文を尊重するという見地に立ち、次のように方針を定めました。

一、旧仮名づかいで書かれた口語文の作品は、新仮名づかいに改める。
二、文語文の作品は旧仮名づかいのままとする。
三、旧字体で書かれているものは、原則として新字体に改める。
四、難読と思われる語には振仮名をつける。
五、漢字表記の代名詞・副詞・接続詞等のうち、特定の語については仮名に改める。

本書で仮名に改めた語は次のようなものです。

彼の→あの、かの　斯く→かく　此の、斯の→この
之→これ　嘸→さぞ　左様→さよう
其の→その

新潮文庫編
文豪ナビ 谷崎潤一郎

妖しい心を呼びさます、アブナい愛の魔術師——現代の感性で文豪作品に新たな光を当てた、驚きと発見がいっぱいの読書ガイド。

谷崎潤一郎著
痴人の愛

主人公が見出し育てた美少女ナオミは、成熟するにつれて妖艶さを増し、ついに彼はその愛欲の虜となって、生活も荒廃していく……。

谷崎潤一郎著
春琴抄

盲目の三味線師匠春琴に仕える佐助は、春琴と同じ暗闇の世界に入り同じ芸の道にいそしむことを願って、針で自分の両眼を突く……。

谷崎潤一郎著
猫と庄造と二人のおんな

一匹の猫を溺愛する一人の男と、二人の若い女がくりひろげる痴態を通して、猫のために破滅していく人間の姿を諷刺をこめて描く。

谷崎潤一郎著
蓼《たで》喰《く》う虫

性的不調和が原因で、互いの了解のもとに妻は新しい恋人と交際し、夫は売笑婦のもとに通う一組の夫婦の、奇妙な諦観を描き出す。

谷崎潤一郎著
卍（まんじ）

関西の良家の夫人が告白する、異常な同性愛体験——関西の女性の艶やかな声音に魅かれて、著者が新境地をひらいた記念碑的作品。

谷崎潤一郎著
少将滋幹《しげもと》の母

時の左大臣に奪われた、帥の大納言の北の方は絶世の美女。残された子供滋幹の母に対する追慕に焦点をあててくり広げられる絵巻物。

谷崎潤一郎著
細（ささめゆき）雪
毎日出版文化賞受賞（上・中・下）

大阪・船場の旧家を舞台に、四人姉妹がそれぞれに織りなすドラマと、さまざまな人間模様を関西独特の風俗の中に香り高く描く名作。

谷崎潤一郎著
鍵・瘋癲《ふうてん》老人日記
毎日芸術賞受賞

老夫婦の閨房日記を交互に示す手法で性の深奥を描く「鍵」。老残の身でなおも息子の妻の媚態に惑う「瘋癲老人日記」。晩年の二傑作。

川端康成著
眠れる美女
毎日出版文化賞受賞

前後不覚に眠る裸形の美女を横たえ、周囲に真紅のビロードをめぐらす一室は、老人たちの秘密の逸楽の館であった——表題作等3編。

川端康成著
古都

捨子という出生の秘密に悩む京の商家の一人娘千重子は、北山杉の村で瓜二つの苗子を知る。ふたご姉妹のゆらめく愛のさざ波を描く。

川端康成著
千羽鶴

志野茶碗が呼び起こす感触と幻想を地模様に、亡き情人の息子に妖しく惹かれ崩壊していく中年女性の姿を、超現実的な美の世界に描く。

新潮文庫最新刊

太田紫織著
オークブリッジ邸の笑わない貴婦人2
―後輩メイドと窓下のお嬢様―
十九世紀英国式に暮らすお屋敷で迎えた夏。メイドを襲うのは問題児の後輩、我儘お嬢様に、過去の〝罪〟を知るご主人様で……。

梨木香歩著
エストニア紀行
―森の苔・庭の木漏れ日・海の葦―
北欧の小国を真摯に見つめた端正な紀行文。支配の歴史残る都市と、祖国への静かな熱情。被郷愁を誘う豊かな自然、昔のままの生活。

山田太一著
月日の残像
小林秀雄賞受賞
松竹大船撮影所や寺山修司との出会い、数々のドラマや書物……小林秀雄賞を受賞した脚本家・作家の回想エッセイ、待望の文庫化！

椎名誠著
殺したい蕎麦屋
殺したいなんて不謹慎？　真実のためならかまうものか!!　蹴りたい店、愛しい犬、忘れられない旅。好奇心と追憶みなぎるエッセイ集。

群ようこ著
おとこのるつぼ
同僚総スカンでも出世するパワハラ男の謎、陰気に巻き込むハゲ男のはた迷惑等々。珍キャラ渦巻く男世界へ誘う爆笑エッセイ。

大貫妙子著
私の暮らしかた
葉山の猫たち。両親との別れ。背すじがピンとのびた、すがすがしい生き方。唯一無二の歌い手が愛おしい日々を綴る、エッセイ集。

刺《し》青《せい》・秘《ひ》密《みつ》

新潮文庫　た－1－2

昭和四十四年 八月 五日 発行
平成二十三年十一月二十日 八十四刷改版
平成二十八年 六月 五日 八十八刷

著者 谷《たに》崎《ざき》潤《じゅん》一《いち》郎《ろう》

発行者 佐藤隆信

発行所 株式会社 新潮社
郵便番号 一六二―八七一一
東京都新宿区矢来町七一
電話 編集部(〇三)三二六六―五四四〇
読者係(〇三)三二六六―五一一一
http://www.shinchosha.co.jp

価格はカバーに表示してあります。

乱丁・落丁本は、ご面倒ですが小社読者係宛ご送付ください。送料小社負担にてお取替えいたします。

印刷・株式会社光邦　製本・株式会社植木製本所
Printed in Japan

ISBN978-4-10-100503-4 C0193